LE MILLIARDAIRE SE FIANCE, TOME 6

JULIA KENT

Traduit de l'anglais par Diane Garo, pour Valentin Translation

Couverture par Yocla Designs

eBook: 9781950173815

print: 9781950173822

Inscrivez-vous à ma newsletter pour tout savoir des parutions et des promotions, sur https://geni.us/FRJKnl

LE MILLIARDAIRE SE FIANCE
UN MILLIARDAIRE SINON RIEN, TOME 6

*Tous nos rendez-vous importants ont le chic pour se terminer
aux urgences…*

J'avais préparé la demande en mariage parfaite. Au menu : homard, caviar, champagne et son péché mignon, le tiramisu. Le cadre parfait. La femme parfaite.

Tout était parfait.

Mon père m'avait donné la bague de fiançailles de ma défunte mère, en platine et en diamants. Shannon s'en ficherait que je lui passe au doigt une bague géante en bonbon au lieu d'un diamant de trois carats fait pour épater la galerie.

Mais ma future belle-mère, Marie, s'évanouira quand elle posera les yeux sur cette pierre, ce qui nous offrira deux minutes de silence béni. Cette femme parle plus que Kim Kardashian ne montre son postérieur dénudé sur Internet.

C'était censé être un moment parfait, de la couleur de la nappe jusqu'à la fraîcheur des roses.

Et c'*était* parfait.

Jusqu'à ce que Shannon avale la bague.

Le Milliardaire se fiance DONNE AU QUASI-milliardaire Declan McCormick l'occasion de raconter son histoire dans cette suite de la série best-seller classée au New York Times et au USA Today.

CHAPITRE 1

S hannon n'a aucune idée du nombre de couches de beauté qu'elle possède. C'est la raison pour laquelle elle est si exquise.

Lorsque j'avais seize ans, l'année précédant la mort de ma mère, cette dernière nous a emmenés, mon petit frère Andrew et moi, à New York pour un long week-end. Elle nous a fait quitter l'école malgré les objections du directeur de notre académie. Ma mère s'en fichait. Nous avons passé trois nuits au Waldorf Astoria, nous avons patiné au Rockefeller Center, nous avons eu les meilleures places dans les plus grandes comédies musicales de Broadway et nous avons mangé les meilleurs sandwiches Subway de 30 cm que l'on puisse trouver pour 3 $. Avec une bonne dose de moutarde et de choucroute, et un soda ou deux.

(Vous avez quelque chose contre ces sandwiches ? Tant pis. Les adolescents ne raffolent pas forcément de caviar et de homard.)

Ce qui m'a le plus marqué dans ce voyage, et ce que Shannon me rappelle à chaque instant, c'est notre visite au Musée d'art moderne. Ma mère a insisté pour que nous y allions, et Andrew et moi avons roulé des yeux comme des dés sur une table de craps.

C'est alors que ça s'est produit.

J'ai eu l'illumination devant un chef-d'œuvre de Vincent Van Gogh. En cours d'histoire de l'art, nous avions étudié ce tableau en détail. On nous avait enseigné la biographie de Van Gogh, on nous avait expliqué comment il en était venu à créer la série de tableaux, sa motivation et ses imperfections. Nous avions tellement disséqué son sens que j'avais l'impression de pouvoir recréer cette œuvre automatiquement, grâce à l'enseignement élitiste que nous recevions en classe préparatoire, clinique et impeccable.

Debout devant le tableau, à quelques mètres de lui, mes yeux retraçant les coups de pinceau, mon esprit saisissant les nuances de couleurs, mes sens éblouis par la pure essence de ce tout, je me suis arrêté. Figé. J'étais complètement sous le charme du tableau.

Vous pouvez étudier une chose de manière abstraite. Vous savez que ce tableau existe réellement quelque part dans le monde, et que ce que vous avez pu lire à son sujet dans les livres ou ce qu'on vous en a dit est vrai.

Mais il faut se tenir devant la toile et la regarder bien en face pour la *comprendre* réellement.

C'est ce que je ressens quand je regarde Shannon. Chaque fois que mes yeux se posent sur elle. Son sourire rayonnant est adorable, et encore plus beau à chaque fois que j'y ai le droit. Ses cheveux couleur miel brillent au soleil, mais semblent plus beaux quand ils sont emmêlés, au lit, mis en valeur par la lune et décoiffés par *moi*. Ses yeux doux ne voient que moi quand nous sommes ensemble. Son corps voluptueux a envie de moi. De mes mains. De tout mon être.

Quand je suis avec elle, le monde est plus nuancé. Plus profond. Authentique. Réel.

C'est une œuvre d'art, unique en son genre. Une œuvre

que je peux avoir à côté de moi, chérir au fond de mon cœur et… avec laquelle je peux vieillir.

J'ai préparé la demande en mariage parfaite. Pas de sandwiches à la choucroute, malheureusement, mais au menu : homard, caviar, champagne et son péché mignon, le tiramisu. (Je ne comprends pas ce que les femmes trouvent à ce dessert. C'est de la crème, du fromage, du sucre, du gâteau et du rhum, pas une potion magique qui générerait des orgasmes buccaux. Mon chromosome Y se gratte la tête de confusion, mais bon, si c'est ce qu'elle préfère… je suis prêt à faire ce plaisir à ma femme.)

Mon père m'a donné la bague de fiançailles de ma mère, en platine et en diamants, une pierre d'une taille monstrueuse qu'il lui avait achetée il y a près de quarante ans, alors que son entreprise décollait. L'anneau est conçu pour impressionner. Shannon s'en ficherait probablement que je lui passe au doigt une bague géante en bonbon au lieu d'un diamant de trois carats.

Et, franchement, cela n'a pas davantage d'importance à mes yeux. Mais l'idée que ma Shannon partage une partie si importante de la vie de ma mère me réchauffe le cœur. Seule Shannon et ma mère ont cet effet. Seul l'amour a cet effet.

Pour ne rien gâcher, Marie s'évanouira quand elle posera les yeux sur cette pierre, ce qui nous offrira deux minutes de silence béni. Cette femme parle plus que Kim Kardashian ne montre son cul nu sur Internet.

— Ce n'est pas comme si tes frères avaient l'intention de s'attacher à une femme de sitôt, voire jamais, m'a dit mon père en me la donnant.

Il est aussi sentimental qu'un caillou apprivoisé. Après l'avoir fait redimensionner pour qu'elle convienne à ma future fiancée, la bague était prête à être passée au doigt d'une autre femme McCormick.

C'était censé être un moment parfait, de la couleur de la nappe à la fraîcheur des roses.

Et c'*était* parfait.

Jusqu'à ce que Shannon avale la bague.

Pourquoi tous nos rendez-vous importants ont-ils le chic pour se terminer aux urgences ?

Et qui diable a appelé sa mère ?

CHAPITRE 2

U ne semaine avant la demande…

Grace frappe à ma porte. Sans que je sache pourquoi, elle est entrouverte. J'entends le bruit sourd des photocopieuses qui bourdonnent et le grondement lointain de conversations. Tout ça m'agace au plus haut point.

— Declan ? Le bijoutier a appelé. La bague est prête.

Je lui adresse un regard vide.

Elle sourit.

— Et *toi* ?

— Moi quoi ?

— Tu es prêt ?

Grace pourrait se battre avec la mère de Honey Boo Boo et en sortir gagnante. Quand elle fronce les sourcils, quelque chose de profond et de primaire se crispe en moi.

C'est pour ça qu'elle est la meilleure assistante qu'un homme puisse avoir. Pas de risque de coucher avec ses collègues (Grace est lesbienne, et mariée à une joueuse de rugby) et en cas de besoin, elle peut faire office de garde du corps.

JULIA KENT

— Prêt pour une réunion ?

À en juger par le regard qu'elle me lance, j'ai du mal à suivre ce matin. Pour être honnête, j'ai l'impression d'être très loin. Entre un vol en hélicoptère depuis New York si mouvementé que j'aurais tout aussi bien pu chevaucher un étalon fougueux, et le fait que je n'ai eu aucun rapport sexuel avec Shannon depuis trois jours (merci les réunions d'affaires à New York), j'ai de la chance de pouvoir encore lire un rapport basique et faire mes lacets.

— Prêt à te marier.

Oh. Ouaip. Et puis il y a *ça*.

Ai-je mentionné la partie « pas de sexe » ? Parce que ça occupe vraiment plus mon cerveau en ébullition que toute cette histoire de femme qu'on choisit pour le reste de sa vie.

Une seule femme.

Ce n'est pas si difficile de choisir une femme avec qui passer le restant de ses jours, n'est-ce pas ? Grace l'a bien fait, alors pourquoi pas moi ?

— Ouais. Je suis prêt.

— Tu as l'air mal en point. Et pas « prêt ».

Grace entre dans mon bureau et ferme doucement la porte, en tenant la poignée comme si c'était une bombe à retardement, attendant le léger déclic avant de se tourner vers moi avec ce regard.

Vous connaissez ce regard. Cette façon dont les femmes plus âgées vous regardent avec douceur et inquiétude, comme si vous méritiez leur pitié, une soupe au poulet et des conseils totalement inutilisables.

Trois bracelets fins en or cliquettent sur sa peau ridée parsemée de taches de rousseur. Elle n'a rien à voir avec ma future belle-mère, et...

Mon corps tout entier se tend sans raison apparente. C'est comme si le fantôme de la testostérone s'était glissé dans mon bureau sans prévenir.

Ma future belle-mère.

Marie.

— Je vais bien, insisté-je.

Ça commence à bien faire. J'ai trois vidéo-conférences avec la comptabilité, un déjeuner d'affaires avec un client qui pense que les shots de tequila confèrent les mêmes bienfaits nutritionnels que la salade verte (et au quatrième shot, je finis toujours par me ranger à son avis), et je dois localiser une femme dans ce bâtiment, l'attirer dans un placard et me la faire avec beaucoup d'entrain.

(Je parle de *Shannon*, bien entendu.)

— Declan, je te connais depuis que tu es au lycée, et je vais enlever ma casquette d'assistante un instant et mettre celui de la mère de substitution, dit Grace, avec des gestes de la main, comme si elle portait un couvre-chef.

Grace était enseignante en maternelle avant sa reconversion. Et ça se voit.

— J'ai assez de mères de substitution dans ma vie, dis-je d'une voix qui se veut contrariée, et qui est du plus bel effet.

Shannon me dit que j'ai une tête de con en puissance. C'est comme avoir une tête de connasse, mais pour les hommes.

Je l'essaie sur Grace.

Elle me fait signe que c'est inutile.

— Oh, arrête ça. Écoute-moi. Tu es sur le point de demander en mariage la femme que tu aimes. Ça rendrait n'importe quel homme nerveux.

— Nerveux, m'esclaffé-je en me levant et en boutonnant la veste de mon costume, la déboutonnant, la reboutonnant.

Les boutons sont un peu serrés et elle revient de chez le tailleur qui l'a réajustée. Je ne suis pas nerveux.

— Tu es humain, Declan.

— Je suis un McCormick. Nous n'avons pas le droit d'être humains.

— Ton père a beau te le répéter, tu sais que ce n'est pas vrai, dit Grace en souriant, les mains croisées devant elle, faisant à nouveau tinter les bracelets en or à ses poignets.

On frappe à la porte. Nous nous tournons tous les deux.

— Entrez, m'écrié-je.

Je murmure à Grace :

— Peut-être qu'en secret, nous sommes des loups-garous immortels et que nous vous avons tous bernés.

— Tu tiens trop à tes costumes pour les déchirer en te transformant, dit Shannon en entrant dans la pièce avec un sourire.

Une partie de mes vêtements menace de se déchirer assez soudainement.

Grace me lance un regard qui signifie *Nous n'en avons pas fini*. Oh que oui. Fini de débattre sur le fait que je sois prêt ou non pour le mariage. Je préfère penser à ma préparation en vue d'une partie de jambes en l'air.

Si on devait mesurer mon niveau de préparation, il ferait bien 23 cm.

(Vous attendez de moi que je sois modeste ? Vous pouvez rêver. Les faits sont les faits.)

Shannon travaille trois étages en dessous. J'aime savoir que je l'ai sous moi en permanence. En ce moment, j'aimerais qu'elle soit sur moi, sous moi, lovée en petite cuillère contre moi, agenouillée à mes pieds... vraiment, tout m'irait. J'entends mon cœur battre dans la pièce calme, sauf que le sang ne bat pas dans ma poitrine.

Grace s'en va, et j'observe ma future femme. *Femme*. J'aime ce mot. Je pourrais facilement m'habituer à le dire, d'autant plus qu'il comporte le son « âme ».

Shannon. Mon *âme* sœur.

Elle porte un tailleur gris foncé avec une veste croisée et une chemise de couleur claire en dessous. Des bas nylon et des talons un peu plus hauts que ceux qu'elle porte d'habitude. Ses cheveux châtains sont noués en tresse et elle porte un rouge à lèvres rouge vif. De longs cils encadrent ses yeux parfaits. Shannon semble avoir adopté le look secrétaire coquine.

Elle se dirige vers mon bureau, sans me toucher, pour me chercher. Elle sait très bien à quel point je veux la… hum… à quel point je *la* veux, et elle fait durer le moment, l'étirant en une série infinie de mouvements sensuels conçus pour me faire balayer tous les papiers de mon bureau et la prendre devant les fenêtres géantes du vingt-deuxième étage, avec une vue sur Back Bay en toile de fond de nos ébats.

Ma fermeture éclair est sur le point d'exploser tandis qu'elle se hisse sur le bord de mon bureau, qu'elle enlève ses talons avec ses pieds couverts de bas, et qu'elle écarte les cuisses.

Un porte-jarretelles. Un porte-jarretelles *rouge*. Et…

Le loup-garou en moi essaie de sortir de mon corps par ma braguette.

Elle ne porte pas de culotte. Du tout. Shannon ne fait *jamais* ça en temps normal.

C'est une première, et ce n'est pas pour me déplaire.

— Vous aimez ce que vous voyez, M. McCormick ? Je viens vous présenter un nouveau produit qui devrait intéresser Anterdec Holdings.

Écartant toujours plus ses cuisses, elle lèche ses lèvres rouges. Son rouge à lèvres est assorti à son porte-jarretelles.

— Un nouveau produit ? demandé-je.

J'ai l'impression d'avoir la bouche pleine de billes. Mes cellules cérébrales se sont éteintes et mes mains brûlent d'envie de la toucher. Je fais un pas en avant et je m'arrête, laissant le désir me submerger. Mieux vaut en profiter une seconde ou deux, car dans trois secondes, je serai en elle.

— Oui, dit-elle en déboutonnant sa veste de tailleur, en s'appuyant sur le bureau avec ses bras.

Elle porte un corset rouge.

Un *corset*. Le corset défie les lois de la gravité. Ce simple vêtement mériterait le prix Nobel de la paix, car il n'y a rien au monde – rien – qui mette autant d'accord un groupe d'hommes hétéros que la vue d'une femme en corset rouge.

— Joli, grogné-je.

Ses seins sont compressés. Sa poitrine généreuse a besoin d'être libérée. La dernière fois que je l'ai vue aussi mal en point, c'était à Noël dernier, il y a huit mois, alors qu'elle portait un costume de lutine qui m'a conduit à lui dévoiler le contenu de ma hotte.

Et par « hotte », je veux dire…

Bzzzz.

Dites-moi que je rêve.

Shannon s'assied et… non ! Ne croise pas les bras comme ça, tu me caches l'Himalaya !

— Declan ?

C'est Grace, sur l'interphone de mon bureau. Mon père insiste pour garder ce rituel désuet des années 1970. Ça lui donne l'impression d'être un type sorti tout droit d'une vieille série télé avec trois superbes femmes détectives privées. À l'heure actuelle, ça me donne envie d'attraper le téléphone et de le faire passer par la fenêtre.

— Oui ? Il vaudrait mieux que ce soit important, dis-je en marchant vers Shannon, ramenant ses genoux dans leur position correcte, écartés, mes mains chaudes sur sa taille.

Elle a l'air hésitante et je dois l'embrasser pour chasser ses doutes.

— Chut ! me chuchote Shannon à l'oreille. Je ne veux pas qu'elle pense qu'on… que toi et moi, on… tu sais.

— On ne le fait *pas*, grogné-je. C'est bien le problème.

— Declan, il y a un appel pour toi. De Nouvelle-Zélande. Apparemment, c'est important. Quelque chose en rapport avec une campagne de marketing qui vire au cauchemar à cause d'un logiciel Web défectueux.

La voix de Grace crépite comme dans une radio de la police.

Je regarde l'horloge.

— C'est la nuit là-bas ! Qui se soucie à cette heure-ci de ne pas avoir de cosmétiques sur mesure pour sa nouvelle ligne de spa ?

Anterdec gère une chaîne de vingt-trois hôtels et spas de luxe en Nouvelle-Zélande. Nous mettons en place une nouvelle gamme de produits. En échange de la bague de fiançailles de ma mère, mon père a obtenu que je gère ce projet cauchemardesque en Nouvelle-Zélande. Ce qui était un contrat en apparence tranquille et confortable s'était transformé en un désastre international. J'avais quitté le projet il y a un an dans une forme fabuleuse et il s'était désintégré. Les développeurs m'avaient assuré que la mise en ligne se ferait sans problème.

Ils avaient menti. Les développeurs mentent. Vous voyez ces BD *Dilbert* où les employés du service marketing sont dépeints comme des imbéciles dépourvus de toute logique ou lien avec la réalité ? Qui, selon vous, est à l'origine de cette bande dessinée ?

Un développeur.

— Et tu m'interromps parce que…

— Parce que le système déconne et que le service client en Indonésie est en train de… Bref tu dois prendre cet appel. C'est le PDG.

— Très bien, dis-je.

Grace disparaît. Tout comme Shannon, qui s'extrait de mes bras et reboutonne son manteau. Une bouffée de son parfum, léger et féminin, me chatouille le nez. Son odeur naturelle ne quitte pas mes narines, ses jambes ouvertes qui m'attendaient il y a quelques secondes, son corps prêt à me recevoir...

Toute trace de rouge, à l'exception de ses lèvres, disparaît lorsqu'elle se rajuste, reprenant une apparence professionnelle.

Mais il y a une chose palpitante chez moi qui ne redevient pas professionnelle pour autant. Je l'attrape et l'attire vers moi, déposant sur ses lèvres un baiser à la fois doux et brûlant. Elle a le goût du café et de la vanille, de la cire d'abeille et du soleil. Mes lèvres étalent son rouge à lèvres. Notre baiser se fait plus pressant. Je gémis à nouveau. J'ai besoin d'elle.

J'ai hâte de lui mettre la bague au doigt.

J'ai hâte de la voir sans rien d'autre *que* cette bague.

— Un petit coup vite fait ? murmure-t-elle, les doigts déjà sur la boucle de ma ceinture, sa main sentant exactement à quel point elle m'a manqué.

Je sais pertinemment que j'ai choisi la femme parfaite à épouser, car qui d'autre vous offrirait de vous soulager au milieu d'une crise logicielle internationale ? Une femme qui comprend *ça* est la femme qui doit porter vos enfants.

L'interphone crachote. La voix de Grace s'en échappe.

— Dec ? J'ai trois appels en provenance de Nouvelle-Zélande et un en provenance d'Indonésie maintenant. Qu'est-ce que je leur dis ? On me crie dessus dans deux langues différentes et sur trois fuseaux horaires distincts.

Les mains de Shannon se figent.

C'est brutalement injuste.

Quand j'avais six ans, et que Terry a pu faire un voyage scolaire à Disneyworld, ce n'était pas juste. J'ai pleuré pendant trois jours et j'ai supplié qu'on me laisse y aller, mais mon père était trop occupé par ses voyages d'affaires et ses fusions, et ma mère m'avait expliqué ad nauseam que Terry était dans la fanfare et qu'il défilait. Si c'était censé me réconforter, ça avait eu l'effet inverse.

J'ai appris que le monde n'était tout simplement pas juste.

Les mains immobiles de Shannon sur ma boucle de ceinture sont un méchant rappel de cette leçon.

— Eh merde, craché-je alors qu'elle m'« aide » en bouclant ma ceinture et en rentrant ma chemise dans mon pantalon.

Non pas qu'il y ait beaucoup de place pour ça. J'ai l'équivalent d'une batte de baseball entre les jambes.

Elle rajuste le devant de mon pantalon et le lisse, ce qui revient à verser du sel sur une morsure de requin.

— Il faut que tu arranges ça, dit-elle, en tendant la main pour écarter mes cheveux de mes yeux.

J'oublie toujours de les faire couper et elle m'a demandé de les laisser pousser. Elle aime le look que ça me fait, à ce qu'elle dit.

— J'aimerais que tu sois coincée sous moi avec ces portejarretelles massant mes reins, grogné-je.

— Plus tard. Tu viens chez moi ?

Elle n'a pas emménagé avec moi. Pour l'instant. Elle dit qu'elle veut attendre que nous soyons fiancés. En attendant, elle partage toujours ce minuscule appartement avec sa sœur. Sa meilleure amie, Amanda, fait office de troisième colocataire, et puis il y a le fantôme des belles-mères folles qui hante l'endroit, faisant irruption à volonté.

J'adore Marie. Vraiment. Mais surtout de façon abstraite.

— Chez *moi*, grogné-je. Pas chez toi. Hors de question de réessayer de faire l'amour chez toi. Jamais.

Je fronce les sourcils, et elle sait exactement ce que je veux dire.

L'incident.

— Ça ne se reproduira pas, tu le sais bien, dit-elle avec un regard suppliant.

— C'est certain. Parce que je ne coucherai plus jamais avec toi dans ton appartement. Jamais. Donc ça ne se reproduira plus jamais. Le souvenir de L'Incident me hante. C'est arrivé la semaine dernière.

Juste après que j'ai décidé de faire ma demande en mariage.

Shannon baisse les bras. Elle me prend dans ses bras et ma main glisse sur cette belle cuisse chaude et s'enfonce dans…

Oh, doux Jésus.

— Declan ! fait-elle dans un hoquet en reculant, les joues aussi roses que l'endroit que je viens de toucher.

— C'est plus fort que moi.

Je suis sérieux. Je ne peux pas m'en empêcher. Il faut me comprendre. Je suis un gars. Un gars qui n'a pas fait l'amour depuis trois jours. Condamneriez-vous un homme qui n'a pas bu depuis trois jours et qui voudrait prendre une gorgée d'une bouteille d'eau brandie devant lui tel un pavillon ?

— Ne dis pas n'importe quoi.

Elle me dépose un rapide baiser sur la joue et s'éloigne au pas de course, me laissant avec des gens à l'autre bout du monde s'apprêtant à me hurler dessus au téléphone, une main qui a touché les portes du paradis et une trique monumentale.

Tout ça, c'est de la faute de *quelqu'un*.

Mais rien de tout ça n'a d'importance, car la vie est injuste et la seule façon de l'affronter est de continuer à vivre.

Et de crier autant que ses interlocuteurs.

CHAPITRE 3

Andrew ne me laissera pas m'en tirer à si bon compte.

— Attends. Rembobine, tu veux bien ? Cet « incident » dans l'appartement de Shannon. Répète-moi ça ? Sa mère vous a surpris en train de faire l'amour et vous a *enregistrés* ? Vous étiez sous la couette au moins ou bien vous aviez toutes vos parties à l'air ?

— Qu'est-ce que ça peut bien faire ? Ma future belle-mère m'a vu nu. On ne se remet pas de ce genre de choses. Jamais, rétorqué-je. Et pour information, on a toujours toutes les parties à l'air. *Toujours.*

Nous soulevons de la fonte. Il y a deux façons de faire face à une trique importune. Se masturber, ou aller à la salle de sport. Comme j'ai une règle stricte concernant le sexe au travail – cela doit impliquer un autre être humain – il ne me reste qu'une seule option.

La salle de sport.

Chez Anterdec, cela signifie entrer dans le bureau d'Andrew et introduire une carte dans un lecteur fixé au mur. Impossible de deviner qu'une salle de sport se cache là-dedans. Bien qu'il soit un mordu de fitness avec un vélo d'appartement dans son bureau principal, c'est aussi un fou de poids libres avec une peur panique de sortir à cause de son allergie mortelle aux guêpes.

Tout ce que je sais, c'est que je dois faire de l'exercice et pomper autant de sang que possible de mon bassin vers mes jambes et mes bras. Il s'agit d'un programme de migration de l'afflux sanguin, avec relogement gratuit et un chiot si vous déménagez. Après deux heures à me faire crier dessus par des gens à l'accent à couper au couteau – qui me donne envie de me servir d'un couteau pour autre chose –, j'ai bien besoin de ça. Faire du sport. Évacuer ma rage.

Délasser mes muscles gonflés.

Ah, ces mots ! « Gonflés » et « évacuer »… Shannon a été appelée à l'autre bout de la ville pour un rendez-vous avec un client et elle m'a promis qu'elle me retrouverait à 20 heures ce soir dans mon appartement. Si elle n'est pas là à huit heures précises, j'envoie une équipe de recherche dirigée par un serpent de pantalon borgne.

Je suis sûr que Jessica Coffin s'en donnerait à cœur joie de tweeter à ce sujet.

Andrew fait de son mieux pour ne pas ricaner.

— Marie a fait irruption dans la chambre de Shannon ?

— Oui.

Je soulève vingt kilos. Je fais travailler mes triceps, allongé sur un ballon de yoga. Andrew me prend les poids des mains et m'en donne vingt-cinq. Cela me demande des efforts, mais j'y arrive encore. J'imagine le sang s'écoulant dans mes bras.

Dommage que le désir ne puisse pas être délocalisé.

— Avec une équipe de tournage ?

Andrew se tient au-dessus de moi. Il me regarde, les yeux remplis du genre d'amusement qu'aucun grand frère ne voudrait jamais voir chez son petit frère.

— Ouaip.

— Et l'équipe de tournage, c'était parce que… ?

— Elle a débarqué avec les petits-fils d'une de ses élèves au yoga. La vieille qui s'appelle Agnès.

Andrew touche tendrement ses fesses.

— Celle qui pince ?

Marie l'avait convaincu de suivre un de ses cours de yoga quelques mois plus tôt, en lui promettant un accès direct au studio en hiver, sans insectes.

— Ouaip.

Je laisse tomber les vingt-cinq kilos et je vais pour prendre les trente. Andrew me les tend et tout en tétant sa bouteille d'eau.

— Marie a dit qu'ils faisaient un documentaire sur elle.

— Sur *Marie* ? Pourquoi ? Elle est célèbre ?

— Une chaîne locale du câble faisait une émission sur la vie de femmes ayant changé de carrière à cinquante ans, et elle voulait qu'ils la suivent quand elle allait voir ses enfants.

Nous étions si absorbés par nos corps nus, collants et parfaits que nous n'avions pas entendu la porte d'entrée s'ouvrir. Et *tadam* ! Marie avait déboulé, au milieu de bavardages, de cris et de bousculades, et tout ce dont je me souviens vraiment de toute cette histoire, c'est de Chatoune, se frottant les pattes de devant en imitant le Docteur Denfer. Et des cris, de ma part. Beaucoup de cris. Puis Shannon, en sanglots, et…

Andrew grimace.

— Ils vous ont surpris en train de faire la bête à deux dos devant la caméra ?

— Hé ! Ne parle pas de porte-jarretelles rouges… euh de Shannon comme ça. C'est de ma future femme qu'il est question.

La mâchoire d'Andrew lui tombe.

— Un porte-jarretelles rouge ?

Vous voyez le mince filet de bave qui coule de sa bouche, le regard vide dans ses yeux ? Je vous l'avais dit. C'est le soma de l'homme. Il suffit de parler de porte-jarretelles pour que nos hormones prennent le dessus. Un peu comme la cloche de Pavlov sous forme de lingerie.

— Et un corset.

Il gémit, émettant un son à caractère sexuel qui frise l'obscène. Encore une fois, parmi les porteurs de testicules, c'est la réponse attendue, mais quand même.

Je fronce les sourcils.

— Arrête de penser à Shannon comme ça.

— Je ne pense pas à *Shannon*.

Je m'assieds. Ça, c'est nouveau. Andrew ne sort avec personne. Pas comme les gens normaux, en tout cas. L'assistante d'Andrew sélectionne des femmes socialement acceptables et organise des réunions d'affaires qui commencent par une poignée de main et se terminent par une marche de la honte.

— À qui tu penses alors ?

— Aman... non, personne.

— A man ? Un *homme* ?

Oh, bon sang. Cette conversation vient de prendre un tour inattendu.

— Pas un homme ! Je ne sors pas avec des hommes.

— Aucun problème. Je ne te juge pas. Regarde Tim Cook. Il l'a bien clamé haut et fort.

— Mais je ne suis pas gay ! Je n'ai pas dit « un homme » !

— Si, tu l'as dit.

Il est nerveux. C'est amusant. Andrew inspire profondément et passe sa main dans des cheveux de plus en plus mouillés. C'est drôle. Il n'a pas levé assez de poids pour être *aussi* trempé de sueur.

— J'ai dit « Aman' », pas « a man ».

— Et la différence est...

— Que l'une est une femme et pas l'autre.

— Ça n'a aucun sens. Que veut dire « Aman' » alors ?

Tandis que j'attends sa réponse, je comprends soudain. Aman'. Amanda. Andrew a un faible pour la meilleure amie de Shannon.

— C'est Amanda, n'est-ce pas ?

La plupart des gens se tairaient, mais c'est mon petit frère. C'est dans mon ADN de le torturer. De plus, il a pris la voie royale pour devenir PDG. Mon père l'a choisi lui. Pas moi. Je lui en veux, et je dois m'en prendre à Andrew d'une manière ou d'une autre.

— Ce n'est personne. Tais-toi. Surveille-moi pendant que je soulève les poids.

Andrew est un très mauvais menteur. Ça a toujours été le cas. Il sait garder un visage impassible en affaires, mais sur le plan personnel, c'est la dernière personne à qui confier un secret.

— La poitrine d'Amanda dans un corset rouge, le taquiné-je.

Le visage d'Andrew se contracte. Et vlan ! En plein dans le mille.

Il s'ébroue, essayant de faire comme si ce n'était rien.

— Je ne reconnaîtrais pas Amanda si je la croisais dans la rue. Je ne l'ai pas vue depuis quoi, quatorze mois ?

Très bien. Il ne la reconnaîtrait pas s'il la croisait dans la rue. Mais qui tiendrait ce genre de décompte ?

Oh. Lui. Il compte les mois qui se sont écoulés depuis qu'il l'a vue. Bien entendu, je note moi aussi le nombre de mois qui se sont écoulés depuis la dernière fois que j'ai vu quelqu'un dont je me moque éperdument.

On y croit…

— Parlons de ta future belle-mère qui a pu voir ton cul en gros plan et… hé ! Attends une minute.

Il plie les jambes et s'assied par terre à côté de moi. Je suis toujours sur le ballon de yoga en plastique, et j'étire mes hanches.

— Est-ce que tu as prononcé les mots « future femme » ?

Il dégouline de sueur et éponge sa nuque avec une petite serviette.

— Oui.

— Tu vas la demander en mariage ? Shannon ?

— Non, Marie. Je pensais la kidnapper et m'enfuir avec elle sous le soleil couchant.

— Tu as un faible pour les blondes d'une cinquantaine d'années, avec des fétichismes sexuels ?

— Est-ce qu'on peut éviter de parler de « sexe » et de « Marie » dans la même phrase ? lancé-je.

Au moins, cette conversation a fait disparaître ma gaule. Elle appartient au passé, comme les chances de Mitt Romney de devenir président.

— Le mariage, hein ? Tu te sens prêt pour ça ? Passer le reste de ta vie avec une seule femme ?

— Qu'est-ce qui vous choque tous autant avec cette histoire d'une seule femme ?

— Parce que ta réputation te précède.

— Quelle réputation ?

Je sais ce qu'il veut dire et je me prépare psychologiquement.

— Tu te souviens de ce qu'a dit Jessica un jour ? Comment tu as réussi, par la seule force de ta volonté, à faire rimer « Declan » avec « coureur de jupons » ?

Il fronce les sourcils et se lève pour aller chercher une serviette. Alors qu'il s'essuie la nuque, il demande :

— Shannon est au courant ?

— Tu veux dire, est-ce qu'on a comparé nos tableaux de chasse ?

— Oui.

J'acquiesce.

— Et est-ce que tu as dû sortir l'ordinateur quantique

pour calculer ton bilan, alors qu'elle a utilisé une main pour le sien ?

— Elle utilise très bien sa main.

Andrew prend un air vicelard et je regrette aussitôt cette remarque.

— Puisqu'on parle de sexe et de chiffres, comment s'est passée ta « réunion d'affaires » hier soir ? Laisse-moi deviner. Elle a accepté de négocier un, deux, *trois !* contrats.

Andrew s'éclaircit la gorge, mais ne dit rien.

— Comment elle s'appelle ?

— Hein ?

— Son nom. La femme avec qui tu as fait des… affaires hier soir.

— Quel est le rapport avec tout ça ?

Je me lève, fatigué et prêt à rentrer chez moi pour retrouver la seule femme de ma vie. Un arrêt rapide chez le bijoutier s'impose également. En sortant de la salle de sport cachée et en débouchant dans la vaste pièce lumineuse qu'est le bureau d'Andrew, je lui lance :

— Profite de ta vie planifiée, petit frère. Quand tu seras prêt à nous rejoindre, on sera là. Pour vivre la vraie vie. Et maintenant je vais rentrer vivre ma vraie vie avec Shannon.

— Tu veux dire que tu vas rentrer la baiser.

— C'est la même chose.

CHAPITRE 4

2 0 h 01. Mince. C'est moi qui suis en retard. Pas besoin d'envoyer une patrouille à sa recherche. Mon signal d'autoguidage bipe comme une alarme incendie et, alors que je prends l'ascenseur, me demandant pourquoi diable j'ai pensé que vivre au dernier étage était une bonne idée, j'espère qu'elle m'attend là-haut.

Foutue Nouvelle-Zélande. Le contrat devait se dérouler sans heurts, et la mise en œuvre de cette nouvelle gamme devait être un jeu d'enfant, mais quelque part dans le code, je sais que ces développeurs sournois ont ajouté un sort de bridage destiné à me maintenir dans un état de frustration perpétuelle, car devinez comment s'appelle le produit que nous avons lancé dans ces vingt-trois hôtels et spas ?

Blue Bell.

Ce qui est très proche de « blue balls », comprenez les couilles pleines, ce qui est mon cas... À tel point que tout mon sperme a dû refluer dans mon système et empoisonner mon cerveau, me transformant en théoricien du complot adepte des chapeaux en aluminium. Les développeurs de

Nouvelle-Zélande essaient de me rendre fou en m'empêchant d'avoir des relations sexuelles.

Et voilà. J'ai complètement perdu la tête.

Shannon a la clé de chez moi, et quand je passe la porte, j'aperçois la lueur de bougies. Des flammes vacillantes représentent pour un homme la même chose qu'un pot de Ben & Jerry's pour une femme.

Une véritable promesse.

— Shannon ? lancé-je, suivant les bougies allumées dispersées de manière anarchique dans le salon.

Des ombres dansent sur le mur de mon couloir. J'entre dans ma chambre et je la trouve, étalée sur mon lit, avec son porte-jarretelles, ses bas, son corset rouge et...

Elle est endormie.

Ce n'est pas grave. Je peux m'accommoder du fait qu'elle soit *endormie*.

C'est son absence qui me rend fou.

Vous seriez surpris de la rapidité avec laquelle un homme peut se déshabiller lorsqu'il est sous le contrôle total de testicules si pleins qu'ils ressemblent à des oreillons. Je me déshabille en dix-sept secondes environ (qui compte ?) et je grimpe sur le lit, mes mains se posant sur corps endormi. J'ai le droit de la toucher. Nous avons une règle tacite, qui dit quelque chose comme :

Toucher Shannon.

C'est une règle simple.

Sa peau est si douce. Mes doigts remontent à l'intérieur de sa cuisse, de son genou jusqu'au paradis. Les callosités au bout de mes doigts sont comme du papier de verre contre sa peau de porcelaine. Ma respiration ralentit, mes yeux s'adaptent à la faible lumière, observant son corps. Comment puis-je être si chanceux ?

Comment a-t-elle pu passer de la Fille des Toilettes à Mme McCormick en l'espace dix-huit mois ?

Oh oh. On dirait bien que moi aussi, il m'arrive de compter les mois.

À la lueur des bougies, Shannon a un aspect éthéré, comme une peinture érotique, la soie rouge de sa lingerie mettant en valeur sa peau pâle. Ses hanches galbées et généreuses agissent comme des aimants sur moi. La courbe de ses seins me fait signe, suppliant mes mains. En grimpant sur le lit, je me penche au-dessus d'elle, profitant de la paix et de la beauté de ce moment, suspendu entre l'instant où nos corps fusionneront et ces quelques secondes avant, où je peux contempler celle qui est mienne. L'observer.

La chérir.

Elle bouge dans son sommeil et ses pieds remontent légèrement. Ses orteils sont de la même couleur que son corset, son porte-jarretelles, son rouge à lèvres. Sans que je sache pourquoi, ce souci du détail éteint les dernières parcelles de maîtrise de moi, comme si quelqu'un avait pointé une lance à incendie dans ma direction.

Ma bouche commence là où elle doit être, entre ses jambes. Mes mains glissent entre ses cuisses et elle s'assied, haletant mon nom.

— Dec ! Tu es rentré, murmure-t-elle, sa main s'enfonçant dans mes cheveux, sa paume descendant pour caresser ma joue tandis que je m'approche pour l'embrasser.

Elle sort de sa torpeur et cligne des yeux.

— Et tu es nu.

— Quel sens de l'observation.

— C'est dur de manquer *ça*, même dans la pénombre.

Elle ne se contente pas de pointer du doigt mon sexe. Elle l'*attrape* à pleine main.

Et tout s'accélère. L'instant d'après, elle est sous moi et je plaque ma bouche contre la sienne, dans un baiser torride et insistant. J'ai besoin de m'enfoncer en elle, de la toucher au plus profond de son être. Nous roulons sur nous-mêmes. Le goût de sa bouche fait gémir sans bruit des parties de mon être, la douce étreinte de ses cuisses autour de mes hanches est une invitation à entrer à mes risques et périls. Et quel risque puis-je bien courir ?

Me perdre en elle.

Je suis un gars aventureux. Je suis prêt à prendre le risque.

À la seconde où je glisse en elle, c'est comme si je rentrais à la maison. Ça peut sembler cliché, mais c'est vrai. Ses doigts dansent le long de mon dos. Je sens ses ongles dans ma chair quand son corps se crispe, et les caresses de ses mains entretemps. Je peux lire son corps les yeux fermés, comme une sorte de braille sexuel. Quand ses cuisses commencent à trembler, je sais qu'elle va jouir. Quand elle se cambre, elle veut que je prenne son mamelon en bouche. Ce petit soupir étouffé ? Ça veut dire qu'elle jouit de nouveau. Mon nom qu'elle gémit alors que je suis entre ses cuisses ?

Ça me pousse à continuer. Ça me donne envie de lui en *donner* plus.

— Declan, chuchote-t-elle.

Ses paroles sonnent comme un orgasme verbal. Nous accélérons le rythme et nos baisers se dissipent, la connexion se concentrant à présent sur un autre type d'énergie, une construction sensuelle qui s'approche de son paroxysme. J'aime la façon dont son visage change quand je suis en elle, comme elle se détend et se replie sur elle-même, tout en restant connectée à moi, par cette fusion de nos corps. Nous créons une odeur bien particulière quand nous sommes ensemble, et je deviens fou quand j'en trouve un soupçon sur les draps, sur un oreiller, ou quand j'en sens une bouffée dans ma chambre en son absence.

Mais à l'avenir, elle sera là en permanence.

Une fois que je l'aurais demandée en mariage.

Ses yeux sont fermés et elle est la plus ravissante et la plus belle créature avec qui j'ai jamais été, que j'ai jamais touchée, que j'ai jamais aimée. Un homme a très peu de chances de se trouver dans la vie. Nous vivons seuls dans notre corps, réconfortés par notre propre âme, poussés par notre esprit à trouver un sens au monde extérieur. Le cœur nous pousse aussi (et, bien sûr, d'autres muscles avec une mission bien précise…).

Elle est fragile et forte, déterminée et peu sûre d'elle, gentille et avec une volonté de fer, et alors que je sens monter le plaisir en moi, le plaisir d'être en elle, de la faire jouir sous mes yeux, je la rejoins, dans un instant de plaisir brut et réel où notre vulnérabilité est la seule chose qui compte.

(Et jouir en elle, aussi. Ça compte. Beaucoup.)

La pièce est calme. Il n'y a pas de vent aujourd'hui, et toutes les fenêtres de la chambre sont fermées, les bougies générant un parfum de santal et une chaleur brumeuse qui remplissent l'air d'une sorte de grâce intime. Je suis en train de vénérer l'autel de Shannon. Ma bouche vient de prendre ma version de la communion. Et une fois que j'aurai fait ma demande, je n'aurai plus d'autres déesses qu'elle.

Elle est ma religion désormais.

— Hmm, dit-elle, en me tirant vers elle pour m'embrasser.

Je me délecte de sa bouche pulpeuse.

— J'en avais bien besoin.

— Tu en avais besoin ? J'étais sur le point de m'envoler dans les airs comme un ballon météo si je n'avais pas…

Elle se met en boule en riant, ses seins ainsi remontés frétillant comme si un jongleur invisible les lançait en l'air. Ses tétons frottent contre le rebord de son bustier et je suis envoûté. Hypnotisé. Je pourrais regarder ça pendant des heures.

Qui a besoin d'un aquarium pour réduire le stress ? Un corset rouge et un livre de blagues pour Shannon font tout à fait le travail.

— Tu ne penses qu'au sexe.

Mon estomac gronde. Mais je me tais, car elle a raison.

— Et à la nourriture, ajoute-t-elle. Et au travail.

— Et à toi.

— Je crois que je rentre dans la catégorie « sexe ». Shannon est une sous-catégorie de la rubrique « Endroits où j'aime faire rentrer des choses ».

— Ça me fait penser aux terrains de golf.

— Je suis ton terrain de golf sexuel.

Ce n'est pas une question, mais je sens qu'elle me juge. Je suis dans la zone de danger. Une seule mauvaise réponse et c'est le banc de pénalité pour Declan.

— Tu n'as pas dix-huit trous.

— Non, je n'en ai que deux.

— Dans lesquels tu me laisses entrer, marmonné-je.

Cela me vaut une gifle. J'aime quand elle devient fougueuse. C'est mon tour. Je l'attrape et je la mets sur le ventre, exhibant son cul blanc étincelant si rebondi et si charnu. Je suis sur le point de lui donner une fessée quand…

Bzzzz.

— C'est ton téléphone ? demandons-nous à l'unisson.

Mon pantalon vibre. Bon sang. Je saute sur mes pieds et je fouille dans mes poches.

— Je parie que c'est la Nouvelle-Zélande, soupire-t-elle, en se retournant et en s'asseyant, les coudes sur les genoux.

Ah, cette vue. Cette vue…

— McCormick, dis-je d'un ton sec en décrochant.

— Salut, Declan ! dit une voix si gaie qu'elle devrait jouer dans un film de Pixar. C'est Greg. Amanda m'a dit que tu avais appelé pour parler d'un sujet professionnel ? Qu'est-ce qui se passe ?

Je regarde Shannon. Elle fait des gestes pour savoir qui c'est. Le problème, c'est que je ne peux pas lui dire. Greg fait partie de mon idée pour ma demande, et si elle l'apprenait, tout mon plan soigneusement élaboré tomberait à l'eau.

Je prends mon portefeuille et le lui jette.

— Je suis payée pour coucher ? demande-t-elle avec un sourire nerveux.

— Tu devrais, chuchoté-je. Surtout habillée comme ça.

Elle rit et tout son corps s'agite et je ne peux pas m'empêcher de la fixer.

— Mais non. C'est pour commander à emporter. Thaï, ça te dit ?

Elle hoche la tête et sort de la pièce. Son cul – oh, ce cul époustouflant – s'éloigne alors que la voix de Greg transforme mon excitation en un nœud au fond de mon estomac.

Ce grognement n'est plus de la faim. C'est de la frustration.

— Shannon est là ? demande Greg, en baissant la voix. Est-ce que je... est-ce que le moment est mal choisi ?

Sa voix bascule dans un registre utilisé uniquement entre hommes.

— Elle est là et elle va bien. Alors écoute, Greg, j'ai besoin de ton aide. C'est à propos de Shannon.

— Je ne l'ai pas appelée depuis huit mois ! proteste-t-il. Je ne lui ai plus demandé de faire de visites mystères pour moi depuis que tu as joué les pères Noël et que tu m'as sauvé la mise ! C'est Carol qui lui a fait faire cette évaluation de la librairie l'autre jour. Pas moi !

L'évaluation de la librairie ?

— Quoi ? Non, ça n'a rien à voir. Il s'agit de demander à Shannon de faire une visite mystère.

— Je ne comprends plus rien. Je croyais que tu m'avais interdit d'envoyer Shannon faire des visites mystères ?

— C'est le cas. Mais celle-là est spéciale.

— OK. Spéciale comment ?

— Je vais demander à Shannon de m'épouser et je…

— Tu vas la demander en mariage ? Félicitations ! C'est formidable que ça arrive à deux belles personnes comme vous. Tu sais, Shannon est comme une fille pour moi, et tu es comme un…

— Client, dis-je.

— Euh, oui… un client. Un bon client. Un bon gros client que j'apprécie beaucoup sur le plan professionnel, dit-il en faisant machine arrière. Alors comment puis-je aider mon meilleur client ?

— Je ne veux pas que Marie sache que je vais demander Shannon en mariage. Elle nous harcellerait. Elle est capable de débarquer avec une équipe de tournage ou quelque chose dans ce goût-là, murmuré-je, revivant un flash-back proche du SSPT alors que je me tiens là, nu, après une partie de jambes en l'air, en train de parler de ma belle-mère.

— Qu'est-ce que je dois faire ?

— Je veux vraiment surprendre Shannon. La choquer. Cette demande doit sembler sortir de nulle part, donc j'aimerais que tu demandes à Carol d'évaluer un dîner haut de gamme à Le Portmanteau.

Greg laisse échapper un sifflement admiratif.

— Il y en a pour plus de 1 000 $ le repas.

Il se tait un instant.

— Est-ce qu'ils engagent des sociétés de clients mystères ? Si c'est le cas, je n'ai jamais eu l'occasion de postuler.

J'ai peut-être sous-estimé Greg. Je l'ai toujours considéré comme affable et un peu naïf, mais j'ai l'impression qu'il cherche à négocier.

— Si tu m'aides à mettre ça en place pour Shannon, je

parlerai à leur propriétaire. Histoire de voir ce que je peux faire.

— Ce serait formidable ! s'enthousiasme Greg. Donc, en résumé... Tu veux que je demande à Carol d'appeler Shannon et de lui proposer la visite mystère. Tu sais que Carol et Amanda vont m'étriper si je ne leur propose pas de faire cette visite, n'est-ce pas ? Elles vont m'arracher les couilles et me les fourrer dans la...

— Je vois le tableau. Et si je réservais pour trois fausses visites mystères ? Une pour Carol, une pour Amanda...

Grec se racle la gorge.

— Oh, Judy et moi, nous...

— Quatre. Disons pour quatre, soufflé-je en entendant les pas de Shannon dans le couloir.

— J'ai commandé du pad thaï et du poulet satay ! Assez pour le petit déjeuner et le déjeuner de demain aussi ! lance-t-elle par la porte ouverte en se dirigeant vers la salle de bains.

Elle a retenu mon attention. Une commande aussi importante ne peut signifier qu'une seule chose.

Un marathon du sexe.

Le bruit de la douche au loin réveille d'autres parties de mon corps. Il faut que je raccroche. Maintenant. Tout de suite, tout de suite, tout de suite.

— Formidable. Occupe-toi des détails et envoie-moi la facture directement. Ça ne passera pas par Anterdec. Veille à ce que Shannon reçoive un formulaire d'évaluation et des instructions, des notes de frais... tout ce que vous faites d'habitude. Fais en sorte que ça ait l'air réel. Il faut que ce soit convaincant.

Je vais pour raccrocher et j'ajoute :

— Oh, et c'est confidentiel.

— Motus et bouche cousue. Pas de soucis, Declan, et merci pour...

Je mets fin à l'appel et je me précipite vers la salle de bains.

Il nous reste juste assez de temps pour faire l'amour sous la douche avant que la nourriture n'arrive.

Shannon fait une excellente mise en bouche trempée.

CHAPITRE 5

Q uatre jours avant la demande...

Assister au cours de yoga de Marie est aussi amusant que de jouer les pères Noël du centre commercial l'an dernier. Avec moins de pipi et plus de pincements.

Nous avons des coquilles pour protéger nos bijoux de famille lors d'événements sportifs, mais il n'existe aucun produit comparable pour protéger votre cul des doigts agiles d'une femme déterminée de quatre-vingt-dix ans nommée Agnes.

Shannon me supplie d'y aller.

— Ma mère se sent vraiment mal à propos de ce qui s'est passé avec les, euh, caméras.

— Elle se sent mal ? Notre première sex tape amateur a été filmée par ta mère. « Se sentir mal » ne suffit pas.

Le mignon petit nez de Shannon se retrousse, ses yeux se plissent à mesure que ses sourcils se rejoignent.

— « Première » sex tape ? Qu'est-ce que tu entends par « première » ? Ça donne l'impression que tu comptais faire des sex tapes. Et pas qu'une.

Et merde. Grillé.

— Je me disais juste qu'un jour… tu sais…

— N'y compte pas. Ça n'arrivera *jamais*. La caméra ajoute cinq kilos, et YouTube n'oublie jamais rien. Et qui voudrait se mater en train de faire l'amour ? Beurk.

Si la caméra ajoute cinq kilos à tes seins ou à ton cul, qu'est-ce qu'on attend ? Je ne prononce pas ces mots à voix haute, car je n'ai pas envie de mourir. Rayez ça de ma liste de fantasmes sexuels. Pour l'instant, du moins.

Comment diable sommes-nous passés du fait que Marie nous ait surpris *en flagrant délit* au fait que moi je sois le méchant ?

— Écoute, je ne nous ai jamais filmés en train de faire l'amour, mais ta mère oui, protesté-je.

— Techniquement, c'est le petit-fils d'Agnès qui l'a fait, dit Shannon d'un ton pincé.

Elle déteste vraiment que je sois en colère contre Marie, et fait tout ce qu'elle peut pour éviter les conflits. Je pense quant à moi que le conflit a du bon. Lorsque deux personnes s'opposent, vous en apprenez plus long que si tout le monde se cantonne aux faux semblants passifs agressifs.

— Il est difficile de décider qui blâmer le plus, mais je penche du côté de Marie, marmonné-je.

Je sors de la ville et me dirige vers la banlieue au volant de mon SUV, direction le studio de yoga de Marie. Étant donné que ma demande est imminente, je devrais essayer de me réconcilier avec ma future belle-mère. Lui donner une chance de s'excuser et tout ça, pas vrai ?

— Personne ne pouvait savoir que nous serions dans une position compromettante quand ma mère est entrée dans ma chambre.

— Analysons cette phrase pendant une minute et trouvons tout ce qui cloche dedans. En commençant par « Ma mère est entrée dans ma chambre ». Tu as vingt-cinq ans et un petit ami. Au minimum, ta mère devrait frapper.

— Elle n'a jamais eu besoin de frapper avant.

— C'est exactement ce que je veux dire.

— Comment ça ?

— Shannon, quel genre de mère d'une adulte ne s'arrête pas une seconde pour se demander si elle risque d'interrompre un moment d'intimité ? Tu aurais pu être en train de faire quelque chose d'indécent.

— C'était le cas !

— Coucher avec moi n'est pas indécent. C'est intime, et c'est torride, humide et génial...

Qu'est-ce qui se passe encore ? J'ai raison, non ? Bon. Et maintenant, je suis prêt à sauter le yoga et à retourner à mon appartement pour un autre marathon du sexe. Il faut qu'on trouve un restaurant thaï à proximité.

— Alors qu'est-ce que je pourrais faire d'indécent toute seule ?

Je fronce les sourcils.

— Tu aurais pu être en train de te masturber.

Elle manque de s'étouffer.

— Attends. Faire l'amour avec toi n'est pas indécent, mais être surprise en train de... tu sais... ce serait indécent ?

— C'est ça.

— Dis-m'en plus.

Toute cette discussion sur le sexe et l'idée que Shannon s'occupe d'elle-même transforme mes archives vidéo et ma galerie d'images mentales en une orgie géante. Je commets une erreur. Je m'égare.

Je dis la vérité.

— Parce que ce serait du gâchis.

La température dans la voiture baisse de plus de dix degrés.

— Du gâchis ?

— Oui. Je suis là maintenant. Tu n'as pas besoin de… tu sais.

L'expression de son visage fait crier cette toute petite voix à l'arrière de ma tête : *Rembobine ! Rembobine ! Abandonne le navire ! Abandonne le navire !*

— Revenons sur le mot « indécent ».

Oh oh.

Bzzzz.

Sauvé par le téléphone. Je préfère qu'on me crie dessus en balinais que d'entendre ce qui va sortir de la bouche de Shannon.

C'est un texto de Marie.

Yoga annulé en raison d'une fuite d'eau dans le studio. Amusez-vous bien les enfants. Ne faites rien que je ne ferais pas !

Il n'y a pas grand-chose sur cette liste.

— Ta mère vient d'annuler son cours de yoga, expliqué-je en me mettant sur la voie de gauche pour faire demi-tour et retourner en ville. Fuite d'eau dans le bâtiment.

Les tuyaux cassés peuvent vraiment avoir du bon.

Shannon est toujours contrariée, mais elle change de sujet.

— Réponds-lui et propose-lui de venir déjeuner avec nous.

— On est obligés ?

Je n'arrive pas à masquer mon ton bourru. Ma tête de con en puissance semble aussi s'appliquer à ma voix. Je souffre d'une voix de con en puissance, apparemment.

— Tu détestes ma mère, dit-elle sans crier gare, éclatant en sanglots.

Oh, merde. Pile ce que vous voulez que votre future fiancée vous dise quatre jours avant que vous ne lui posiez la question.

La diplomatie fait son apparition au moment idéal.

— Je ne la déteste pas. J'ai juste besoin de plus d'espace

que toi en ce qui concerne Marie.

— Qu'est-ce que c'est censé vouloir dire ?

Les yeux de Shannon sont déjà rouges et gonflés. J'ai l'impression qu'on me poignarde dans la poitrine.

— Ce n'est pas comme si j'avais voulu qu'elle débarque comme si on filmait un épisode de *Sons of Anarchy* !

— Il y avait une moto dans la pièce ?

J'ai du mal à suivre. Mais il aurait *pu* y avoir une moto dans la pièce. Quand je fais l'amour avec Shannon, le reste du monde disparaît totalement.

— Je parlais de ton cul nu et sculpté en vidéo.

J'ai vu l'épisode de *Sons of Anarchy* dont elle parle. Je bombe légèrement le torse à l'idée qu'elle trouve mon cul aussi musclé.

Attendez un peu.

Comment a-t-elle pu voir mon cul sous cet angle ?

Je m'arrête sur un parking et je gare le SUV.

Elle écarquille les yeux. Le rouge commence à lui monter aux joues depuis le cou. Je ne suis pas le seul à être grillé.

— Tu as *vu* la vidéo ?

La seule explication est que Shannon ait vu la vidéo.

— Tu l'as vue, *toi* ?

Elle lève le menton en signe de défi. Elle ne s'attendait pas à cette question.

C'est un bras de fer. Nous nous regardons en plissant les yeux, comme les personnages d'un western spaghetti vraiment mauvais, comme ceux que mon grand-père aimait regarder le samedi après-midi.

— Comment tu l'as vue ? demandons-nous à l'unisson.

Elle m'adresse un regard noir.

Mon Dieu, qu'elle est sexy avec son air indigné *et* ses mensonges.

— Tu m'as dit que tu avais récupéré la caméra de ces garçons et que tu avais détruit toutes les versions de la vidéo, dit Shannon lentement, en s'écartant de moi sur le siège avant et en me jetant un regard méfiant destiné à me faire comprendre qu'elle me voit comme un pervers, tout en visualisant en boucle mon cul nu dans son esprit.

Je peux voir mon propre cul dans ses yeux. Elle ne peut vraiment rien me cacher.

— C'est le cas. Mais le gamin sans caméra a tout filmé avec son portable Il a dit qu'on leur avait appris en classe de médias qu'ils devaient toujours avoir une solution de secours.

— Formidable. Des étudiants de première année qui *écoutent* vraiment leurs professeurs, marmonne Shannon, croisant ses bras sur sa poitrine avec fureur. C'est bien notre veine.

Elle fronce les sourcils.

— Tu l'as effacée de son téléphone ?

— Non, dis-je, en fouillant dans la poche de mon pantalon. Je lui ai acheté le téléphone.

Joli téléphone d'ailleurs. Mieux que le mien, ce qui me fait réaliser que je suis devenu un dinosaure en matière de technologie. Il me faut engager un geek de dix-huit ans pour me fournir les derniers gadgets à la mode.

— Tu lui as acheté son téléphone ? Avec son numéro et tout ? Et il te l'a donné comme ça ?

— Je ne lui ai pas vraiment laissé le choix.

Elle se tait un instant.

— Et toi, comment tu as vu la vidéo ? demandé-je.

— Le petit-fils d'Agnès avait mis une clé USB dans la caméra. Donc il y avait une copie. Il l'a donné à ma mère, qui me l'a transmise.

Je frappe du poing le volant et elle sursaute, terrifiée. Je ne suis pas du genre violent. Frapper dans des choses est un signe de faiblesse, témoignant de l'incapacité à utiliser les mots et le pouvoir pour obtenir ce que vous voulez.

C'est pour ça que j'ai frappé le volant.

Marie m'a poussé à utiliser mes poings sur le tableau de bord de la voiture, comme le mufle frustré que je suis devenu.

— Est-ce que ta mère l'a regardé ?

— Non. Elle me l'a juré.

— Tu es sûre qu'elle ne l'a pas envoyée à Jessica sur Twitter ? Elle aurait pu faire du pop-corn et inviter Agnès à regarder la vidéo. Ou garder une image pour décorer un véhicule promotionnel ?

— Tu reportes ta colère sur la mauvaise personne, répond-elle d'un ton glacial que je ne lui connais pas.

On dirait que Shannon a reçu des cours en matière de tête de connasse.

Je grimace à cette idée. Et ses mots…

— Je suis désolé. Tu as raison.

J'allume le moteur et mets la voiture en marche, mais sa main vient couvrir la mienne sur le pommeau.

Sachant que je vais tomber sur un regard rempli de reproches, je prends mon temps pour lever les yeux vers elle.

Je suis surpris de tomber sur un regard de désir débridé.

— Et qu'as-tu pensé de la, euh, vidéo ? demande-t-elle en respirant par le nez, prenant soin de conserver un visage parfaitement neutre.

— C'était heureusement très court.

— C'est tout ?

— Et excitant.

La vidéo dure environ six secondes. On y voit très clairement mon cul qui donne envie d'être pincé, et les magnifiques jambes de Shannon, quelques mouvements fiévreux, et puis les cris commencent.

D'abord le caméraman (qui aurait cru qu'un gars pouvait atteindre cette octave ?), puis Marie, suivie de ce que je pense être le rire de Chatoune. Je n'en sais rien. Je n'ai jamais entendu un chat rire avant. Mais si les chats sont capables de rire, c'est clairement le son que j'ai entendu.

— Oh, oui.

Elle sort le bout de sa langue et je me surprends à respirer fort, moi aussi. Vous voyez ? C'est pour ça que je me disais que peut-être, un jour, nous pourrions faire notre propre petit porno personnel.

Mais je n'aurais jamais pensé que ma future belle-mère me coifferait au poteau.

— Mais toutes les copies ont été supprimées, lui assuré-je alors que sa main passe du levier de vitesse au *mien*. Je passe du point mort à la quatrième vitesse en trois secondes.

Shannon a raison.

Les hommes ne pensent qu'au sexe.

— Partons d'ici, murmuré-je en m'approchant d'elle et en l'embrassant dans le cou.

— Pour aller où ?

Dans un premier temps, je ne réponds rien et j'inspire profondément. C'est le son du soulagement. Elle m'adresse un regard contrit. Aucun de nous n'avait tort, mais aucun de nous n'avait raison.

(Mais elle a *plus* tort, bien sûr).

— Et si nous retournions à un ancien repaire ? proposé-je en tournant vers la route qui mène au sentier sur lequel nous nous trouvions il y a près de dix-huit mois, quand elle a failli transformer mon pénis en pelote à épingles.

— Où ça ?

— Tu verras.

— Pas à la station-service où tu as insisté pour qu'on fasse un petit coup rapide ?

Je n'arrive pas à savoir si elle me fait des avances ou si elle est sarcastique.

— J'ai fait une blague. Une fois, grogné-je.

Nous restons silencieux pendant le reste du trajet. Même

si elle me prend la main, son expression reste neutre, les paupières tombantes. L'incident est une chose, mais la relation entre Marie et moi en est une autre. Shannon veut que tout le monde forme une grande et heureuse famille. Je comprends. Vraiment. Mais je viens d'une famille où tous les moments chaleureux ont disparu le jour où une bestiole a piqué ma mère et l'a tuée.

Mon concept de la famille heureuse est créé à partir de souvenirs nostalgiques, de bribes de films et d'une invitation occasionnelle sur l'île privée des parents de quelqu'un pour Thanksgiving.

— Oh !

Shannon se ragaillardit lorsque je tourne à droite dans le parking en gravier du parc national. Elle sourit. Quelque chose en moi se détend.

Vous pourriez penser que je suis fou d'amener une femme hautement allergique aux piqûres d'abeilles dans un parc du Massachusetts en août, et vous auriez raison, sauf que Shannon – contrairement à mon vampire de PDG de frère – a décidé qu'elle ne laisserait pas son allergie lui pourrir la vie. Elle sort, elle fait de la randonnée, elle s'adonne à tout, sauf à l'apiculture, conformément à son souhait d'avoir une vie « normale ».

Franchement, elle est loin de la vie « normale » avec une mère comme la sienne et en étant tombée amoureuse du fils d'un milliardaire, mais je fais ce que je peux pour lui faire plaisir.

Nous sortons de mon SUV et avant que nous puissions fermer les portes, une abeille passe paresseusement devant mon visage.

— Attention, aboyé-je, en pointant du doigt les 0,70 g de mort ailée.

Shannon hausse les épaules.

J'ouvre ma porte.

— Monte. On va aller ailleurs.

Mais à quoi est-ce que je pensais ? Une poussée d'adréna-line me traverse comme si on m'en avait injecté. Elle fouille dans son sac à main et en sort deux EpiPens.

— Tu vois ? J'en ai deux. Un pour moi, et un pour ton pénis.

Je devrais être dans une salle de conférence en ce moment. Des contrats d'un million de dollars devraient être étalés devant moi comme un éventail, avec des divisions entières d'entreprises suspendues dans la balance, attendant ma décision. C'est ce genre de pouvoir que je gère le mieux. Trouver des faiblesses, renforcer ses forces, gagner de l'ar-gent, gagner toujours plus d'argent, c'est ce que fait Declan McCormick. C'est dans mon sang. C'est ce que je suis. Le pouvoir, l'influence et l'autorité sont mon tiercé gagnant.

Mais ici, dans la nature, où un seul insecte pourrait me voler l'être le plus précieux de ma vie, rien de tout ça n'a d'importance.

Aucun pouvoir ne pourrait empêcher Shannon de mourir à cause d'une seule goutte de poison sur le cul d'une abeille.

Et je ne peux rien y faire. La putain d'abeille gagne.

Bien sûr, elle a ces EpiPens dans la main, et nous pouvons à nouveau courir vers un hôpital. Je pourrais la cloîtrer et la forcer à rester à l'intérieur huit mois par an, en vivant dans la peur constante comme mon frère.

Ou je pourrais m'en aller. Rompre. J'ai tous les droits. Ça me touche de trop près. Ma mère est morte et Shannon a la même vulnérabilité. Ça me rend fou de savoir que peu importe les millions sur mon compte en banque, peu importe le nombre d'entreprises qui dépendent de mes décisions pour leur subsistance, peu importe le nombre de personnes que je contrôle, je dois mettre mon cœur entre les mains de Shannon et espérer que tout ira bien. Ma vie avec elle promet de tendre vers une éternité captivante, et si elle ne fait pas tout le voyage avec moi à cause d'un appendice d'abeille pas plus gros qu'une écharde, je…

Je n'en sais rien.

Je n'ai pas d'autre choix.

Elle fait le tour du SUV, me prend la clé des mains, la verrouille dans un « bip » et emprunte le sentier. Elle a une trentaine de mètres d'avance sur moi quand je me décide à faire un pas vers elle, me forçant à arrêter de scruter l'air à la recherche d'abeilles comme un type des opérations spéciales en mission.

— Mon pénis, lui dis-je, ne gonfle pas quand on le mord.

Juste à ce moment, deux randonneurs apparaissent derrière un énorme chêne. Je fais semblant de ne pas les remarquer en m'élançant pour rattraper Shannon. Ils ricanent. Ce n'est pas grave. Je suis habitué à être ridiculisé en public quand je suis avec Shannon. Vous vous souvenez du #Pèrenoëlsexy ?

— Ton pénis, dit Shannon dans un souffle alors que nous continuons à monter la colline vers la prairie où nous avons commencé à faire l'amour pour la première fois et où elle a failli mourir.

Ces deux expressions ne devraient jamais se retrouver dans la même phrase. Jamais.

— Quoi, mon pénis ?

Il réagit au son et écoute attentivement. Elle laisse ces deux mots en suspens.

Elle s'arrête et sort son téléphone de sa poche arrière. Il vibre. Je gémis.

Elle consulte l'écran.

— C'est Carol. Elle demande si je peux venir surveiller ses enfants pendant une heure pendant qu'elle fait une visite mystère rapide.

Je gémis plus fort.

— Ou bien, dit Shannon d'un air entendu, en battant des ciels et en me regardant avec malice, elle propose que je fasse la visite à sa place. C'est pour une boutique de sex-toys. Le client mystère qui était censé faire la visite ne s'est pas présenté. Carol n'a pas le choix. Tu sais, ajoute-t-elle, en essayant de m'amadouer avec un regard aguicheur, je m'occupais de neuf visites mystères où les clients s'étaient désistés le matin où je t'ai rencontré.

Je plisse les yeux et j'essaie de la dévisager.

Elle reste impassible.

Mince. Ça fonctionnait avant.

— Greg et toi m'avez promis d'arrêter les visites mystères, dis-je tout en sachant pertinemment que j'ai du culot, car d'un jour à l'autre, Greg va la supplier de faire la fausse évaluation du restaurant pour moi.

— Tu as raison, dit-elle en tapant sur l'écran.

— Qu'est-ce que tu écris ?

J'aperçois l'extrémité du champ où nous pourrons disposer d'un peu d'intimité. Shannon a pris le sac à dos avec notre couverture en sortant du SUV, et j'ai un préservatif dans mon portefeuille…

— Je lui dis juste savoir qu'on est en route pour aller chercher Tyler et Jeffrey et les emmener manger une glace pendant que Carol fait la visite mystère.

Je regarde le champ.

Je regarde Shannon.

Le Champ des rêves d'un côté.

Les Démons du maïs de l'autre.

Mes épaules s'affaissent et je reprends la direction du SUV.

— Bien, dis-je tandis qu'elle soulève une chaîne imaginaire attachée à une certaine partie de mon corps et qu'elle me traîne pour faire du baby-sitting.

CHAPITRE 6

Q uand est-ce que tu vas devenir mon oncle ?
me demande Jeffrey alors que nous franchissons la porte d'entrée de l'appartement
de Carol.

Je le regarde. Il ne peut pas s'empêcher de sourire et de
glousser. Attendez un peu. Il y a quelque chose qui cloche.

— Marie ! dis-je avec ma voix de con. Je sais que tu es là
quelque part ! Combien tu l'as payé pour qu'il me demande
ça ?

Shannon sort un billet d'un dollar de sa poche et le lui
tend en chuchotant :

— Bien essayé.

— Grand-mère m'a payé cinq dollars. Tu es radine,
Thannon.

Elle lui fait un énorme câlin malgré l'insulte. Je lui en tape
cinq, pas pour le commentaire sur l'oncle, mais parce que
j'admire l'entrepreneur en herbe chez lui. Jeffrey pourrait
devenir un jour mon banquier d'affaires s'il continue
comme ça.

Et mon neveu aussi.

— Tu as besoin d'un câlin, lance Tyler depuis le couloir, l'air triste.

Je me penche et j'ouvre grand les bras.

Il crie :

— Non ! Je refuse !

Carol se précipite à mon secours alors que Tyler tend les bras vers Shannon pour qu'elle l'étreigne.

— Laisse-moi deviner, dis-je lentement, en m'interrogeant sur les subtilités du trouble du langage de Tyler. Il voulait en fait dire « J'ai besoin d'un câlin » et il le disait à Shannon.

— Bravo ! Tu parles de plus en plus couramment le langage de Tyler ! pépie Carol.

Elle ressemble tellement à Marie en plus jeune que je m'inquiète que mon père la rencontre un jour.

Ce qui se produira, très probablement, lors de notre dîner de répétition pour le mariage.

Le mariage.

La demande.

— Il parle couramment le russe. Tu te souviens ?

Shannon me fait un clin d'œil.

— Chatoune sent comme un œuf au vinaigre fourré dans une gerbille en décomposition, dis-je en russe.

Carol se fige et regarde lentement Shannon. Chatoune sort de la pièce, vexé. Il m'adore. Je sais qu'il me pardonnera, mais je penserai à vérifier mes chaussures avant de les enfiler tant que je suis là.

— Tu as le droit à un milliardaire sexy et il parle russe ? Tout ce à quoi j'ai eu le droit, moi, c'est à un musicien tatoué jouant aux spécialistes du marketing sur Internet avec un complexe de supériorité et qui m'a laissé dans la merde avec des tonnes de dettes.

Shannon hausse les épaules.

— Il a deux frères ! lance Marie depuis la pièce d'à côté.

N'est-ce pas formidable ? Tu as deux sœurs, Shannon, et Declan a deux frères.

— Si mon père et toi vous étiez mariés, Shannon et moi serions beaux-frères et belles-sœurs, dis-je.

Marie pâlit lorsque Jason entre dans la pièce. Ces deux-là passent-ils parfois du temps chez eux ?

— Qu'est-ce que c'est que cette histoire de mariage entre Marie et ton père ? demande Jason, les coins de sa bouche agités d'un tic.

Au début, j'imagine qu'il s'efforce de ne pas sourire, mais ensuite je vois sa mâchoire crispée. Ses poings serrés. Il est en colère.

— Declan faisait une blague. Qui n'est pas drôle, dit Shannon.

Je trouve au contraire que le visage de Marie est hilarant.

— Pourquoi faire du baby-sitting alors que Marie et Jason sont là pour donner un coup de main ?

— Je dois aller travailler, et Marie doit faire la visite mystère avec Carol, explique Jason. Sinon, je t'aurais invité chez moi pour boire un coup.

Il porte un t-shirt rayé, un jean et des tongs. Chez lui, il ne s'embête même pas avec les tongs la plupart du temps. Jason est aussi décontracté que mon père est formel. Ce sont de parfaits opposés.

Marie me regarde avec une expression peinée dans ses yeux bleus brillants.

— Declan ? On peut parler en privé ?

J'ai les mains dans les poches de mon pantalon, mes doigts touchant le téléphone que j'ai payé 700 $ pour l'arracher aux mains du gamin. Je lui en ai proposé 300 $, mais il m'a fait une contreproposition à mille dollars. Négocier tout nu, caché derrière un oreiller représentant des short-cakes à la fraise datant de l'enfance de Shannon, n'a pas été évident.

— En privé ? lui demandé-je à voix basse. La vie privée existe donc chez toi ?

La pique la fait tressaillir. Jason nous observe attentivement, et je remarque ses épaules tendues. Je marche sur un sol très instable, mais je m'en fiche.

En réalité, je ne m'en fiche pas. Du moins, je ne devrais pas. Avec une demande en mariage en attente et l'engagement de faire partie de cette famille pour le reste de ma vie terrestre, je devrais peut-être me débarrasser de la part de moi sarcastique par défaut. Dans la famille McCormick, la maîtrise du sarcasme est essentielle.

Si la famille de Shannon adore l'humour et les plaisanteries, ils n'échangent jamais de mots durs. Il est facile de les blesser. Sa famille a de véritables réactions émotionnelles en réponse à des mots durs.

Ses proches sont dépourvus de ce mur qu'on m'a appris à construire, brique par brique.

Piqûre après piqûre.

Marie fait un signe de tête vers une petite chambre à droite. Ce doit être celle de Carol, et je me rends compte qu'en un an et demi, depuis que je fréquente Shannon, je ne suis jamais entré dans cette pièce. Les murs sont couverts de cartes géantes, de belles cartes de chaque continent, texturées et nuancées. Il n'y a pas de noms de pays – pas de mots du tout. Juste un visuel. Les océans sont d'un vert d'eau très pâle, les continents sont formés d'un arc-en-ciel ténu de nuances variées de beige, vert et marron.

Je fixe une carte, et Marie me regarde, arborant un sourire fier.

— Carol est une artiste multimédia sur son temps libre.

— Elle a deux enfants et un travail et elle a quand même du temps libre ? demandé-je.

À en croire Shannon, Carol n'a pas le temps de se doucher la plupart du temps.

Marie rit, mais c'est un son discret. Marie n'est pas une personne discrète, ce qui en dit long.

— Carol était spécialisée en arts à l'université jusqu'à ce que son ex la convainque d'abandonner ses études pour pouvoir gagner assez d'argent pour soutenir sa « carrière » de spécialiste du marketing sur Internet.

— Ah. Todd, dis-je.

J'ai du mal à adopter un ton détaché. Jeffrey vénérait son père et l'année dernière, il a supplié le père Noël – en réalité moi, déguisé – de lui ramener son père à la maison pour Noël. Malgré tous les appels, textos et e-mails de Carol, pas de nouvelles. Le type n'a même pas pris la peine d'envoyer une carte de Noël à ses propres enfants.

Quel minable.

— Carol a toujours été mon enfant terrible, dit Marie avec un soupir affectueux. Elle a eu une vie difficile.

Comme tout le monde.

— Qu'est-ce que c'est ? demandé-je pour changer de sujet, en touchant les cailloux étranges qui semblent méticuleusement collés pour former les cartes.

— Du café.

— Du café ?

— Des grains de café, explique Marie. Carol achète des grains de café vert en vrac. Elle les fait changer de couleur en les torréfiant. Et elle en fait de l'art.

Terry s'en donnerait à cœur joie. C'est le créatif de la famille et bien que notre père déteste ça, il…

— Je suis désolée pour ton cul, laisse échapper Marie.

Nous y voilà.

— Mon cul va bien. C'est ma fierté qui est blessée. Mais plus que ça, c'est Shannon. C'était une sacrée invasion de notre vie privée, Marie, et je ne peux plus te laisser faire ça.

Marie penche la tête dans ce qui se rapproche le plus de la honte qu'elle est capable de ressentir. Ses cheveux ne bougent pas. Elle doit utiliser l'équivalent d'un tube de SuperGlue pour maintenir sa chevelure en place.

— Je sais. Mais notre famille est assez libre…

— Tu n'as pas de limites. Mais Shannon oui.

Marie me regarde avec colère.

— Je me suis excusée d'avoir fait irruption pendant que vous faisiez l'amour alors qu'une équipe de tournage me filmait. J'ai essayé de faire amende honorable. Tu es un homme dur, Declan.

Je souris sans montrer les dents.

— Je prends ça comme un compliment.

Elle secoue lentement la tête. Tristement.

— Tu dois apprendre à pardonner et à aller de l'avant.

Je me rends compte que sa tristesse n'est pas due à son impolitesse en faisant irruption chez nous, mais qu'elle est dirigée vers moi. Comme si j'étais triste. Être l'objet de sa pitié ne figure pas en tête de ma liste d'objectifs.

— Je n'ai pas besoin de faire quoi que ce soit, Marie. Je n'ai rien fait de mal.

Elle pâlit.

— Tu ne… Je ne…

Elle fronce davantage les sourcils et… oh, non, ce sont des *larmes* ?

Je comprends d'où Shannon tient ça

— Declan, dit-elle avec un petit sanglot dans la voix. Tout le monde fait des erreurs. Tout le monde.

Mon indignation parfaitement raisonnable, cent pour cent inattaquable, totalement compréhensible et parfaitement justifiée, est menacée par l'eau salée dans ses yeux.

C'est injuste.

— Et dans notre famille, quand quelqu'un fait une erreur, il va voir la personne qu'il a blessée et s'excuse. Sincèrement. Et alors, parce qu'on s'aime, la personne blessée accepte ses excuses. Elle lui pardonne. Et ils passent à autre chose.

Joli conte de fées, n'est-ce pas ? Qui fait *ça* dans la vie réelle ?

Elle m'observe attentivement, sans artifice.

Oh, merde.

Elle est sérieuse. Elle croit vraiment que c'est ainsi que les gens fonctionnent. Peut-être dans les sitcoms à l'eau de rose. Mais j'ai vécu assez longtemps pour savoir que le pardon n'est qu'une notion que les personnes souffrant de troubles caractériels utilisent contre les faibles.

Du moins, c'est ce que mon père dit toujours.

— Tu veux que je te pardonne, dis-je pour résumer.

— Je ne l'exigerai pas, mais ce serait bien. Tu as une façon de te comporter qui remue le couteau dans la plaie, répond-elle.

— Peut-être que je ne suis pas prêt à pardonner.

Les mots sortent avant que je réalise mon erreur. Je suis en train de céder, n'est-ce pas ? Le simple fait de mentionner l'idée que je *pourrais* pardonner si j'étais prêt montre une volonté de négocier, et chacun sait que la première règle des négociations est de ne jamais, jamais parler en premier.

(La deuxième règle est de ne pas le faire nu après que votre belle-mère a fait irruption au beau milieu de vos ébats sexuels).

Elle m'adresse un sourire rayonnant qui me donne l'impression que Tony Robbins va me dévorer lors de sa prochaine conférence.

Marie a gagné.

Elle me prend dans ses bras en une étreinte que je ne lui rends pas, me serre deux fois, m'embrasse sur la joue et disparaît par la porte d'entrée avec un sac à main sur l'épaule.

Que diable vient-il de se passer ?

Comment suis-je passé de la partie lésée à celle qui a été réprimandée pour ne pas avoir pardonné ?

L'expression de mon visage doit trahir ce qui se passe à

l'intérieur, car Jason s'approche de moi et me passe le bras autour de l'épaule.

— Tu viens de te faire « Marier ».

— Quoi ?

— « Marier ». Marie t'a eu. Bienvenue dans la famille.

Alors que cette idée fait son chemin dans mon esprit, je réalise que je n'ai même pas encore fait ma demande et que je suis manipulé par des gens avec qui je ne suis pas légalement obligé d'interagir.

Les enfants courent dans la cuisine et passent devant Jason et moi.

— Tu veux un bâtonnet de fromage, déclare Tyler en ouvrant la porte du réfrigérateur.

— On va aller manger une glace, chéri, explique Shannon. Tu en veux ?

— Tyler veut de la glace ! dit Tyler.

Tyler est comme le Bob Dole des petits enfants ; il parle toujours de lui à la troisième personne. C'est amusant. Très progressivement, il remplace son nom par « Je », et Carol est ravie qu'il commence à parler normalement. Je pense que c'est plutôt cool qu'il ait un esprit qui fonctionne différemment. C'est ce type de personnes que vous avez envie de côtoyer.

Tyler créera quelque chose d'important un jour, le futur équivalent d'Internet ou du téléphone portable, ou il dirigera les Anonymous. Je veux rester dans ses bons papiers.

— Dis « Je veux de la glace, s'il te plaît », dit Carol sur un ton patient.

— Je veux de la glace, s'il te plaît, répète parfaitement Tyler.

Il a presque sept ans maintenant, et bien qu'il soit encore loin derrière les enfants de son âge, il a vraiment fait du chemin. Marie, Jason et Carol se sont comportés comme une équipe, recevant une formation et un soutien des orthophonistes et des enseignants de l'école de Tyler, et cela se voit. J'admire ça. La grande et heureuse famille Jacoby s'investit vraiment auprès de ses membres quand l'un d'eux a besoin d'aide.

Peut-être qu'il y a du vrai dans ces conneries de pardon.

Shannon tend la paume à Tyler.

— Tape-m'en cinq !

Tyler se tourne vers moi, l'ignorant, et me tend son poing fermé.

— Tape-m'en zéro ! déclare-t-il.

Nous faisons un check.

C'est ce qui se rapproche le plus de la phrase *Quand est-ce que tu vas devenir mon oncle ?*

Bientôt, gamin. Bientôt.

Je l'espère.

— De la glace, hein ? murmuré-je à l'oreille de Shannon, en lui donnant un baiser sur le lobe de l'oreille. Tu es mon parfum préféré.

Elle sourit et rougit. Elle me prend la main tandis que nous amenons à pied les deux garçons surexcités vers leur marchand de glace préféré. Carol est déjà en train de sortir de l'allée avec Marie. Je vois Jason monter dans sa voiture et il me fait signe, un sourire amical sur le visage.

Nous marchons sur le trottoir. Un couple avec une poussette nous dépasse. Ils vont dans la direction opposée. Shannon jette un coup d'œil à la poussette et émet un petit « Oh ! » ravi qui indique que ses ovaires sont prêts à détourner mes spermatozoïdes et à leur faire un half nelson, les plaquant contre sa paroi utérine.

Chaque chose en son temps. Je dois toujours la demander en mariage. Mais regarder Jeffrey et Tyler se frayer un chemin sur la route, les quatre pâtés de maisons se transformant en leur propre course d'obstacles, me fait penser aux enfants. Nous en voulons. Shannon m'a clairement fait savoir qu'elle devait mettre sa carrière en ordre avant d'envisager d'en avoir, mais je pense qu'elle se ramollit déjà.

Avoir des enfants nous ralentira. Avant, je veux passer quelques années à lui faire faire le tour du monde pour rayer des choses de ma liste. Nous ne sommes jamais allés à Paris, et Shannon a parlé de son désir de voir le Machu Picchu. Pas facile avec un bébé attaché sur le devant dans un de ces machins.

Je pourrais faire une liste de toutes les expériences que nous souhaitons tous les deux vivre avant d'avoir des enfants, mais je me concentre plutôt sur le fait que Shannon tient soudain un Tyler hurlant, dont le nez s'est transformé en Vésuve, avec du sang rouge giclant sur l'épaule et la poitrine de Shannon.

Je me penche pour le regarder.

— Qu'est-ce qui s'est passé ?

— Tyler a trébuché, explique Jeffrey.

C'est assez simple comme explication.

Shannon le berce doucement pendant qu'il crie :

— Essuie-le ! Essuie-le !

En même temps, il plaque la paume de la main contre son nez en sang.

Il tourne en boucle : toutes les deux secondes, il essuie son nez, regarde sa main, s'écrie « Essuie-le ! », puis recommence.

— Hé, mon grand. Attends une seconde. Tu es blessé ? demandé-je.

— NON ! PAS BLESSÉ !

Tyler aime nier tout ce qui est négatif. Il a renversé son jus ? Certainement pas. On lui a fait de la peine ? Certainement pas. Son nez saigne ? Certainement pas. Il est doué pour nier la réalité. Il pourrait être le correspondant de Fox News sur le changement climatique.

Shannon me tend son sac à main.

— Tu peux chercher des mouchoirs là-dedans ?

Son sac à main est un puits sans fond d'objets pratiques dont vous pourriez avoir besoin une fois dans votre vie, sept tampons, deux EpiPens, quelques rouges à lèvres, d'innombrables reçus et un billet de loterie.

Enfin, je trouve des mouchoirs et je les lui tends.

— Un billet de loto ? demandé-je, incrédule.

Elle commence à essuyer doucement le nez de Tyler.

— Ça ne peut pas faire de mal d'essayer, dit-elle d'une voix chantante.

— Je suis milliardaire, dis-je lentement.

— Seulement sur le papier. Je sais comment ça se passe. Steve était « millionnaire ».

Elle fait des guillemets avec ses doigts. Il est vrai que son ex-petit ami, Steve, était un moulin à paroles pompeux avec les compétences en gestion financière d'une des femmes au foyer de Beverly Hills. Ce préjugé ne s'applique pas à moi.

— Je suis un *vrai* millionnaire, lui rappelé-je. Et sacrément proche de devenir milliardaire. Tu as autant besoin d'un billet de loterie que Taylor Swift a besoin de Spotify.

Jeffrey entend ce que je dis.

— F'est vrai ? Ze vais avoir un oncle riche ? F'est trop cool ! Tu as un hélicoptère ?

— Oui.

— Et une cravate grise ?

Hein ?

— Parce que maman lit toujours ce livre à la maison sur un milliardaire qui porte une cravate grise. C'est sur la couverture du livre et tout.

Oh mon Dieu.

— Il a finquante dents ! Finquante ! Qu'est-fe qu'on fait avec autant de dents ?

Le zozotement de Jeffrey s'accentue quand il est excité.

— Hum.

— Finquante ! Finquante ! répète Tyler, en riant.

Il a tellement de sang sur le visage qu'on dirait un figurant du film *Saw 27*.

— Est-ce qu'il y aurait un autre mouchoir dans mon sac à main ? demande Shannon.

Je regarde. Négatif.

Elle fronce les sourcils, et je vois le problème. Alors que nous ignorons tous les deux les questions innocentes de Jeffrey sur le mommy porn de Carol, je réalise que Tyler a l'air de s'être écrasé le visage contre un mur de ciment. Il ne peut pas sortir comme ça.

— Tu as la clé de l'appartement de Carol ? demandé-je, certain de la réponse.

Bien sûr qu'elle l'a. Sa famille n'a pas de limites. Ils partagent probablement tous la même brosse à dents.

Elle secoue tristement la tête.

— Non.

— Non ?

— Ma mère en a une, mais pas moi.

— Merde.

— Merde, répète Tyler, parfaitement.

Contrairement à son frère aîné, il n'a pas de défaut de prononciation.

C'est une chaude journée d'août et je suis habillé pour le cours de yoga qui a été annulé. Un t-shirt noir en polyester, un short noir. En saisissant l'ourlet de mon t-shirt, je le passe par-dessus ma tête.

— Bien que j'apprécie la vue, à quoi tu joues ? chuchote Shannon.

— Les hommes torse nu ne sont pas vraiment rares en août dans le Massachusetts, dis-je en chuchotant.

Comme si je m'approchais d'un chat effrayé (car c'est à peu près ce que je fais), je m'accroupis et m'appuie sur un genou. Le visage de Tyler est enfoui dans la poitrine de Shannon. Son t-shirt rose pâle ressemble maintenant à un tie and dye raté.

— Tyler ? Tout va bien. Il faut juste que j'essuie le sang de ton visage.

— NON, je refuse !

Il ouvre de grands yeux paniqués, et je réalise immédiatement mon erreur. Je ne sais peut-être pas grand-chose sur les enfants en général, mais après un an et demi de vacances et de nuits à baby-sitter occasionnellement Tyler et Jeffrey, je sais ce qu'il faut faire.

De plus, j'ai été un garçon de six ans, moi aussi. Il n'y a vraiment qu'une seule façon de procéder.

— Est-ce que j'ai parlé de sang ? demandé-je de manière exagérée, comme un acteur d'une émission de télévision pour enfants. Tu n'as pas de sang sur le visage, n'est-ce pas ?

— Pas de sang, dit Tyler avec suspicion.

Au moins, il a arrêté de crier.

— Bien sûr que tu n'as pas de *sang* sur la figure, lui dis-je en tenant mon t-shirt noir roulé en boule près de son visage. Mais, lui chuchoté-je en le tirant vers moi comme si j'avais un secret, tu as du *caca* sur la figure.

— Du caca ? demande Tyler.

Shannon m'adresse un regard signifiant *Sérieusement* ? avec un tel roulement d'yeux que ça doit être douloureux.

Jeffrey se met à rire et s'approche de la conversation sur le caca. Si jamais vous êtes à court de sujets à aborder avec des garçons de moins de trente-cinq ans, parlez simplement de caca. C'est le langage universel des hommes immatures.

Bon d'accord. De *tous* les hommes.

— Tu veux avoir du caca sur la figure ? demandé-je à Tyler.

— Je ne vois pas de caca, dit Jeffrey, en fronçant les sourcils. Tout ce que je vois, c'est du sang.

La panique revient dans les yeux de Tyler.

— Ce n'est pas du sang, dit Shannon à Jeffrey, en le tirant vers elle et en lui chuchotant furieusement quelque chose à l'oreille.

Son visage se transforme. Son regard indique qu'il a compris.

— Tyler, s'écrie Jeffrey, tu es couvert de caca ! C'est comme si tu, comme si tu…

Il fronce les sourcils, essayant de trouver quelque chose de totalement fou.

Il y parvient.

— C'est comme si tu avais mangé du caca !

Tyler et Jeffrey éclatent de rire, et Tyler répète « ça ne se mange pas le caca ! » onze mille fois de suite.

Shannon me lance un regard dégoûté. Je hausse les épaules. Le gamin ne crie plus, pas vrai ? En fait, il hurle de rire. Il est toujours couvert de sang, ce qui le fait ressembler à un mini Dexter, mais…

J'ai compris.

J'ai compris toute cette histoire de paternité.

Il suffit de parler de caca.

— Je vais laisser couler pour cette fois, dit Shannon en m'arrachant mon t-shirt des mains alors que Tyler la laisse essuyer le « caca » de son visage, mais je ne veux plus t'entendre parler de caca.

— Mais…

— Le caca vient des fesses, dit Jeffrey, comme si c'était la meilleure blague de tous les temps.

Jeffrey, Tyler et moi éclatons de rire, mais Tyler la laisse lui nettoyer le visage. Shannon doit lécher ma chemise par endroits et appuyer très fort, mais quand elle a fini, il a meilleure mine, même s'il est un peu rose.

Elle me tend mon haut. Je le défais et je le mets.

— Tu vas porter ça ?

Elle plisse le nez de dégoût.

— Quoi ? Il y a de la peinture de guerrier dessus.

— Il y a du caca dessus ! déclare Jeffrey alors que nous nous approchons du marchand de glaces.

Il n'y a pas de queue aujourd'hui, ce qui est surprenant en plein mois d'août.

— t-shirt caca ! crie Tyler.

Shannon nous ignore et va passer notre commande habituelle.

— OK, les gars, arrêtons de parler de caca. Tante Shannon n'aime pas ça, dis-je en les rassemblant.

Tyler ne semble pas comprendre ce que je dis, et Jeffrey le comprend certainement, car son visage se décompose.

Je les emmène au terrain de jeux et ils jouent pendant quelques minutes, Tyler suppliant qu'on le pousse sur la balançoire, Jeffrey grimpant sur une corde et une rampe. Shannon apparaît avec un plateau recouvert de pots de glace et nous nous asseyons à une table de pique-nique.

Tout semble normal. Comme si nous étions une famille. Je m'imagine avec deux garçons comme Jeffrey et Tyler. Je me vois les emmener passer un après-midi amusant comme celui-ci (sans le saignement de nez).

Shannon distribue les glaces et nous nous jetons dessus, mis en sourdine par la crème sucrée et le nappage.

Jeffrey se met à rire de façon incontrôlable. Shannon et moi le regardons, perplexes. Il désigne Tyler.

Il a de la glace au chocolat partout sur son visage. Il a réussi à en mettre dans ses cheveux et sur une oreille.

Jeffrey pousse de douloureux hurlements de rire, et ne parvient à prononcer qu'un seul mot :

— Caca.

Je serre les dents pour ne pas rire, et Tyler répète tout ce que dit Jeffrey.

— Fafe de caca, bafouille Jeffrey.

Tyler le répète douze mille fois.

— Tout est de ta faute, me crache Shannon. Je ne veux plus jamais t'entendre parler de caca.

Je lève les mains pour me défendre.

— Quoi ? Ce n'est pas ma faute ! Ça a permis de calmer Tyler.

— C'est dégoûtant et tu sais bien qu'il ne faut pas faire de blagues sur le caca à deux petits garçons.

— Le caca, c'est hilarant.

— Le caca n'est pas un sujet de conversation !

— Je ne suis pas d'accord.

— Plus de discussions sur le caca. Ça suffit les discussions sur le caca. Je ne veux plus jamais, jamais entendre parler de caca, aussi longtemps que je vivrai. Je ne parle pas de caca, et tu n'as pas besoin de le faire non plus. C'est clair ?

Elle regrettera ces mots.

CHAPITRE 7

Trois jours avant la demande...

— Ça, dit mon père en me rendant la bague et en prenant son verre à whisky à moitié vide, c'est une bague magnifique. Même après toutes ces années. Elle allait bien à ta mère. Elle m'a coûté une petite fortune à l'époque.

Sa pipe se consume, à moitié abandonnée, dans un petit cendrier. Il est interdit de fumer à Boston, mais James Mc-Cormick insiste sur le fait que les règles ne le concernent pas s'il détient l'immeuble.

Sa main est ferme lorsqu'il porte le verre à sa bouche, mais il le vide d'un seul trait.

Et il fait signe au barman de lui en apporter un autre.

Nous sommes dans le salon de The Fort. Mon père aime se rendre de temps en temps dans sa propriété préférée. J'ai aussi un faible pour cet endroit. Après tout, ce n'est pas tous les jours que vous pouvez voir votre future femme balancer un vibromasseur de quatorze étages dans la circulation de Boston, n'est-ce pas ?

Ah, les souvenirs.

— J'ai toujours pensé que Terry serait le premier à se marier, ajoute-t-il en regardant avec tristesse son verre vide. C'est le plus âgé.

— Terry a autant de chances de se marier que toi de sortir avec une quinquagénaire, papa.

Terry est musicien. Il voyage dans le monde entier et commence tout juste à investir dans des concepts de musique vraiment marginaux pour le Web. Non seulement Terry n'a pas d'adresse permanente ou de femme permanente, mais il ne possède même pas de voiture. C'est le minimalisme incarné.

Son plus grand engagement est son forfait international de téléphonie mobile.

Mon père laisse échapper un petit rire dédaigneux.

— Si je comprends bien, tu me prépares au fait de ne jamais voir Terry se marier.

Je lui adresse un petit sourire. Mon père secoue lentement la tête, les yeux fixés sur l'anneau que je tiens encore dans la main. J'ai l'impression que le métal est chaud, comme s'il palpitait de l'intérieur.

— Si aucun de tes frères n'est près de se marier, autant te la donner, je suppose, dit-il d'une voix rauque.

Je pose une main ferme sur son épaule.

— Félicitations, Declan, dis-je d'un ton surjoué. Laisse-moi te serrer la main et te souhaiter tous mes vœux de bonheur pour ton futur mariage. Voilà ton script, papa.

Il s'ébroue.

— Shannon est parfaite dans tous les domaines sauf un, fils. Je ne vais pas te raconter de conneries à ce sujet. Tu sais que selon moi, tu risques de souffrir énormément si tu choisis une femme qui a le même problème médical que ta mère.

— Et je m'en f…

Il se redresse alors qu'une serveuse avec des fesses à côté

desquelles le cul de Nicki Minaj ressemble à un ballon dégonflé apparaît avec du scotch à la main. Nous la regardons tous les deux s'éloigner. C'est tellement… hypnotisant.

— Tu ne pourras pas te taper ça une fois que tu auras donné cette bague à Shannon, dit mon père en gloussant, saisissant son verre comme si c'était une bouée de sauvetage.

— Je ne veux pas me la taper !

Mon père engloutit son verre. C'est son troisième depuis mon arrivée il y a une heure.

— Tant mieux. Parce que si j'ai assez de courage liquide en moi, je pense que je vais essayer.

Je marque un temps d'arrêt.

— Je serais surpris qu'elle ait trente ans.

— Je serais déçu si elle avait trente ans.

Mon père m'adresse un regard entendu, un sourire de conspirateur sexuel. Je garde volontairement un visage neutre. Shannon a fait un commentaire troublant il y a long-temps sur le fait que mon père sortait avec des femmes de son âge à elle, et je ne l'ai pas oublié. Elle avait raison. Elles l'appellent le Loup grisonnant. Pas le renard. Il y a une différence.

Mon père est le stéréotype du vieux riche qui se tape tout ce qui est né après la chute du mur de Berlin.

Et il en est *fier*.

La théorie de Shannon est assez minable : après la mort de ma mère, mon père n'aurait pas pu gérer ses émotions et les aurait canalisées en véritable rage à mon égard. Il serait en colère contre moi pour ne pas avoir sauvé ma mère lors-qu'elle et Andrew ont été piqués et que nous n'avions qu'un seul EpiPen. J'ai littéralement dû choisir qui allait survivre. Mon père ne pourrait pas gérer son chagrin lié au décès de ma mère sans le sublimer en colère.

Et je serais la cible idéale.

Je pense que Shannon a un peu trop regardé Dr Phil.

Mon père a fait face à ces sentiments en poussant Andrew à devenir PDG et en abandonnant Terry, qui a toujours été le mouton noir de la famille.

Tremper son biscuit dans des femmes de moins de trente ans est devenu une façon de garder une distance émotionnelle, aussi.

Je pense que la vérité est beaucoup plus simple : ce n'est qu'un connard sexiste.

Ou juste un connard. Point.

Mais c'est mon père, et mon patron, alors je fais avec. Ce n'est pas mon affaire avec qui il choisit de coucher. Tant qu'il ne m'annonce pas qu'il va se remarier et que le testament n'est pas modifié, sa vie privée ne me regarde pas.

Ma vie sexuelle, en revanche, est sur le point d'être rendue publique.

Encore une fois.

Parce qu'une fois que vous avez demandé une femme en mariage, vous déclarez au monde entier votre intention de la baiser. Beaucoup.

De la féconder, même.

L'idée de Shannon enceinte, le ventre rebondi, le corps rayonnant d'une nouvelle vie me fait perdre le fil. Je sens l'instinct protecteur et la gratitude m'envahir. C'est soit ça, soit mon deuxième scotch qui fait effet. Non, ce n'est pas l'alcool. C'est un sentiment que seule Shannon peut faire ressortir en moi.

— Tu as tout prévu ? La demande en mariage parfaite ? demande mon père avec un sourire.

Il est sincère. Pas de sarcasme. Ça me surprend. C'est peut-être l'alcool.

— Oui.

Ce mot revêt un nouveau sens à mes yeux.

— Et n'en parle à personne.

— Non.

Mon père lève le menton et fait signe à quelqu'un au loin. Andrew entre dans le salon comme si l'endroit lui appartenait. Techniquement, il appartient à mon père, mais bon qui fait attention à ça ?

Techniquement, mon père…

La serveuse lève les yeux et adresse un sourire suggestif à Andrew. Mon père grimace.

— Tu la connais ? demande mon père à Andrew, la flamme de la compétition brillant dans ses yeux.

Mon père a tout de l'homme le plus intéressant du monde, avec ses cheveux grisonnants, ses traits attrayants et son côté milliardaire mystique, mais Andrew a sa jeunesse pour lui. Certaines femmes veulent George Clooney.

D'autres veulent Jamie Dornan.

Et mon père déteste ça.

— Je l'ai connue. Bibliquement, dit Andrew avec un sous-entendu.

Mon père se contente se soupirer. Ce doit être difficile d'être le vieux lion. Même George Clooney vient de se marier.

Andrew se tourne vers moi et me tapote le bras.

— En parlant de connaître les gens bibliquement, tu es sur le point de faire ta demande en mariage. Tu as la bague ?

— Ouaip.

Andrew ne sait pas que notre père m'a donné la bague de *maman*. Je veillerai à ce qu'il n'en sache rien jusqu'à ce qu'elle soit au doigt de Shannon.

La concurrence s'applique à différents domaines de notre famille.

— Et tu as tout prévu pour la demande ?

La serveuse nous apporte nos boissons, en mémorisant très clairement les préférences d'Andrew. Mon père lui adresse un sourire éblouissant et elle lui renvoie un sourire poli. *Laisse tomber, papa.*

— Oui, dis-je, avec impatience à présent.

Le niveau de testostérone à la table a atteint le niveau de naufrage du Titanic. J'ai besoin d'une bouée à laquelle me raccrocher. Parler de demander en mariage ma douce, chaleureuse et aimante petite amie alors que je me noie dans le désert toxique de la surenchère masculine de mon frère et de mon père me donne l'impression d'être coincé avec un pied sur deux plaques tectoniques qui se déplacent. À toute vitesse.

Et mes couilles sont sur le point de se prendre l'énergie cinétique de plein fouet.

Andrew hausse un sourcil. Il ressemble comme deux gouttes d'eau aux photos de notre père d'il y a trente ans.

— Pourquoi toutes ces cachotteries ?

— Il ne veut pas que Marie sache où et quand il fera sa demande, dit mon père sur un ton pensif.

Parmi les aspects les plus étranges de ma relation avec Shannon, je dois inclure ce fait : mon père et Marie sont sortis ensemble il y a de nombreuses années, avant qu'il ne rencontre ma mère. Ce qui ne veut rien dire en soi, mais c'est quand même un peu perturbant.

Le dîner de répétition va être très amusant.

Andrew s'ébroue.

— Ça semble plus prudent, en effet, me dit-il. Je te comprends. C'est quoi son problème au juste ? Elle est tombée sur la tête quand elle était plus jeune ?

— Non. Marie est juste… Marie.

— Tu dois beaucoup aimer Shannon pour accepter ce genre de belle-mère, ajoute Andrew avec un sourire en coin.

Mon père a l'air mal à l'aise. Le fait que lui et Marie aient un passé commun est une vulnérabilité dont il se serait bien passé.

Je me sens soudain nerveux. Je ne suis *jamais* nerveux, ce

qui est d'autant plus perturbant. Andrew avale la moitié de son verre et me lance un regard interrogateur.

— Quoi ? Crache le morceau ?

— Est-ce que tu accepterais d'être mon témoin ?

Ah, ce mot ! Témoin. Bon sang. C'est réel. C'est bien réel. Non pas que m'être procuré la bague, l'avoir fait mettre en secret à la taille de Shannon, avoir appelé Greg pour organiser une fausse visite mystère et appelé Le Portmanteau pour mettre au point la demande parfaite n'était pas réel.

Mais ce mot. Témoin. Témoin.

Je vais me marier.

Me marier.

Est-ce que la pièce vient de se mettre à tourner ? Peut-être que Boston subit un tremblement de terre. Peut-être que quelqu'un a glissé un sédatif dans mon verre. Car je me tiens bien droit et l'instant d'après, je suis par terre, la tête entre les genoux, avec mon père qui marmonne « Mon Dieu » loin au-dessus de moi.

Je suis mort et je suis en enfer, n'est-ce pas ?

— Mec, tu vas être le pire des mariés si tu t'évanouis à la simple idée de faire ta demande en mariage, dit Andrew à ce qui me semble être des kilomètres de là. Il va nous falloir un masque à oxygène et un défibrillateur pour que tu tiennes toute la cérémonie.

Andrew m'aide à me hisser sur ma chaise. Il sourit.

— Et oui, bien sûr que j'accepte d'être ton témoin. Prends ça dans les dents, Terry.

Vous voyez ? L'esprit de compétition.

— Tu n'es pas obligé de l'épouser si tu ne le veux pas, tonne mon père.

Je me redresse.

— Quoi ? N'importe quoi, laissé-je échapper, toujours pas dans mon assiette. Bien sûr que je veux l'épouser. Qu'est-ce qui ne va pas chez toi, papa ? craché-je.

— Contrairement à toi, je suis debout et conscient.

— Encore deux verres et ce ne sera plus vrai, papa.

Il se contente de hausser les épaules, vide son verre et fait signe à la serveuse de le resservir. Il incarne une véritable prophétie autoréalisatrice, avec un compte en banque suffisamment important pour se protéger des conséquences.

Soudain, je n'en peux plus. Je ne peux plus continuer à faire ça. Regarder mon père se comporter comme un pervers, parler avec Andrew de mon futur mariage comme si c'était une cage… J'en ai juste assez. J'ai besoin de quelqu'un qui puisse m'écouter sans me juger. Sans sarcasme.

Sans regarder tout ce qui a un vagin dans la pièce comme un morceau de viande.

Je me lève, l'esprit clair à présent.

— Je dois y aller.

— Où ça ? demande mon père, mais sans grand intérêt.

Ses yeux utilisent ses rayons X pour voir à travers la jupe de la serveuse.

— J'ai rendez-vous avec quelqu'un de très important.

CHAPITRE 8

Le trajet entre l'hôtel de mon père et la banlieue est agaçant, en raison des nombreux embouteillages causés par l'afflux d'étudiants qui retournent à l'école. Les voitures surchargées de valises, d'oreillers, d'articles ménagers et de lampes encombrent la route que je prends normalement.

La bretelle de sortie finit par se dégager et j'emprunte une route secondaire qui traverse un petit centre-ville pour arriver à ma destination. À un feu rouge, une voiture à ma droite klaxonne pour attirer mon attention. Je tourne la tête.

C'est Marie.

Elle me salue frénétiquement, un grand sourire sur le visage. C'est un véritable poison. Je lui souris et lui fais signe, me demandant si cela signifie que je lui ai vraiment pardonné. Que fait-elle dans cette ville ? Elle ne fait pas partie de sa zone de rayonnement habituelle.

S'ensuit un concert de klaxons. Je lève les yeux et je me rends compte que le feu est passé au vert. J'allume le moteur et démarre, me sentant un peu idiot, mais le sourire persiste.

La longue route de campagne sinueuse qui mène à

Concord me remplit toujours d'un sentiment d'appréhension. J'ai l'impression qu'un bloc de béton s'est logé dans mon estomac, et ce n'est pas parce que le projet néo-zélandais semble être l'un de mes rares échecs.

C'est parce que je me souviens avoir pris cette même route il y a onze ans pour enterrer ma mère. Bordé d'arbres et particulièrement fleuri en cette fin août, le parc commémoratif pourrait être un simple espace vert en centre-ville avec de larges allées s'il n'y avait pas ces pierres tombales disséminées çà et là. Ma gorge se serre lorsque je passe au volant de mon SUV les grilles en fer du cimetière tentaculaire où repose la famille de ma mère.

Je me gare et je marche jusqu'à une petite colline. Un énorme hêtre en couvre la moitié, comme le pied d'un éléphant, mais dix fois plus large. La tombe de ma mère se trouve à l'ombre de l'arbre, mais pas directement sous celui-ci.

Du marbre gris. Un message simple. Son nom, ses dates de naissance et de décès, et une inscription :

Épouse aimante de James, mère de Terrance, Declan et Andrew

Il y a plus de dix ans, je suis monté dans une limousine noire derrière un corbillard noir surdimensionné qui transportait le corps de ma mère. Mon père avait retardé les funérailles jusqu'à ce qu'Andrew soit sorti de l'hôpital, et Terry rentré de l'université.

Il était impossible de parler à notre père à cette époque. Sa secrétaire se chargeait de répondre à nos questions à tous les trois. Notre père s'est enfermé dans une forteresse impénétrable. Il s'est présenté au monde tout en surface, sans profondeur. À l'époque, il semblait si superficiel, si peu sincère, comme s'il jouait le rôle du riche veuf en deuil et que nous n'étions que des accessoires. Les trois garçons. Les fils bien-aimés d'Elena.

Si quelqu'un nous a permis de surmonter le cauchemar

émotionnel de la mort de notre mère, c'est bien la secrétaire de notre père.

Grace.

Nos parents étaient des enfants uniques. Nous n'avions donc pas d'oncles et de tantes pour nous aider. Le père de ma mère était mort, et sa mère était dans une maison de retraite près de Buffalo, dans l'État de New York. Mon père avait rompu tout contact avec ses propres parents des années plus tôt pour des raisons qu'il refusait encore de nous dévoiler. Il y a environ cinq ans, j'ai appris qu'ils étaient morts.

Cette grande et heureuse famille, ce n'était pas nous. Ça ne l'avait jamais été. Ma mère était le ciment de la famille.

Lorsque vous perdez ce qui vous maintient ensemble, tout s'effondre.

Je me souviens des bras de Grace qui m'ont entouré, alors que je restais planté là, des heures après l'enterrement, refusant de monter dans la limousine, m'attirant les foudres de mon père, mais n'en ayant rien à faire. Andrew et Terry s'étaient pliés aux ordres paternels de monter dans cette putain de voiture *ou alors*.

J'avais choisi le *ou alors*.

À part notre père, cela ne dérangeait personne que je reste. Ils sont tous partis en une longue file de plus de cent voitures sous escorte policière, se dirigeant vers le country club de Farmington pour un rassemblement calme et de bon goût où l'on servirait des amuse-gueules, où le vin et les spiritueux couleraient à flots et où nous pourrions tourner la page.

C'étaient les mots de mon père.

Tourner la page.

Je restais quant à moi debout à regarder la terre battue au-dessus du trou où quelqu'un avait déposé le corps de ma mère. Il n'y avait pas que son corps à l'intérieur. Il y avait mon avenir également. Je ne pouvais pas la quitter. Lorsque je suis parti, lorsque je suis monté dans cette voiture noire et que l'ai laissée derrière, comme tout le monde, cela a scellé ce qui allait devenir ma vérité.

Je l'avais tuée.

Mon père me l'a dit le jour où nous sommes allés à l'hôpital, le jour où il a appris que sa gorge s'était refermée, tellement enflée que tout l'amour ou tous les médicaments du monde n'y pourraient rien changer. Andrew se battait quant à lui dans une autre pièce, mais ma mère était morte.

Morte.

Tout ce qu'il nous reste, ce sont des souvenirs des morts. Plus de baisers. Plus de disputes. Plus de pardon.

On ne peut pas pardonner à un cadavre.

Ou, dans le cas de mon père, à un fils.

Une vague de honte me recouvre, un sentiment que je n'ai pas ressenti depuis onze ans. Soudain, les paroles de Marie me semblent sages. Elle a peut-être raison. Lorsque vous aimez quelqu'un, une partie de cet amour implique de creuser au plus profond de vous-même pour atteindre une vérité qui n'appartient qu'à vous. Quels que soient la souffrance, la douleur et le chagrin qui vous habitent, cette vérité doit être atteinte. Extraite. Brandie à la lumière du jour et conciliée avec l'amour que vous ressentez pour quelqu'un qui vous a fait du tort.

J'avais à peine dix-huit ans. Dans une impasse impossible. Sauver mon frère, c'était perdre ma mère. Sauver ma mère, c'était perdre mon frère et défier ses supplications paniquées.

Aucune issue.

Tout se disloque. Le centre ne peut tenir. L'anarchie se déchaîne sur le monde…

Ma mère m'a aidé à analyser ce poème de Yeats juste avant sa mort. Il est question de la Première Guerre mondiale et des terribles ravages d'une guerre qui a changé toutes les règles de la brutalité. Toutes ces règles qui changent lorsque tout se disloque.

On noie les saints élans de l'innocence…

Comment mon père a-t-il pu m'en vouloir ? Comment aurait-il pu en être autrement ? Je suppose que je comprends et pourtant je ne comprends pas. Mes tripes se tordent chaque fois que je repense à ces instants terribles suivant leur piqûre, où je me suis retrouvé avec le poids du monde sur les épaules. Chaque fois que mon père fait un commentaire sarcastique.

Chaque fois qu'une abeille passe devant Shannon.

Suis-je fou d'épouser une femme qui pourrait mourir de la même façon que ma mère ? Je dois l'être. Un peu. Deux EpiPens n'éliminent pas le danger et les risques. Mon argent me permettrait d'acheter tous les EpiPens du monde et de les disséminer généreusement dans tous les coins où Shannon et nos futurs enfants pourraient se trouver.

Mais ce ne serait peut-être pas suffisant.

L'amour ne se soucie pas du hasard. L'amour l'incarne, en fait. Il l'embrasse. Il sait que le hasard est le véhicule de la joie.

Et de la douleur.

Tant de douleur.

Sûrement que quelque révélation, c'est pour bientôt…

Mon père s'est concentré sur la douleur, jamais sur la joie. J'ai suivi ses traces. Ce moment fortuit dans le magasin de bagels. Où j'ai découvert Shannon, la main dans les toilettes. La voir entrer dans cette salle de réunion au travail et l'emmener dîner…

Tomber amoureux d'elle.

L'aimer. L'aimer tellement que je suis prêt à ce qu'elle me brise le cœur tant qu'elle me fait l'immense honneur d'accepter d'être mienne. Et de m'aimer en retour.

La joie d'être avec elle l'emporte sur la douleur potentielle. C'est un pari du cœur que je dois prendre, en espérant que les chances soient de mon côté.

— Tout se disloque. Le centre ne peut tenir. L'anarchie se déchaîne sur le monde, dis-je à voix haute à ma mère.

Mon Dieu, j'aime tellement Shannon que je suis là, devant une pierre tombale, à murmurer du Yeats à une femme morte.

J'ai déjà amené Shannon ici pour la « présenter » à ma mère, et nous lui avons rendu visite le jour de son anniversaire et de l'anniversaire de sa mort. « L'anniversaire de la mort » est l'une des expressions les plus macabres jamais inventées, mais il n'y a pas de meilleur terme. C'est l'anniversaire de la mort de quelqu'un. À cet endroit précis, Shannon m'a vu pleurer, m'emporter, et nous avons aussi dégusté un verre du vin préféré de ma mère en nous asseyant sur l'afghan que ma grand-mère avait tricoté pour elle quand elle était enceinte de Terry.

Ma mère a eu l'occasion, dans la mesure où c'est possible pour un mort, de se faire une opinion sur Shannon.

Il est temps d'entendre ce que pense la femme à qui appartient cette bague.

Est-ce que je suis fou de faire ça ? C'est une question rhétorique, n'est-ce pas ? Parce que non. J'emmerde tous ceux qui pourraient le penser. Lorsque vous décidez de demander quelqu'un en mariage, vous en parlez à vos parents, à leurs parents, à vos frères et sœurs et à vos amis, à votre secrétaire, au facteur et au barman du café où vous prenez vos macchiatos, pas vrai ?

Pourquoi n'aurais-je pas aussi une longue conversation avec une pierre tombale ?

Épouse aimante de James, mère de Terrance, Declan et Andrew

Comment une vie peut-elle se résumer en une simple phrase gravée dans la pierre ? Elle était blonde, douce et légère. Elle nous inculquait la discipline et embrassait nos bobos pour les faire disparaître. Elle nous a appris à « lire » une peinture originale, et pourquoi les espaces vides sont importants dans l'art et dans la vie. Elena McCormick trouvait apaisant d'écrire des lettres à la main sur de la papeterie fine. Elle adorait marcher pieds nus dans les criques et sauter dans l'océan avant le lever du soleil, gelée et riant tandis que mon père l'observait depuis le balcon de la villa, une tasse de café à la main, en secouant la tête devant ses pitreries.

Je me souviens de son souffle lorsqu'elle m'embrassait pour me souhaiter bonne nuit quand j'étais petit. De ses cheveux qui frottaient contre ma joue lorsqu'elle forçait l'adolescent solitaire que j'étais à lui faire un câlin. De l'odeur de son parfum de luxe lorsqu'elle traversait la pièce pour se rendre à un dîner habillé de collecte de fonds avec mon père. De ses yeux réjouis lorsque j'ai ramené ma première petite amie à la maison pour qu'elle la rencontre.

C'est la seule personne au monde qui m'a expliqué qu'être Declan était mon travail. Que découvrir qui j'étais était plus important qu'être celui qu'on voulait que je sois.

Ma mère aurait vraiment, *vraiment* aimé Shannon. Je suis venu ici quelques semaines après l'avoir rencontrée et je lui ai fait part de cette histoire. Si elle avait été en vie, ma mère aurait été horrifiée, puis aurait ri si fort qu'elle aurait agité ses mains devant ses yeux, m'implorant d'arrêter parce que son mascara coulait.

Elle aurait insisté pour que je ramène Shannon à la maison pour la rencontrer, et toutes deux se seraient bien entendues. Ma mère était peut-être une sang bleu de Boston, mais elle était aussi authentique. Polie et raffinée, mais authentique.

Shannon est tout *sauf* polie et raffinée. En fait, elle est la définition même de l'aspérité. Mais elle est réelle et authentique, naturelle et à *moi* – et je suis tellement furieux à l'idée que ma mère n'aura jamais la chance de voir à quel point nous sommes heureux.

La vie n'est vraiment, vraiment pas juste.

La seule chose à laquelle je pense pour l'instant, c'est frapper l'arbre. Il y a onze ans, une fois que toutes les voitures ont disparu, que les derniers feux rouges ont tourné au coin de la rue pour sortir du cimetière, c'est exactement ce que j'ai fait.

J'ai frappé l'arbre jusqu'à ce que mes articulations saignent tellement qu'elles ont teint l'écorce de l'arbre. Grace m'avait arrêté, m'avait pris dans ses bras et m'avait serré contre elle tandis que je sanglotais.

Ma main devait être en meilleure forme quand j'avais dix-huit ans ; un seul bruit sourd écœurant et je suis soufflé. Mes os hurlent de douleur.

— Declan ? dit une voix de femme, plus âgée et plus douce que celle de Shannon. Une légère brise fait bruisser les feuilles des arbres et m'effraie.

— Maman ? m'étranglé-je, en sursautant comme si un fantôme venait d'apparaître, ma voix se brisant comme si j'étais en pleine puberté.

Sa pierre tombale ne bouge pas. Je suis en train de devenir fou. Entendre des voix dans un cimetière doit être une forme de maladie mentale, mëme si le chagrin peut vous donner envie de croire que vos proches ne sont pas vraiment partis.

Mais j'ai eu onze ans pour m'y faire. Je sais très bien qu'elle est partie. Un peu trop bien. C'est à cela que ça ressemble quand on commence à perdre la tête ? Peut-être que je devrais oublier ma demande, parce que je ne veux pas forcer Shannon à rester avec un mari qui perd la tête.

Un mari. Je vais être son *mari*. Le mot me frappe comme une pierre entre les yeux et je regarde la tombe de ma mère. Mon père était son mari. Ma mère était l'amour de sa vie.

Et elle est *morte*.

À cause de moi.

— Non, mon chéri. C'est Marie.

Je fais volte-face et elle se tient là, en retrait, les mains serrées devant elle, hésitante. Elle me rappelle l'attitude de Grace, une fois tout le monde parti après l'enterrement, attendant patiemment en retrait que je sois prêt à partir, tenant mes articulations ensanglantées, passant les bras autour de moi alors que je trébuchais vers sa voiture.

— Marie ?

Il y a de nombreuses personnes que je m'attendrais à croiser sur la tombe de ma mère, mais Marie n'en fait pas partie.

— Je t'ai vu en ville et je t'ai envoyé un texto pour savoir si tu voulais prendre un café. Puis je t'ai suivi.

Je m'éclaircis la gorge. Elle lève les mains en l'air.

— Je sais ! Je sais ! Les limites, dit-elle avec un sourire triste, en regardant la pierre tombale de ma mère. J'étais juste inquiète que quelqu'un soit mort.

Je hausse un sourcil.

— Nous sommes dans un *cimetière*.

— Je voulais dire qu'une nouvelle personne soit morte. Que quelque chose ait mal tourné.

Ses sourcils se rejoignent avec cette pitié qu'ont les femmes plus âgées dans le regard et que Grace maîtrise si bien. Marie a pris des leçons auprès de quelqu'un, ou alors c'est un regard qui apparaît à la ménopause.

— Non, personne d'autre n'est mort. Juste ma mère.

Je regarde tristement la pierre tombale.

Tout se disloque.

Les gens aussi.

— Oh, Declan. « Juste » ne s'applique pas quand on a perdu sa mère. Et tu étais si jeune quand c'est arrivé.

Ma bouche se crispe dans ce qui est censé être un sourire amer, mais qui ressemble à de la colère.

— Ça fait onze ans. Je m'en suis remis.

— On ne se remet jamais de la perte d'un parent.

Mes yeux se remplissent de ce que je suppose être une réaction allergique à quelque chose dans ce satané parc commémoratif, parce que je ne pleure pas. Les hommes ne pleurent pas. C'est aussi une règle de la famille McCormick. On boit, on baise, on excelle, on domine, mais on ne pleure pas.

Marie tend le cou, cherchant à croiser mon regard. Ma mère aurait-elle aussi des pattes-d'oie ? Ce n'était pas le cas il y a onze ans, mais Marie a eu l'avantage de vivre ces onze années. De vieillir. De prendre soin de ses enfants et d'être en vie. Les années usent une personne et laissent une empreinte sur son visage, sa peau, son corps, son cœur.

Mais l'alternative est bien pire.

— Declan ? Qu'est-ce que tu fais là ?

— Un homme…

Ma gorge se serre et je réessaie. Fichues allergies. Apparemment, j'en développe soudain ici.

— Un homme ne peut-il pas rendre visite à sa mère décédée de temps en temps sans raison ?

Elle hoche la tête.

— C'est exact.

Nous restons silencieux. Une tondeuse à gazon démarre au loin. Son bourdonnement ressemble assez à une guêpe pour que je sursaute.

Marie me regarde d'un air alerte, plein d'intelligence. Mais elle ne dit pas un mot.

— Tu ressembles à James, mais il y a quelque chose en toi qui doit venir de ta mère, dit-elle finalement. Andrew est le portrait craché de ton père. Je n'ai jamais rencontré ton frère aîné. Mais toi…

Elle me sourit gentiment et tend la main pour m'enlever un cheveu de mes yeux. Ce geste est déconcertant. Maternel.

— Ce sont les cheveux, ironiquement, expliqué-je, en reculant de quelques centimètres pour qu'elle ne puisse pas me toucher.

Les yeux de Marie passent de la tombe de ma mère à moi. Elle ouvre la bouche, puis la referme. Une fois, deux fois, trois fois. Quoi qu'elle essaie de dire, elle fait un effort monumental pour y parvenir, et je n'ai vraiment pas hâte.

— Parle-moi de ce jour-là, dit-elle doucement.

Mes yeux se ferment et mes épaules s'affaissent. Je n'ai pas besoin de lui demander ce qu'elle veut dire. L'armure en acier qui se referme autour de moi lorsque ce sujet est abordé n'existe plus. Shannon l'a brisée peu après que nous nous soyons retrouvés pour de bon, quand je lui ai raconté toute l'histoire.

Elle est la seule personne, en dehors des autorités médicales, à l'avoir jamais entendue. Mon père n'a pas voulu le savoir. Même Andrew n'a jamais demandé. Il sait ce dont *il* se souvient, mais pas ce que j'ai vécu après son évanouissement.

Et maintenant, Marie.

— Il n'y a pas grand-chose à dire. Nous sommes allés à un des matches de foot d'Andrew. C'était en mai, la veille de mon bal de fin d'année. Il était en seconde, j'étais en terminale et ma mère était tout excitée à l'idée du bal. Elle me faisait la leçon sur la façon de traiter ma cavalière parce que le bal de promo est le rêve de toutes les filles, et Andrew me taquinait en me disant que je devais avoir une belle chambre d'hôtel pour pouvoir la déflorer, dis-je lentement, la bouche remplie de coton et de regrets.

Marie fait un petit bruit d'encouragement.

Je ne peux pas m'empêcher de sourire en y repensant.

— Ouais. Ma mère a apprécié... Elle l'a frappé sur la tête et lui a dit qu'il était vulgaire.

Je soupire. Ces souvenirs ne sont pas seulement une série d'images dans ma tête, qu'on peut récupérer pour les répéter et les raconter. C'est comme s'ils vivaient dans mon esprit, comme si je pouvais sentir l'herbe fraîchement coupée autour des terrains de football ou entendre l'arbitre siffler. Ce son strident traverse mes pensées.

— Ma mère a voulu aller se balader entre deux matches d'Andrew. Elle adorait les sentiers du parc. Il y avait ce ruisseau dans lequel nous jouions quand nous étions enfants. Avec beaucoup de rochers et de petites mares. L'endroit parfait où amener des petits garçons turbulents pour un après-midi.

Je trébuche sur ces derniers mots. J'imagine Shannon et moi y emmener Jeffrey et Tyler, et je me note mentalement de lui en parler.

Je pense qu'il serait bon d'y retourner sur une note joyeuse avec des petits garçons qui peuvent jouer, lancer des pierres et se salir.

Je n'y suis jamais retourné.

— Et nous marchions près de l'eau quand un essaim est passé. C'est un pur hasard. Tu as déjà vu un essaim de guêpes ou d'abeilles ?

Marie secoue la tête.

— C'est impressionnant, dis-je, conscient de l'émerveillement dans ma propre voix. Effrayant et puissant. Hypnotique. Au début, on n'a aucune idée de ce que c'est. Cette fichue chose ressemble à une boule d'obscurité dans le ciel, se déplaçant de manière impossible dans l'espace. Mes yeux ont essayé de comprendre ce dont il s'agissait, et j'ai cru y voir des oiseaux. Et puis, lorsque l'essaim est passé au-dessus de nos têtes, nous avons réalisé ce que c'était. Ma mère a crié et a esquivé. Andrew est resté là, stupéfait, comme moi. Et puis il a crié, un son aigu comme un petit enfant. Et encore.

Je revis la scène à présent, les yeux rivés sur le mot « *aimante* » sur la pierre tombale de ma mère.

— Ma mère a étouffé un cri de douleur. Je me souviens avoir poussé Andrew par terre, avec ma mère, et il s'est attrapé la jambe en tremblant. Au moment où ces maudites guêpes ont disparu, il avait été piqué au moins trois fois – les médecins n'étaient pas sûrs pour la quatrième piqûre – et ma mère deux fois.

— Oh, mon Dieu, dit Marie à voix basse.

Il m'est impossible de la regarder. Elle aura les larmes aux yeux. Et si je dois raconter l'histoire, je ne peux pas la regarder.

— Ma mère m'a dit de rester calme. Nous savions qu'elle était très allergique et je savais qu'elle avait un EpiPen dans son sac. Andrew criait. Il n'y avait personne à proximité. Nous étions bien à 800 mètres des terrains de football, même si on entendait les annonces des haut-parleurs au loin. Ma mère m'a tendu son sac à main. Je savais ce qu'elle voulait dire.

Je me souviens de ses doigts chauds lorsque nous avons échangé le sac. Ses ongles manucurés, d'un rose nacré. Je ne peux pas le dire à voix haute. C'est mon jardin secret. Privé.

— Elle a crossé « EpiPen ». Sa respiration était déjà laborieuse. J'ai vu les deux piqûres sur son coude alors qu'elle remontait sa chemise. Je me souviens avoir crié « Deux ? » Elle a rampé vers mon frère en disant « Andrew » d'une voix râpeuse. Et puis j'ai réalisé, en trouvant l'EpiPen dans son sac à main, qu'elle n'était pas la seule à avoir du mal à respirer.

Marie pleure doucement à présent. Je l'entends. Elle s'approche de moi et place une main sur mon avant-bras. Je ne bouge pas, mais les larmes commencent à couler.

Fichues nouvelles allergies.

— Je lui ai demandé où il avait été piqué, et Andrew m'a montré son mollet. Il avait deux piqûres, et une sur le cou. On aurait dit qu'il avait une horrible crise d'asthme.

Le gravier de la route crisse derrière nous au passage du

camion d'un paysagiste, chargé de matériel. Le bruit de la tondeuse a disparu.

Tant mieux.

Il ressemblait un peu à un essaim.

— Ma mère a montré Andrew, puis l'EpiPen, puis à nouveau lui. Elle m'a dit de lui faire l'injection. On aurait dit qu'elle s'étouffait.

Je regarde enfin Marie.

— Et je suis resté pétrifié.

— N'importe qui aurait réagi comme ça, Declan. N'importe qui. Et tu n'étais qu'un enfant.

Je ferme les yeux et je poursuis, voyant la scène se dérouler derrière mes paupières closes.

— J'ai répondu « Non, tu en as besoin, maman ». Elle a secoué la tête avec force et a essayé de me prendre ce satané EpiPen des mains. Andrew était en train de s'évanouir. Les lèvres de ma mère devenaient bleues et elle m'a attrapé le visage avec force, m'a regardé dans les yeux et m'a dit « Fais-le ».

Marie me serre le bras.

— Alors je l'ai fait. J'ai ouvert l'EpiPen et enfoncé l'aiguille aussi fort que possible dans la cuisse d'Andrew, puis je me suis levé et j'ai couru aussi vite que possible vers les terrains de foot. Je pouvais à peine respirer, mais j'en ai dit assez pour que tous ceux qui avaient un téléphone portable appellent les secours.

— Tu as fait tout ce qu'il fallait, dit Marie en me tapotant la main.

— Vraiment ? Vraiment, Marie ? Parce que ma mère est morte. Morte. Je n'ai rien fait de bien ce jour-là.

— Que penses-tu que tu aurais pu faire d'autre, Declan ? demande-t-elle, fouillant dans son sac pour me remettre un mouchoir.

— C'est pour quoi ? demandé-je.

Elle me montre l'avant de mon haut. Il est mouillé.

— Oh.

Je m'essuie les yeux avec mes paumes.

— Tu as fait tout ce qu'il fallait. Andrew a survécu. Personne n'aurait jamais pu deviner qu'il était aussi allergique. Et ta mère t'a demandé de le sauver et tu l'as fait.

— Mais je n'ai pas pu les sauver tous les deux ! lui crié-je.

Elle pleure, mais ne semble pas effrayée. C'est parce que je ne suis pas en colère contre elle. Je suis en colère contre un monde où je n'ai pas pu les sauver tous les deux.

Le même monde dans lequel je dois vivre, jour après jour.

— Pourquoi ma mère m'a-t-elle forcé à faire l'injection à Andrew ? Pourquoi l'ai-je écoutée ? Si je lui avais fait l'injection à elle, peut-être qu'Andrew se serait quand même remis. Et alors…

Marie m'attrape le bras, fort cette fois, d'un coup sec qui n'a rien de compatissant. Je sursaute et la regarde de travers.

— Écoute-moi bien, dit-elle d'une voix dure.

Une voix maternelle, celle que les mères utilisent lorsqu'elles cherchent à vous détromper. Elle me plaque un doigt sur le visage, pour renforcer ses propos.

— Ta mère a fait ce que n'importe quelle mère aurait fait. C'est *ça*, être parent, Declan. Lorsque vous êtes en train de mourir et que votre enfant – votre bébé – meurt sous vos yeux et qu'un seul d'entre vous peut survivre, vous priez pour que votre enfant survive. Parce qu'aucun parent ne pourrait jamais supporter de vivre dans un monde où il a eu le choix et où il a choisi de se sauver.

— Mais…

— Non, Declan. Il n'y a pas de « mais ». Je me fiche de ce qu'on t'a dit ou de qui te l'a dit, et ça inclut ton père. Tu n'as rien fait de mal ce jour-là. Ce n'était pas de ta faute. Personne ne peut tout contrôler. Personne. Le monde ne cesse de le prouver, encore et encore. Tu n'as rien fait de mal.

Si je serre les poings plus fort, mes doigts risquent de se détacher.

— Declan. *Declan*, insiste-t-elle. Si tu avais fait l'injection à ta mère et qu'Andrew était mort, ça aurait été bien pire pour elle. Tu comprends ? Elle avait besoin que tu sauves son bébé. Tu as fait exactement ce qu'elle voulait le plus à ce moment-là. Tu as été confronté à une situation terrible et tu as fait ce qu'il fallait. Tu as été héroïque. Tu as été le héros de ta mère. Tu n'avais pas réellement le choix. Elle l'a fait pour toi. Ça fait partie du cadeau qu'elle t'a fait. Elle vous aimait tellement, toi et lui, qu'elle t'a ôté ce choix.

Mes épaules commencent à trembler et je me laisse tomber par terre, la tête entre les genoux, les yeux fixés sur ce mot gravé.

Aimante

— Viens là, mon chéri. Tout va bien. Viens là, dit-elle, ne me laissant pas le choix.

Elle se laisse tomber par terre à mes côtés et enroule ses bras autour de moi pendant que je me recroqueville. Marie sent le bois de santal et la vanille, le maquillage et la lessive, et son corps est chaud. Doux. Maternel.

Les sanglots sortent de façon embarrassante et je lutte, mais ma mère me manque. Elle me manque. Si je pouvais arrêter le monde et remonter le temps, je retournerais tuer ces guêpes avant qu'elles ne piquent Andrew et ma mère. Je prendrais deux EpiPens. Je ne sortirais jamais sans.

Je ferais n'importe quoi pour que ma mère soit vivante en ce moment.

Aucun accord commercial, aucune tactique de négociation pure et dure, aucune dépense fastueuse ne peut la ramener.

Mais il ne sert à rien non plus de fermer mon cœur et de fuir l'amour de ma vie.

Et sa famille de fous.

— Je ne peux pas remplacer ta mère, Declan, dit Marie, en

lissant mes cheveux tandis que j'essuie mon nez sur l'ourlet de mon t-shirt et que j'essaie de me ressaisir de ce moment de faiblesse, de cet excès de partage. Mais si tu me laisses faire, je peux être *comme* une mère pour toi.

— Mais tu es *folle*, Marie.

Je ne souris pas en le disant, car je ne plaisante pas.

Elle sourit et répond :

— Pas cliniquement.

Je ne peux m'empêcher de rire. Nous nous levons et nous époussetons nos vêtements. Une brise agite mes cheveux. Le ciel est bleu et vaste, sans un seul nuage. Ce qui est plutôt rare dans le Massachusetts.

— J'aime simplement trop fort, Declan.

Elle penche la tête vers la droite et me lance un regard que seules Grace et ma mère m'ont déjà lancé.

— Et que tu le veuilles ou non, tu es l'un de mes enfants. Tu n'es peut-être pas sorti de mon vag…

Je lève la main.

— J'ai saisi. Je n'ai pas besoin d'un cours d'anatomie.

— Mais tu occupes une place dans le cœur de Shannon, et ça signifie que tu fais partie de notre famille. Ce qui veut dire que tu fais partie d'un tissu de personnes qui s'aiment tellement qu'elles font des choses folles parce qu'elles ressentent des sentiments intenses, ajoute-t-elle.

— Et parce que tu es folle.

Marie me prend le bras et regarde avec attention la tombe de ma mère.

— Elena, vous avez élevé un beau jeune homme. Merci. Quand il se décidera à poser la question et à devenir officiellement mon gendre, je prendrai la relève et je continuerai à l'élever.

Je la regarde de travers.

— J'ai vingt-neuf ans, Marie. Personne n'a besoin de m'*élever*.

— Tu penses que tu es indépendant, n'est-ce pas ? se moque-t-elle. J'ai cinquante-trois ans… euh la quarantaine et j'ai encore besoin de ma mère parfois.

La mère de Marie est morte d'une crise cardiaque il y a quelques années. Pas d'une piqûre d'abeille, m'a assuré Shannon.

— On en a tous besoin, n'est-ce pas ?

Un ou deux reniflements, un petit soupir, et nous semblons tous les deux nous être ressaisis. Je me sens à fleur de peau. À nu. Comme si j'avais trop cédé à mes émotions. Mon père appelle les témoignages d'émotion des « mélodrames », et même si je comprends qu'il a un développement affectif à tendance sociopathe, je ne peux pas me défaire du sentiment que tout cela est un poil excessif.

Mais j'ai complètement sous-estimé et mal compris Marie. Elle est géniale à sa façon. Peut-être que Shannon a raison au sujet de sa mère. Je l'ai peut-être mal jugée.

Je lève les yeux et Marie regarde mes mains pendant que je brosse mes fesses.

— Mais tu as un beau cul, quand même.

Soupir.

— Marie, grogné-je. Les limites. Tu dirais ça à ton propre fils ?

— Peut-être. Je dis bien à Shannon que je tuerais pour avoir ses seins.

Tête de con : activée.

— Très bien, très bien. Pfff. Est-ce que c'est ma faute si *certaines* personnes n'acceptent pas les compliments ? déclaret-elle alors que nous retournons à l'endroit où nos véhicules respectifs sont garés.

Ce mariage risque de paraître très long, n'est-ce pas ?

CHAPITRE 9

Deux jours avant la demande…

Nous sommes au travail, en train de parler dans le couloir. Je suis entre deux conférences téléphoniques, et c'est le genre de journée qui a commencé à 4 h 30 du matin avec une crise à Singapour et qui va se terminer à 2 h du matin avec une crise à Dublin. Je le pressens.

En attendant, une crise se prépare ici et maintenant entre moi et ma bien-aimée.

Shannon a cette tête particulière, celle qu'elle a quand elle doit me dire quelque chose qu'elle n'est pas sûre que je veuille entendre. Son visage est fermé, et elle a l'air peinée. Préoccupée.

Elle ressemble à une matrone.

Un peu comme Grace l'autre jour quand elle était dans mon bureau, me cuisinant sur ma demande. Moins la soupe au poulet et les conseils de merde.

— Crache le morceau, dis-je, allant droit au but.

Quand je suis en négociation, je trouve qu'il est plus facile d'être direct. L'incertitude est du gâchis. Se questionner, s'inquiéter… c'est tout simplement inefficace. Un drainage émotionnel. Un gaspillage désolant de ressources qui seraient mieux employées ailleurs.

(Vous voyez pourquoi je ferais un bon PDG ? Allez le dire à mon père.)

Les épaules de Shannon s'affaissent et elle se met à jouer avec les pointes de ses cheveux, les frisant, les mâchant presque. C'est mignon quand elle est agitée comme ça, mais c'est aussi inquiétant. Ce qu'elle s'apprête à me dire risque de ne pas me faire plaisir.

— Hum, alors Greg a appelé aujourd'hui.

Oh. *C'est donc ça.* Autant que je sache, Greg a gardé le secret de la fausse visite mystère, comme prévu.

— Et ?

Je joue le jeu. Elle pense que je vais être furieux qu'elle ait accepté d'aider Greg à se sortir de l'embarras avec une visite mystère. Je souris sous cape.

— Et il y a cette mission…

— Nous étions d'accord, dis-je lentement, comme si je parlais à un enfant désobéissant, sur le fait que tu ne ferais plus de visites mystères. En échange, j'ai joué le père Noël pour tout un centre commercial de banlieue. J'ai été *hashtagué.*

Je déboutonne la veste de mon costume et je m'appuie contre le mur, ignorant les vibrations du téléphone dans ma poche de poitrine.

— Le #PèreNoëlSexy était plutôt cool, dit-elle sur un ton enjoué qui me rappelle à quel point elle était une bonne lutine.

Et puis il y avait ce costume. Ho, ho, bon sang de bonsoir.

— Le #PèreNoëlSexy a existé pendant une heure et demie, mais l'odeur de pisse d'enfants terrifiés sur mes jambes est gravée dans ma psyché pour toute une vie.

Elle fait semblant de me frapper le bras.

— Allez. C'est une visite mystère à Le Portmanteau.

Je fais semblant d'être impressionné.

— Vraiment ?

— Repas complet. On doit commander une bouteille de vin. Et on a le droit à une enveloppe de 300 $!

Je multiplie ça par quatre. Greg est plus coriace que je ne le pensais. Mais je peux me le permettre, et je dépenserais dix fois plus en fleurs pour remplir son appartement de roses si je pensais que cela l'impressionnerait. Mais quelque part au fond de moi, j'ai l'impression d'entendre Greg se moquer de moi.

Depuis la meilleure table de Le Portmanteau.

De la concentration. Je dois me concentrer. Shannon me regarde d'un air tout excité.

— C'est vraiment la visite mystère idéale, dont tout le monde rêve.

— Tu es directrice adjointe du marketing maintenant. Tu ne devrais plus nourrir de tels rêves. Mes mots résonnent dans la pièce. Shannon a raison. J'ai bien une voix de con en réserve.

Elle hausse les sourcils, clignant de ses grands yeux marron.

— Quelqu'un s'est levé du mauvais pied.

— *Quelqu'un* s'est réveillé à 4 h 30 du matin pour entendre un directeur technique de Singapour lui hurler dessus au sujet de problèmes liés au Web, puis *quelqu'un d'autre* s'est levé plus tard et s'est présenté au travail sans avoir couché avec *quelqu'un*.

Elle plisse le nez et se blottit contre moi.

— S'il te plaît, ne mentionne pas le sexe avec moi en public au bureau. On en a déjà parlé.

Shannon est si mignonne quand elle protège son professionnalisme. Oui, je sais que ça me fait passer pour un connard. Mais je m'en fiche. Elle est intelligente, drôle, géniale avec les clients et elle a contribué à faire grimper les taux de conversion marketing à un niveau record pour les campagnes en ligne sur des réseaux sociaux émergents.

Je peux admirer tout ça et parler d'elle comme si c'était un morceau de viande.

— OK. J'arrête, dis-je, feignant d'abdiquer, mais j'ai une autre idée en tête. Et si on se trouvait un beau placard quelque part et qu'on parlait de sexe en privé ici au travail ?

Son profond soupir est teinté de frustration.

Le mien aussi, mais pour des raisons différentes, je pense.

Une soudaine agitation au bout du couloir, devant la porte du bureau de mon père, attire notre attention. Nous nous tournons tous les deux et entendons une femme dire :

— Non, je n'ai pas de rendez-vous, mais c'est important.

Un éclair de cheveux blonds sur une robe lilas fluide jaillit dans le bureau de mon père.

Shannon et moi nous tournons l'un vers l'autre.

— Est-ce que c'était… ? demandons-nous à l'unisson.

— Non, répondons-nous en même temps, en secouant la tête.

— C'est impossible, insiste Shannon, mais elle me lance un regard sceptique et suppliant à la fois.

Comme si elle m'implorait de lui dire que ce n'est *absolument pas* sa mère qui est en train de faire une scène dans le bureau de mon père.

— Elle n'oserait pas venir ici et s'introduire dans le bureau de mon père, ajouté-je.

Shannon hausse un sourcil.

— Pas vrai ? demandé-je.

C'est drôle comme j'ai adopté un ton de supplication, moi aussi.

— Je n'arrive pas à croire que tu... s'exclame une voix de femme.

— Tu as du culot de venir ici, dit mon père.

Bam ! Une porte claque et l'assistante administrative de mon père, Becky, sort en courant du bureau. Elle m'aperçoit avec Shannon et s'éloigne dans le couloir aussi vite qu'elle peut trotter, perchée sur des talons de 12 cm.

Mon père choisit ses assistantes pour leur sex-appeal. Pas leurs qualités pratiques.

— Une folle vient d'entrer dans le bureau en prétendant être une vieille amie de James et en disant qu'elle doit le voir, dit Becky, essoufflée.

Ses beaux yeux bleus sont immenses, entourés d'une quantité impressionnante de blanc, encadrés par des cils noirs si longs qu'elle pourrait balayer le sol avec. Becky a une taille de guêpe qu'un homme pourrait entourer de ses mains, et des seins si faux et énormes qu'ils pourraient aussi bien être des coussins repose-tête d'une compagnie aérienne.

— Appelez la sécurité, alors, dis-je avec désinvolture, en essayant de décider de la meilleure approche.

Pourquoi Marie prendrait-elle d'assaut le bureau de mon père ? Ce n'est pas comme si elle était au courant pour la demande.

Et même si c'était le cas, qu'est-ce que mon père a à voir avec ça ?

— Une vieille amie ? demande Shannon, en saisissant l'avant-bras de Becky. A-t-elle dit autre chose ?

— C'était vraiment bizarre. Quelque chose sur le fait qu'elle ait choisi le bon gars et comment il osait traiter Declan comme...

Je ne porte pas de talons de 12 cm. Je fonce dans le bureau extérieur de mon père et j'ouvre le sanctuaire intérieur, Shannon sur les talons.

— MAMAN ? s'écrie Shannon.

Marie est penchée sur l'énorme bureau de mon père, les mains posées sur des piles de papiers, son visage à quelques centimètres du sien. Elle dit quelque chose à voix basse et mon père semble très attentif à chacun de ses mots. Je n'entends rien à cause du bruit que font Shannon et Becky derrière moi, mais quand Becky retourne à son bureau et que Shannon commence à hyperventiler, je parviens à en saisir la majeure partie.

— ...et je n'arrive pas à croire que tu reproches la mort d'Elena à Declan.

Oh, putain. Je savais que j'avais fait une erreur en m'ouvrant à elle hier. Marie vient de le prouver. Shannon me regarde alors que je me frotte la bouche avec ma main, essayant de trouver une solution à ce gigantesque bordel. Mon père ne fait pas dans les sentiments, et Marie ouvre son cœur à qui veut l'entendre, sous son parfum et ses vêtements new-age.

Ça va mal se terminer.

— De quoi parle-t-elle, Dec ? me chuchote Shannon à l'oreille, sa main entre mes omoplates.

La solidité de cette paume m'aide à réagir de façon logique et rationnelle, plutôt que de saisir Marie par la taille et de la jeter dans une cage d'ascenseur vide.

Shannon et moi avons été tellement occupés par nos emplois du temps respectifs que je n'ai même pas eu l'occasion de lui raconter ma dispute avec Marie au cimetière hier. Même si nous avions eu le temps, je ne suis pas sûr d'être prêt à en parler.

Je suppose que je ferais mieux de m'y préparer maintenant.

— Ta mère m'a suivi sur la tombe de ma mère hier.

Les yeux de Shannon sortent de leurs orbites.

— Quoi ?

Mon père et Marie se disputent à grand renfort de phrases

cinglantes, entre leurs dents, leur discussion animée étant la toile de fond de mon éviscération émotionnelle.

Mon père va me tuer.

— J'y suis allé pour rendre visite à ma mère, et Marie m'a vu par hasard à un feu rouge. Elle m'a fait signe. Je suis allé au cimetière et je parlais à ma mère quand Marie est apparue.

— Elle t'a suivie ?

Je ne vais pas jeter Marie sous le bus émotionnel, même si c'est tentant.

— Non, pas vraiment. Elle s'inquiétait pour moi.

Mon père se met à frapper le haut d'une pile de papiers de sa phalange. Shannon leur jette un regard nerveux. Jusqu'à présent, Marie semble tenir bon et personne ne nous a ordonné de sortir.

— Et le fait qu'elle débarque dans le bureau de James aujourd'hui a quelque chose à voir avec ça ?

Je laisse échapper une sorte de ricanement dément.

— Je ne sais pas. C'est Marie, après tout. Elle est un peu folle.

— Tu sais que je déteste quand tu dis ça.

D'un geste de la main, j'englobe nos parents qui se disputent.

— Exemple concret.

Elle plisse les lèvres, mais ne dit rien.

J'ai gagné.

— ...la façon dont je gère ma relation avec mes fils ne te regarde absolument pas ! Je ne t'ai pas vu depuis quoi, trente ans ? Et tu crois que tu peux me dire comment être un bon parent ?

Mon père crie à présent. C'est le son de mon enfance, la voix effrayante et terrifiante de quelqu'un qui est censé être autoritaire et sage en train de perdre la tête.

— Il est clair que tu as besoin de leçons basiques de décence humaine si tu t'es mis ton fils à dos en passant les dix dernières années à le faire culpabiliser pour une chose à laquelle personne n'aurait rien pu changer ! Il ne pouvait pas les sauver tous les deux, pour l'amour de Dieu. Passe à autre chose avant de perdre Declan en plus de ta femme ! lui crie Marie, sa poitrine se soulevant, le visage livide.

La bouche de Shannon s'ouvre sous l'effet du choc.

La mienne aussi.

Ma future fiancée se penche vers moi et me chuchote :

— De *quoi* as-tu parlé avec ma mère hier ?

Le son que vous entendez ensuite, c'est moi ; le bruit de mon corps, catapulté émotionnellement dans le temps. J'ai de nouveau dix-huit ans. J'ai dix-huit ans, je porte un costume et je dirige une division internationale d'une entreprise classée au Fortune 500. J'ai dix-huit ans et je vois mon père recevoir une leçon de bonne conduite de la part d'une femme qui m'a dit hier que même si elle ne pouvait pas remplacer ma mère – et ne chercherait pas à le faire – elle me considérait comme l'un de ses enfants.

— Declan ?

Shannon me prend à part. Nous nous cachons derrière une grande bibliothèque, du genre de celles qui sont remplies de classiques recouverts de cuir bordeaux et de livres de droit, de statuts et d'autres écrits très importants consignés dans des tomes respirant le sérieux. Le pouvoir. Les privilèges.

— Chéri ? demande Shannon, en me caressant la joue.

Je suis figé, ramené dans le passé à ce jour précis en regardant Marie descendre mon père verbalement.

Sans crier gare, j'attrape Shannon et je l'embrasse, un baiser sauvage et furieux. Je sens le sang monter crescendo dans mes oreilles, comme un ensemble d'instruments à cordes se réchauffant tous en même temps, dans une harmonie. Le grondement sourd envahit mon esprit et mes bras attirent Shannon contre moi, mes mains glissent dans ses cheveux, ma langue la goûte.

Elle s'écarte, le rouge à lèvres étalé, les yeux flamboyants.

— On est au travail ! proteste-t-elle d'une voix râpeuse. Quoi qu'il se passe en toi, ajoute-t-elle, radoucie, mais toujours furieuse, je comprends que tu sois…

Je l'embrasse à nouveau.

La porte s'ouvre sur le cyclone Jason.

— Oh, mon Dieu, c'est mon *père* ? laisse-t-elle échapper en s'agitant dans mes bras.

Je n'arrive pas à réfléchir. Impossible d'élaborer une stratégie. Impossible de calculer ou de planifier les éventualités qui ne cessent d'arriver. Sa famille est comme un jeu de la taupe géant, version humaine. Peu importe le nombre de fois où vous pensez les avoir fait disparaître, les taupes continuent de sortir.

Il est plus facile de l'embrasser.

— Je le savais, dit Jason.

Shannon me rend mon baiser. Nous sommes totalement cachés derrière la bibliothèque, et si Marie et mon père sont conscients que nous sommes toujours dans la pièce, ils n'en laissent rien paraître.

Je m'éloigne pour inspecter les étagères.

— Qu'est-ce que tu fais ? demande Shannon, la bouche rouge, les seins rebondissant avec de forts halètements.

— Je cherche du whisky. On va en avoir besoin.

Pas de carafes. Pas de bouteille. Juste une collection très poussiéreuse de la première édition des Harvard Classics. On ne risque pas de s'enivrer avec ça de sitôt.

— C'est tout bonnement ridicule, lance mon père en faisant le tour de son bureau pour se poster devant Marie dans une attitude de défi. Qui diable êtes-vous ? demande-t-il à Jason.

— Ils ne se sont jamais rencontrés ? chuchoté-je à Shannon, qui semble vraiment avoir besoin de ce whisky.

— Ma mère… mon père… criant sur le patron de la société où je travaille… marmonne-t-elle dans de courtes phrases.

Et ton futur beau-père, pensé-je.

— Jason Jacoby.

Jason regarde Marie, qui le détaille de la tête aux pieds. Jason porte un costume-cravate, il est rasé de près et a une nouvelle coupe de cheveux. Il ressemble à n'importe quel homme d'affaires d'une cinquantaine d'années.

Sauf que je n'ai jamais vu Jason porter autre chose que des jeans.

— Je suis le mari de la femme que vous baisez, déclare Jason, les yeux rivés sur mon père.

Et Shannon tourne de l'œil. Elle s'effondre contre moi, s'affaissant par terre, sa jupe remontant sur ses cuisses et ses cheveux se fondant avec le tapis persan à côté de la bibliothèque. Formidable. Je suis sur le point de faire ma demande en mariage à Scarlett O'Hara. Tra-la-la.

Je suis cloué à une petite table à côté de nous et je la regarde, bouche bée. Je m'évanouirais aussi si mon père accusait mon patron de baiser ma mère.

C'est un de ces moments où vous décidez quel genre d'homme vous êtes.

Celui qui se cache derrière une bibliothèque dans le bureau de votre père pendant que votre futur beau-père l'accuse de baiser votre future belle-mère ?

Ou un adulte qui va sur le terrain et tente de faire de la médiation.

C'est parti. Je prends un coussin du fauteuil en cuir à proximité et je le pose sur mes genoux, en y installant doucement la tête de Shannon. Je me mets à l'aise.

Cela pourrait durer un certain temps.

— Je ne savais pas que Becky était mariée ! rugit mon père.

Oh.

— Becky ? Qui est Becky ? Je parle de Marie ! crie Jason, égalant le volume sonore de mon père.

Shannon bat des cils, ses doux sourcils s'arquent et elle tourne de l'œil. Je ne l'ai jamais vue s'évanouir auparavant, et bien que je sache que le stress peut avoir cet effet, la voir tomber comme un sac à patates au milieu de ce fiasco ressemble à une mauvaise plaisanterie.

Prenons une seconde pour résumer la situation :

1. Marie a débarqué sur notre lieu de travail.

2. Elle reproche à mon père d'avoir été un connard après la mort de ma mère.

3. Mon père vient de révéler qu'il couche avec son assistante, ce qui est contraire à la politique de l'entreprise (Hé ! Je ne suis *pas* un hypocrite. Shannon n'est pas ma subordonnée directe).

4. Jason a fait irruption et a accusé mon père de s'être *tapé* sa femme. La femme qui est sortie avec mon père bien avant mon frère aîné, Terry, vienne au monde.

5. Shannon s'est évanouie, le visage sur mes genoux et pas de la façon que j'aime.

6. Tout le monde se crie dessus et tout ce que je veux, c'est mettre la bague de ma mère au doigt de Shannon et faire l'amour à ma fiancée.

Voilà, en résumé.

Rien de tout ça n'a de sens, sauf la dernière partie, et alors que Shannon s'assied et regarde d'un air hagard autour d'elle, les mains froides et tremblantes, nous entendons :

— Ça suffit ! Tous les deux ! Avant que j'appelle la sécurité !

C'est *Marie* qui crie. Shannon et moi, nous nous levons d'un bond et nous faisons précipitamment le tour de la bibliothèque pour découvrir Jason et mon père en train de se battre par terre, en costume.

— Mon Dieu, lâché-je.

— Elle est à moi ! grogne Jason en entraînant mon père dans une lutte désordonnée.

Je suppose que Jason a appris à se battre dans les rues du Sud de Boston. Alors que nous autres, les trois garçons McCormick, avons appris l'escrime et la boxe à l'Académie de Milton avec des instructeurs qui ont participé aux Jeux olympiques, mon père était lui aussi un enfant des rues. Un enfant des rues du Sud.

Deux gars du Sud de Boston dans une altercation après une pause de trente ans ? Ça pourrait devenir intéressant. Ils ont tous les deux une petite bedaine liée à l'âge, et même si je sais que mon père travaille ses muscles à la salle de sport, Jason cultive son jardin depuis trente ans.

Et leur civisme semble avoir disparu au même endroit que leur bon sens.

— Espèce de…

Le reste des insultes qui sortent de la bouche de mon père – un flot d'invectives visant Jason, la mère de Jason, les parties génitales de Jason, et qui s'étend sur environ six générations – est un produit de l'héritage irlando-écossais de mon père. Surtout son héritage écossais, car les Écossais ne sont pas les derniers en matière d'insultes.

C'est dans leur ADN.

Marie se met à crier :

— Je ne sais pas ce qui arrive à Jason !

Shannon me regarde avec horreur.

— Fais quelque chose ! me crie Shannon.

Bon sang, qu'est-ce que je suis censé faire ? Je ne suis pas vraiment formé aux techniques pour faire cesser un combat entre père et futur beau-père. De plus, il ne faut pas se fier aux apparences. Je pourrais les arrêter. J'en ai le pouvoir (et je pourrais probablement les battre dans un combat à mains nues. Effacez le *probablement. Sans aucun doute.*)

Mais laisser les gens se dévoiler me donne plus de pouvoir que de crier et de les séparer. Il existe de nombreuses façons d'être aux commandes. De dominer. D'être un leader.

Parfois, il est plus efficace de prendre du recul et d'observer que d'agir.

Secouant la tête et marmonnant quelque chose à propos des milliardaires inutiles, Shannon saisit un vaporisateur d'eau que Becky utilise pour arroser les plantes-araignées du bureau de mon père, marche jusqu'aux 180 kg de viande vieillie qui se tortillent et grognent sur le sol, et les arrose.

Encore et encore, comme des chiens.

— Mon costume ! hurle mon père en levant les mains. N'abîme pas ce costume ! Il vaut plus cher que ta prime annuelle.

Shannon continue de le pulvériser, encore et encore, et crie :

— Je m'en fiche. Arrêtez de faire du mal à mon père !

La porte s'ouvre (à nouveau), et Becky entre, flanquée de deux types qui ressemblent à des tueurs à gages de la mafia, génétiquement mélangés à des sumos.

— La sécurité est là ! Qui est le… Oh, mon Dieu, Jamie ! Jamie, qu'est-il arrivé à ton visage, mon chéri ?

Jamie ?

Becky s'agenouille et les gars de la sécurité, Jason, mon père et moi nous tendons tous le cou pour mieux profiter de la vue sur ses cuisses et ses porte-jarretelles violets.

Shannon me frappe. Marie donne un petit coup de pied à Jason et il grogne, mais ne dit pas un mot.

— Hé, c'était pour quoi ça ? demandons-nous à l'unisson.

Marie et Shannon reniflent en même temps pendant que Becky se précipite vers mon père et l'aide à se relever.

Jason tend la main vers Marie pour qu'elle l'aide. Elle fait semblant de ne pas le voir, croise les bras et adresse à Shannon un regard impénétrable.

Les vilains chiens savent toujours quand ils ont fait une bêtise et ne gémissent pas. Jason se débrouille tout seul et s'époussette, essayant de maintenir un mince voile de normalité, comme s'il ne venait pas de se battre avec l'homme le plus riche de Boston, et que mon père ne venait pas d'insulter quatre générations de Jacoby.

— Je vous assure, grogne mon père, que je ne baise *pas* votre femme.

— C'est vrai, dit Shannon sur un ton de défi. Tu es bien trop vieille pour que *Jamie* couche avec toi, maman.

Le regard qu'elle lance à mon père en répétant ce surnom serait aussi efficace qu'un gommage chimique dans le meilleur spa de l'un de nos hôtels de luxe.

— Shannon, à quoi tu joues ? demande mon père, tournant sur ses talons et ignorant l'aide de Becky. Je suis ton patron et…

Spritz.

Shannon vaporise le visage de mon père.

J'éclate de rire.

— Vous êtes un chien. Un chien qui ne couche qu'avec des femmes de quatre ans ou moins en années de chien, annonce Shannon.

Becky s'étouffe et proteste :

— Je n'ai pas quatre ans ! J'en ai dix-neuf.

— Je n'ai rien à ajouter, annonce Shannon.

Mon père se dirige d'un pas agressif vers Shannon, qui brandit le pulvérisateur en guise de défense.

— Je ne me laisserai pas insulter ainsi dans ma propre entreprise ! tonne mon père.

— Et vous ne crierez pas sur ma fille comme ça ! rugit Jason.

— Et je ne couche pas avec Jamie ! ajoute Becky.

— Il y a quelqu'un qui ment, chantonne Marie sous cape

Puis elle semble avoir une illumination et prend une teinte rosée sous l'effet de la colère.

— Non seulement tu es un parent cruel, mais tu es un misogyne âgiste avec un syndrome de micro pénis, dit-elle à mon père, qui essaie de décider contre lequel d'entre nous il est le plus en colère.

C'est l'un de ces rares moments où *je* ne suis *pas* dans la course, et où je me réjouis du spectacle.

De la vapeur semble sur le point de sortir par les oreilles de Jason. Il s'écrie :

— Comment diable sais-tu qu'il a un micropénis ?

— Je n'ai *pas* de micropénis ! hurle mon père.

Marie l'emporte.

Becky se tourne vers moi, si sincèrement, si gentiment, et me dit :

— C'est vrai. Il ne ment pas.

J'aimerais pouvoir faire comme Shannon et m'évanouir, mais à la place, je me mets à hurler comme tout le monde.

— ÇA SUFFIT ! m'écrié-je.

Il est temps de cesser d'observer. Il est temps de prendre les choses en main avec des mots et des actions.

Tout le monde s'arrête, sauf Bonnet Blanc et Blanc Bonnet, qui continuent à mâcher leur chewing-gum et ont l'air de s'ennuyer, comme si c'était le problème de sécurité le plus lamentable qu'ils aient jamais eu à résoudre.

Ils ont raison.

— Toi, dis-je, en désignant Marie. Tu as trahi ma confiance.

— Je n'ai rien fait de tel ! proteste-t-elle. Je suis juste rentrée à la maison et j'ai pensé à ce que tu m'as dit hier sur la tombe de ta mère…

— Tu es allée sur la tombe d'Elena ? demande mon père d'une petite voix étouffée.

D'une certaine manière, c'est pire que lorsqu'il criait.

— Qui est Elena ? demande Becky.

— Tais-toi, lançons mon père et moi à l'unisson.

Becky sort comme une furie.

— Et toi, dis-je à Jason. Tu te ridiculises. Mon père et Marie n'ont pas de liaison. Papa ne sort qu'avec des femmes de moins de trente ans et jamais mariées.

— Leurs attentes sont trop élevées, explique mon père.

— J'ai vraiment évité le pire avec toi, dit Marie à mon père, puis elle se retourne pour regarder Jason avec une expression contrite.

— Alors pourquoi plaisantais-tu sur le fait d'épouser le père de Declan l'autre jour ? Et que fais-tu dans le bureau de James, si colérique et passionnée ? demande Jason, déconcerté.

— C'est moi qui ai fait la blague, dis-je d'un ton bourru. C'était de mauvais goût.

— C'est plus facile à croire que l'idée que je puisse couche avec elle, dit mon père avec une grimace.

— Tu aurais de la chance de coucher avec moi, mon pote, rétorque Marie.

— C'est vrai, murmure Jason. Attends. Non, dit-il en faisant machine arrière.

— Tout le monde fait l'amour sauf moi, dis-je à voix basse.

Shannon me donne un coup de pied à la cheville.

— Attends, attends. Reviens en arrière. Pourquoi Marie te parlait-elle sur la tombe de ta mère ? demande mon père.

Il a l'air vraiment préoccupé, du moins à ce que je peux voir dans son regard. Son œil droit est égratigné et enflé.

— Je suis allé parler à maman, dis-je le plus simplement du monde.

— Ta mère est morte, répond mon père avec un grand scepticisme.

— Je n'ai jamais dit qu'elle m'avait répondu.

Silence.

Brisé par Marie, évidemment.

— Declan m'a raconté comment Elena est morte. Comment Andrew a failli mourir. Et comment il a dû faire un choix impossible. Défier la volonté de sa mère ou laisser mourir son frère.

Tout le monde semble abasourdi. Ils *sont* abasourdis. Elle a bien résumé les choses.

— Et quel est le rapport avec le fait que je sois un « parent cruel » comme tu l'as dit ? demande mon père à Marie d'un ton glacial.

— Tu as donné à Declan l'impression qu'il avait tué sa mère, dit Marie, le menton levé, les yeux rivés sur ceux de mon père. Ce n'est pas le cas. Il a sauvé son frère. Il a fait ce que lui a dit Elena, qui aimait tellement ses enfants qu'elle s'est sacrifiée pour Andrew. C'est ce que fait un bon parent aimant.

Mon père a l'air d'avoir reçu une gifle. C'est le cas en réalité – l'empreinte rouge de la main de Jason est incrustée sur le côté de son visage, mais son expression exprime également ment le choc.

Andrew se glisse discrètement dans la pièce, les deux agents de sécurité et Becky sur les talons, et des employés du bureau se regroupent dans le couloir, tendant le cou.

— Bien sûr que tu n'as pas tué ta mère, dit doucement mon père en se tournant vers moi. Je le sais bien. Ce sont les guêpes qui l'ont tuée.

Shannon passe son bras autour du mien, comme si elle devait me soutenir. Elle n'en a pas besoin, mais je suis rasséréné par la chaleur de son corps. C'est comme si les renforts apparaissaient au plus fort de la bataille. Vous n'en avez probablement pas besoin, mais juste au cas où…

Le regard perplexe de mon père me téléporte onze ans en

arrière, avec une expression très différente sur son visage. À l'époque, ses yeux étaient morts et le seul sentiment qu'il semblait capable d'exprimer était la colère.

J'ai de nouveau dix-huit ans (ça commence à bien faire…), mais en l'espace de quelques inspirations, je me rends compte que j'ai tort.

Je suis un adulte.

— Tu m'as dit, dis-je en énonçant distinctement chaque syllabe, comme pour faire ressortir une vérité émotionnelle, que c'était ma faute si maman était morte.

La pièce devient une chambre froide. Jason tressaille, puis il regarde d'abord mon père, puis moi. Ses yeux se remplissent de compassion.

Le plus difficile est de l'accepter.

— Je n'ai jamais dit ça, proteste mon père.

Après avoir fermé la porte derrière lui et fait signe à Becky de s'éloigner, Andrew dit doucement :

— Si papa. Tu l'as dit.

Tout le monde regarde mon père. J'essaie de croiser le regard d'Andrew, mais en vain. Il ne peut montrer ses émotions ou dire quelque chose qui le mettrait en position de vulnérabilité.

Mais il peut être mon allié. Il peut témoigner. Corroborer mes dires.

— Je ne me souviens pas avoir jamais dit ça, dit lentement mon père, en regardant le sol comme s'il essayait de se rappeler. J'ai peut-être dit autre chose et Declan a mal compris.

— Declan n'a rien compris de travers, papa. Je m'en souviens. J'étais à l'hôpital et je me rétablissais, et tu parlais avec les pompes funèbres au sujet du corps de maman.

Mon père devient pâle. Je sens mon propre visage se glacer. Ce qui est en train de se passer n'arrive jamais dans notre famille. Nous ne parlons pas du passé, nous n'analysons pas les événements, nous ne traitons pas de sentiments. Il nous manque le mode d'emploi ici. Nous sommes tous en train d'improviser.

Surtout moi.

— Le médecin est venu m'examiner et tu lui as demandé si j'avais vraiment eu besoin de l'EpiPen. Declan aurait pu faire l'injection à maman et j'aurais pu survivre grâce à l'intervention des secours.

— J'essayais de comprendre les faits, Andrew, dit mon père d'une voix rude. De donner un sens à toute cette situation.

Andrew agit comme s'il n'avait jamais été interrompu.

— Et le médecin a dit « peut-être ». Peut-être. Que personne ne peut prédire comment ces réactions fonctionnent, et que, bien que ma gorge se soit refermée et que j'aie perdu connaissance, peut-être… peut-être… qu'il était possible… que rien ne pouvait être exclu…

Andrew utilise une intonation chantonnante si affectée qu'il semble se moquer.

Mon père nous regarde d'un air sévère et fixe Andrew, mais son visage est tout sauf comique.

— Et puis tu as perdu la tête quand Dec est entré dans la pièce. Tu lui as tellement crié dessus que la sécurité de l'hôpital a appelé l'aumônière, et elle a dû t'emmener dans son bureau privé.

Il baisse les yeux, mais pas par soumission. C'est sa colère qui s'exprime.

— Tu étais shooté, Andrew, avec tous les médicaments qu'ils t'ont injectés pour gérer l'anaphylaxie. Je n'arrêtais pas de faire des aller-retour entre la morgue et ton lit d'hôpital. Je suis sûr que tu ne t'en souviens pas bien.

— Pourquoi est-ce que vous estimez que vous êtes le seul à vous souvenir correctement de ce jour-là, James ? demande Shannon.

— Parce que...je...

JamesMcCormick ne se laisse pas démonter en général. Andrew et moi détournons le regard. C'est comme voir notre père nu.

Jason, Marie et Shannon ont les yeux braqués sur lui, et bien que Jason ait encore l'air agacé, c'est Marie et Shannon qui sont les plus intéressantes à regarder. Elles sont toutes les deux calmes, la tête penchée vers la gauche comme synchronisées, et elles le regardent d'un air compatissant. Intéressé. Elles ne le jugent pas.

Quoi qu'il se soit passé entre mon père, Jason, Marie et Shannon au cours des dernières minutes, il semble que Marie et Shannon soient prêtes à écouter, à traiter et à résoudre ce cauchemar émotionnel.

De quelle planète viennent-elles ?

Shannon dépose avec précaution le pulvérisateur d'eau et se rapproche de mon père. Elle tend doucement la main et la pose sur son avant-bras. Son costume est froissé et son bouton de manchette a sauté, laissant la chemise en désordre.

— James, je ne peux pas imaginer le chagrin que vous avez ressenti ce jour-là.

Ses yeux sont chaleureux, et j'y vois les larmes qu'elle n'a pas versées, mais qui sont bien là.

— Personne ici ne vous juge pour ce que vous avez dit ce jour-là.

Mon père regarde Marie et ignore Shannon, bien que je puisse dire, à la façon dont il tient ses épaules, qu'elle a réussi à l'adoucir.

— Marie me juge, dit mon père.

— Je ne te juge pas pour ce que tu as dit ce jour-là, James. Mais je te juge pour avoir passé toutes ces années à blâmer Declan et à lui faire porter ce fardeau. J'ai été incroyablement imparfaite en tant que parent...

Le reniflement bruyant et simultané de Shannon et Jason fait légèrement sursauter Marie.

Mon père cache un sourire et Andrew fait de même. Je vois tout cela de façon périphérique, mais je suis concentré sur Shannon. Elle est comme une négociatrice émotionnelle de l'équipe du SWAT.

— Bref, dit Marie, il faut arrêter de reprocher ça à Declan si tu ne veux pas le perdre.

Si ce n'est pas déjà trop tard, disent ses yeux lorsqu'elle regarde mon père.

Andrew et moi ne disons rien, mais je sens ses yeux se tourner vers moi, un rapide coup d'œil destiné à me montrer qu'il est de mon côté.

Mon père soupire et regarde la main de Shannon, qui le touche encore.

— Je sais ce dont je me souviens de ce jour-là. Je me souviens d'une horreur abjecte. D'avoir été enseveli sous les appels téléphoniques des forces de l'ordre et des autorités médicales. C'est une expérience qu'aucun homme ne devrait jamais vivre.

Les yeux de Jason basculent vers la compassion. Il semble comprendre que ce que mon père a vécu peut arriver à tout homme ayant une épouse et une famille. À n'importe qui.

Mon père se tourne vers moi et je me force à croiser son regard.

— Tu étais une épave, Declan. Je ne t'avais jamais vu comme ça. Dès ton enfance, tu as toujours su te tenir. Tu étais calme. Tranquille. Imperturbable. Ta mère et moi, nous nous émerveillions de ton sang-froid et nous nous demandions si tu n'avais pas été envoyé chez nous depuis un autre monde.

Son visage se tord en un sourire mélancolique et morbide.

— Lorsque je t'ai retrouvé à l'hôpital, tu avais les yeux hagards et tu étais confus, les mains couvertes de terre et le visage strié de larmes. Tu m'as supplié de faire en sorte qu'ils la sauvent. Supplié.

Il secoue la tête.

— J'ai eu du mal à te reconnaître. Ma femme était morte, la vie d'un de mes fils était en jeu et tu n'étais pas *toi*. Une main invisible dans l'univers avait démantelé ma vie aussi facilement qu'on balaie d'un revers de la main les papiers sur un bureau en désordre.

Je ferme les yeux, mais mes souvenirs ne me soulagent pas. Les images derrière mes paupières constituent un film que je ne veux plus jamais voir. Mon père a raison. Je me souviens de l'avoir supplié. D'avoir cherché à négocier. Le besoin d'entendre que ma mère n'était pas morte, mais plus encore, le besoin d'entendre que ce n'était pas ma faute.

— Et j'ai craqué, dit mon père en détournant le regard. Je n'en suis pas fier, et même si je doute avoir dit exactement ce que tu prétends, je ne doute pas que l'émotion derrière mes mots était à peu près la même.

Je retiens mon souffle sans m'en rendre compte. Tout comme Andrew. Nous exhalons tous les deux en même temps.

Mon père a raison sur une chose : mon niveau de calme. Un ami à l'université m'a dit un jour que je serais le parfait chef de cabinet pour un politicien de haut niveau parce que je peux rester calme dans n'importe quelle situation. C'est généralement vrai. Quand les autres sont stressés, cela ne déteint pas sur moi. Je regarde simplement les choses se dérouler et je les vis à distance.

Mais le jour où ma mère est morte, c'était comme si Dieu lui-même avait saisi un marteau et brisé la boule de neige dans laquelle j'avais vécu toute ma vie.

J'ai réussi à retrouver ce calme, mais j'en ai payé le prix. Un prix très élevé concernant mon père. J'ai dû bâtir un mur entre lui et moi. Le contenir. Le voir comme une menace bénigne (je sais que c'est contradictoire, mais c'est le terme approprié ici). J'ai décidé d'être amical. De faire mes preuves. De gagner son admiration.

Mais de ne plus jamais lui faire confiance.

Tous les yeux sont soudain braqués vers moi, comme si on attendait de moi que je dise ou fasse quelque chose.

Non. Mon père doit faire le premier pas. Pas moi.

Nous attendons. Encore. Et encore… Shannon donne une légère tape sur le bras de mon père, puis s'éloigne en m'embrassant sur la joue. Son petit geste d'affection en dit long à toutes les personnes présentes dans la salle. C'est un geste de solidarité. Elle me soutient.

Andrew se rapproche aussi de moi de quelques pas.

Mon père le remarque, et il me regarde et ouvre la bouche pour dire quelque chose au moment précis où quelqu'un frappe à la porte de son bureau.

— Entrez, aboie-t-il, en laissant échapper un soupir retenu qui m'indique à quel point il est tendu.

C'est Becky.

— M. McCormick, les représentants de la FTC sont là.

Andrew grimace, et mon père et lui échangent un regard.

— J'avais oublié que c'était aujourd'hui, dit Andrew en me lançant un regard d'excuse. C'est une visite de routine, mais on ne peut pas repousser.

Marie s'avance vers moi et pose une main ferme sur mon épaule, se hissant sur la pointe des pieds pour m'embrasser sur la joue.

— Venez dîner ce soir, tous les deux.

Elle se tourne vers mon père, qui assiste à la scène depuis son bureau.

— Toi aussi, James.

Elle lui adresse un sourire sans montrer les dents et s'approche de Jason, sa main s'agrippant à son coude, au niveau du pli du costume.

— Tu sais, je pourrais te prendre au mot, dit mon père en inspectant les papiers sur son bureau, à la recherche de quelque chose.

Il ramasse un objet métallique et triture son poignet, en insérant le bouton de manchette de façon experte. Son comportement a changé. Toutes les chances que j'avais de le voir s'ouvrir ou reconnaître mes émotions sont parties en fumée.

Merci, la FTC.

— Pour ma part, je voudrais recommencer à zéro, ajoute mon père.

Il traverse la pièce et s'approche de Jason, qui, tout à son honneur, reste sur ses positions.

— Je ne crois pas que nous ayons été correctement présentés, dit mon père en lui tendant la main. Nous aurons les mêmes petits-enfants un jour, alors la chose polie à faire ici semble de se serrer la main et d'oublier tout ça, de faire comme si rien de tout cela n'était arrivé.

Je lance un regard furieux à mon père, qui comprend instantanément son erreur. Les yeux de Marie s'illuminent à ses paroles. Shannon se tient près de la bibliothèque, vaporisant nerveusement la même plante-araignée encore et encore.

— J'espère que vous me pardonnerez, dit-il aux parents de Shannon.

Je ne crois pas l'avoir jamais entendu prononcer ces mots. Il est bon de savoir qu'il *peut* les dire.

— Excuses acceptées, dit Jason, l'air soulagé, en lui serrant la main.

Il saisit l'avant-bras de Marie et la tire hors du bureau.

— Est-ce qu'on t'attend pour le dîner ce soir, James ? lance-t-elle.

Alors que Shannon et moi franchissons le seuil de la porte, une Becky horrifiée suit chaque mouvement de Marie.

— Ça dépendra de la FTC, Marie, dit mon père, ce qui, je le sais, est un non définitif.

Il faisait simplement preuve de politesse un peu plus tôt. Il n'y a pas moyen qu'il vienne chez les Jacoby, et pas seulement parce qu'il est occupé.

Mon père ne sait pas gérer les relations avec des personnes authentiques. Un coup d'œil au décolleté de Becky le confirme. Deux ballons suspendus sous une couche de gélatine, recouverts d'une robe.

Alors que je me retourne pour regarder derrière moi, mon esprit en mode berger cherchant à s'assurer que le troupeau est en sécurité et loin du loup, je croise le regard de mon père. Il a l'air d'avoir quelque chose à dire, mais il secoue ensuite la tête avec deux mouvements rapides, comme pour chasser cette idée.

Qu'importe.

C'est probablement mieux ainsi.

CHAPITRE 10

J e n'arrive pas à croire que j'ai aspergé le visage de James McCormick avec un pulvérisateur, comme un chien, dit Shannon, l'air horrifié.

Nous avons fait nos adieux à une Marie et un Jason très embarrassés et je l'ai fait venir dans mon bureau pour qu'elle se calme.

— Moi, je n'ai pas de mal à le croire, dis-je. Tu t'es attaquée à mon père, l'un des hommes les plus riches des États-Unis. L'un des plus puissants aussi. Il pourrait te démolir, et tu as fait exactement ce qu'il fallait. Jason et lui étaient ridicules, et toi...

Je m'interromps, essayant de ne pas rire. Mais il m'est impossible de contrôler mes abdominaux et Shannon me regarde avec un agacement teinté de peur.

— Mon père et lui étaient vraiment ridicules ! Se battre par terre comme des punks de rue. Ils ont la cinquantaine ! Ce n'est plus un âge pour faire ça ! L'un d'entre eux aurait pu se casser une hanche !

— Je ne pense pas que l'âge signifie automatiquement que

tu es plus mature, Shannon, expliqué-je. En fait, je suis même sacrément sûr du contraire.

— Je n'arrive toujours pas à croire que j'ai fait ça.

Je souris et la prends dans mes bras, mes mains s'enfonçant dans ses longs cheveux châtains, qui sont tombés de la pince qu'elle portait pour travailler aujourd'hui.

— Ça, c'est bien ma Shannon. Tu réfléchis vite et tu démêles les situations embrouillées.

Shannon est totalement focalisée sur le fait qu'elle ait utilisé le pulvérisateur sur mon père, comme si c'était la chose la plus audacieuse qu'elle ait faite ou dite. Elle est loin de se douter que pour mon père, cette part de l'altercation n'a aucune importance. L'eau s'évapore, mais la vérité émotionnelle laisse des traces.

Remettre en question sa perspective du jour où ma mère est morte, c'était comme lâcher une bombe nucléaire sur la structure interne du monde selon mon père. Shannon vient de lui dire que s'il est l'empereur, il ne porte pas de vêtements et qu'il devrait vérifier qu'il n'y a pas de feuille de papier toilette collée sous son pied.

Comme le dirait son neveu de huit ans, Jeffrey, Shannon a totalement *dézingué* mon père.

— C'était plus que ça ! Il m'a fallu une sorte de courage que je n'ai pas normalement, pour affronter ton père comme ça…

Son ton feutré m'indique qu'elle est au bord des larmes.

— Et c'est pour ça que je…

Veux t'épouser. Ces mots sont sur le bout de ma langue et je ferme la bouche avant de les laisser échapper. Une femme capable d'affronter son propre père et le *mien* avec une telle audace sera la compagne idéale pour les six ou sept prochaines décennies.

Elle recule et me regarde, attendant la suite.

— Quoi ? C'est pour ça que tu… quoi ?

— C'est pour ça que je t'aime, Shannon.

Et bientôt, elle saura à quel point.

Ses yeux s'adoucissent et elle se dresse sur la pointe des pieds pour atteindre mes lèvres.

— Je t'aime aussi.

Elle secoue lentement la tête.

— Je vais me faire virer.

Je fronce les sourcils.

— Non. Au contraire. Les hommes comme mon père estiment les gens capables de leur tenir tête quand ils ont tort. Quand il sera calmé, il réalisera que tu lui as rendu service.

— Service ?

— Il ne l'admettra jamais, bien sûr. Et il pourrait te donner du fil à retordre la semaine prochaine. Si tu as une réunion avec lui, il sera très dur avec toi. Revêche. Il pourrait essayer de t'humilier, mais ça ne durera pas.

Je réfléchis une seconde.

— Le public était assez restreint et les enjeux l'étaient aussi. Mon père n'oubliera jamais que tu l'as pulvérisé comme ça, mais tu réalises que, comme Becky en a été témoin, la nouvelle va vite se répandre.

— Nooon.

— Tu vas bientôt avoir un surnom.

— Comme quoi ?

— La femme qui chuchotait à l'oreille de *Jamie*.

Son visage se décompose en quatre. Une partie essaie de rire. Une seconde essaie de *ne pas* rire. Un troisième semble vouloir crier.

Et la quatrième est si magnifique que j'ai envie de l'embrasser.

C'est ce que je fais.

Son corps se cambre sous mon contact, le tissu épais de son tailleur semble si grossier comparé aux belles lignes douces de ses courbes. Les sons qu'elle émet quand nous

nous embrassons me transportent. Mon esprit est occupé par de nombreuses personnes. Elles prennent trop de place dans ma tête.

Mes mains, quant à elles, n'en ont que pour Shannon.

Je la prends dans mes bras et la porte sur les quelques mètres nous séparant de mon bureau. Je l'assois sur le rebord, son joli cul sur le plateau de verre. Mon genou écarte les siens tandis que je la saisis fermement. Ma main glisse sous sa veste de tailleur et trouve sa chemise en soie. En l'espace de quelques secondes, je touche sa peau chaude et je grogne.

— Dec, on en a déjà parlé. On est au travail, et je…

Mon autre main se glisse entre ses jambes et remonte le long de sa cuisse.

— Non, on ne peut pas ! pépie-t-elle, mais ses protestations semblent être pour la forme, ses propres doigts frôlant ma braguette avec beaucoup d'intérêt.

Yes, we can ! me dis-je, mais ce n'est pas le moment des slogans de campagne. Surtout quand je n'ai pas voté pour le candidat en question.

Je m'arrête, les doigts accrochés en haut des bas nylon qu'elle porte, prêt à les lui ôter.

— Non ?

Elle peut m'arrêter à tout moment. Je retiens mon souffle et j'attends. La patience est une vertu. Ce n'est peut-être pas *ma* vertu, mais je peux en faire preuve si nécessaire.

Ses yeux se plantent dans les miens. Elle a les cheveux en bataille et un regard sauvage. Si elle a besoin de ma permission, je suis déjà au garde à vous. Un mot et je suis en elle, bien au chaud. La journée a été éprouvante et nous a laissés en morceaux, et je sais que nous pouvons nous recentrer en fusionnant.

Un coup de reins, un baiser à la fois.

— Non, on ne peut pas, répète-t-elle.

Et ensuite :

— Pas sans verrouiller la porte.

Je traverse la pièce en franchissant le mur du son, je ferme la porte à clé et je reviens vers elle. Elle s'est hissée sur mon bureau et ses jambes sont écartées, m'invitant à entrer.

Elle ne porte pas de culotte. Ça devient une habitude, qui n'est pas pour me déplaire, bien au contraire.

Nos bouches sont affamées, distribuant et recevant les baisers. Ses mains s'affairent sur ma ceinture et ma braguette. Ses doigts agiles me déshabillent juste assez. Elle a commencé à prendre la pilule il y a quelques mois, alors les préservatifs sont comme la cravache. Un artefact d'un temps révolu.

(Pourtant, le fouet a aussi une utilité pratique dans la chambre à coucher, parfois…)

Je regarde derrière elle. Mon bureau est jonché de documents commerciaux et de notes griffonnées qui avaient leur importance fut un temps, mais qui représentent désormais des obstacles. Des obstacles qui m'empêchent de m'enfoncer en elle et de m'enfouir dans sa chaleur, le nez dans ses cheveux, ma langue entre ses dents.

D'un geste, j'étale par terre tout ce qui se trouvait sur mon bureau.

— Ton ordinateur portable ! s'écrie-t-elle alors que le mince ordinateur argenté rebondit sur le tapis et émet un bip caractéristique, comme si R2D2 protestait contre le fait d'être malmené.

— Je m'en fous, dis-je tout en retirant sa veste de tailleur, mes mains se promenant sur sa poitrine généreuse. Je peux en acheter un autre. Mais je ne peux pas attendre une seconde de plus pour faire ça.

À ces mots, elle s'ouvre à moi, et je peux enfin libérer toute la tension qui s'était accumulée en moi. Je me sens comme à la maison. Nos ébats sont chauds et fiévreux. Sa bouche, tout son être sont à moi.

À moi.

Elle est tellement exquise sous mon corps. Le bureau en chêne vitré est mieux que n'importe quel lit, baignoire, comptoir de cuisine, voiture, limousine, hélicoptère, phare, allée derrière un piano-bar, drive-in, euh…*endroit*… où nous avons fait l'amour. La rougeur de ses joues, la façon dont ses yeux dansent sous ses paupières fermées, la fine veine qui s'étend au coin de son œil et la façon dont elle gémit mon nom sont déjà bien assez.

Pouvoir faire l'amour par-dessus le marché, c'est comme se voir remettre les clés du paradis.

Ses mains tirent sur ma chemise et je sens un bouton sauter. Puis un autre. Un troisième bouton saute alors que je la pénètre. Je ressens une décharge d'énergie et d'amour si forte que j'ai l'impression que mon cœur est sur le point de s'incruster en elle. Shannon arrache ma chemise alors que son dos se cambre, ses petits doigts s'enfonçant dans ma poitrine alors qu'elle se serre de toutes les façons imaginables.

Et c'est tout ce dont j'ai besoin.

— Regarde cette ville, Shannon. Cette ville est à toi, lui murmuré-je à l'oreille, une main sur sa mâchoire, lui tournant doucement la tête vers l'étendue de verre sur le côté. À nous. Nous allons laisser notre marque dans le monde ensemble.

Nous faisons des choses incroyables en *ce moment même*.

Ses yeux restent concentrés sur mon visage, la bouche ouverte, la langue coincée contre ses dents du haut.

— Tu es la plus belle vue que je pourrais jamais vouloir, dit-elle. Et la seule marque que je veux faire avec toi, c'est ça.

Ses lèvres me contusionnent alors qu'elle m'embrasse avec force. Ses mains s'agrippent à mon dos avec une frénésie témoignant d'un désir auquel tout homme est en droit de s'attendre.

Du coin de l'œil, j'aperçois les toits des bâtiments qui s'étendent en une série infinie de briques et d'acier, se déversant dans la Back Bay comme du sable sur une plage. Énorme et imposant et pourtant, à l'échelle de siècles et de millénaires, il ne s'agit que de grains de sable.

L'éternité rend tout insignifiant. Même les bâtiments et les empires.

Et c'est pourquoi l'amour est si important.

— Tu es parfaite, dis-je en gémissant, sentant monter le plaisir.

Mes mains et ma bouche ne sont jamais rassasiées. Ses doigts incrustent dans mon dos des marques qui resteront pendant trois jours et me feront sourire en secret à chaque fois que je les verrai.

Lorsque nous montons au ciel puis que nous redescendons, doucement, en flottant vers la terre, le bureau redevient une plaque de verre et de bois insupportablement inconfortable. Je me remets debout, les yeux dévorant la silhouette débraillée de Shannon. On dirait un film porno amateur ringard.

Ça me convient.

Elle écarquille les yeux et regarde par la fenêtre, puis en direction de la porte, son soutien-gorge lâche sur ses seins, sa chemise remontée, sa jupe relevée au niveau de ses hanches.

— Regarde dans quel état je suis ! gémit-elle en s'asseyant.

Je me penche et je l'embrasse. Sa bouche délicieuse me fait l'effet de miel doux versé sur mes lèvres.

— Tu es sexy.

— Je couche avec mon patron au bureau !

— C'est dans ton contrat.

Elle me pousse et se lève, tirant sa jupe vers le bas et lissant sa chemise.

— On vient d'enfreindre environ neuf règles des Ressources humaines en neuf minutes.

— Essayons d'atteindre les dix, la prochaine fois.

— Il n'y aura pas de prochaine fois, proteste-t-elle, en passant la main dans son dos pour agrafer son soutien-gorge, puis elle réajuste ses seins. C'est déjà assez embarrassant que tout le monde pense que j'ai eu un travail ici uniquement parce que je baise le patron, mais baiser *réellement* mon patron au travail, c'est un peu trop…

Elle frissonne, ce qui a pour effet d'agiter le haut de ses seins.

Je commence à baver.

Entre l'affrontement de nos pères, la façon inappropriée dont Marie a descendu le mien en flèche, le fait que Shannon ait pulvérisé mon père et la révélation qu'il couche avec son assistante de dix-neuf ans, je dirais que ce petit coup rapide sur mon bureau est le clou de la journée.

De la semaine.

Du mois.

OK…de la semaine.

Et maintenant, elle parle de ne plus jamais faire ça ? Oh, allez ! On ne peut pas faire goûter à un homme au fruit interdit et s'attendre à ce qu'il oublie.

Elle descend du bureau et quelques secondes lui suffisent pour se rendre présentable à nouveau. Le baiser qu'elle plante sur ma mâchoire est trop chaste. Trop superficiel.

Trop infime.

Alors qu'elle s'apprête à quitter la pièce, je l'attrape. Elle tournoie et s'affale contre moi, poussant un profond soupir. Je sais que ce n'est pas parce qu'elle ressent moins de désir. Elle panique juste à l'intérieur, submergée par trop de données.

C'est pareil pour moi, sauf que je gère ces émotions en les martelant.

Shannon mange de la glace.

Je préfère mon mécanisme interne.

— Dec, je dois sérieusement y aller.

Je l'embrasse.

— Mmmm, mmmf, sérieusement ! dit-elle.

Je l'embrasse à nouveau.

Elle marche sur mon pied. Oooooh, cette douleur. Douleur bénie.

Maintenant, laissez-moi m'arrêter un instant pour vous dire que je sais que j'agis comme un connard. Et si elle exigeait que je la laisse partir, je le ferais. J'ai l'impression d'être un millier de billes de pistolet à billes, toutes enfoncées dans un grand bocal en verre, secouées par un garçon hyperactif de sept ans. Toute cette énergie cinétique et émotionnelle me donne envie de faire quelque chose, mais il me manque la cohérence émotionnelle nécessaire pour savoir *quoi* faire.

Me faire Shannon est à peu près le seul outil dans ma boîte à outils.

J'en ai bien un autre, mais…

SPRITZ !

Une brume d'eau vient me retapisser la joue et l'oreille.

— À quoi tu joues ? m'écrié-je en m'essuyant la joue.

Je sens une barbe naissante. Mince. Il est plus de dix-sept heures, n'est-ce pas ? C'est l'heure de mon second rasage. Mes yeux deviennent une buse de pulvérisation et puis…

SPRITZ !

— Tu es en train de me *pulvériser* ? m'étouffé-je, l'esquivant avant qu'elle ne puisse m'atteindre à nouveau.

Le visage de Shannon est déterminé. Sa mâchoire crispée exprime sa colère.

— Tant que tu n'arrêteras pas avec mon corps, tu auras le droit au vaporisateur.

Je suis un peu trop excité, tout à coup.

— J'ai été un vilain, vilain chien.

Elle me jette la bouteille à la tête. Je l'évite aussi (merci aux instructeurs d'escrime de la Milton Academy…) et je ris.

— Tu n'es pas possible ! crache-t-elle en se dirigeant vers la porte.

BZZZZZ.

Je ne veux pas répondre à Grace. C'est probablement quelqu'un à Madagascar qui est prêt à me crier dessus parce qu'un widget de site Web a trois pixels qui ne s'affichent pas. Ou encore les Néo-Zélandais qui se plaignent que le taux de change n'est pas favorable et que les gens ne veulent pas dépenser 212 $ pour leur crème anti-âge à base de prépuce, mais qu'ils sont d'accord pour dépenser 199 $.

— C'est pour ça que tu m'aimes.

C'est tout ce que je trouve à dire à Shannon alors que je donne un coup de pied dans le vaporisateur, l'envoyant rouler sous mon bureau.

Elle me tourne le dos et sort en trombe, mais elle s'arrête dans l'embrasure de la porte, sa main manucurée saisissant le cadre, l'autre main sur la poignée de la porte. J'ai tellement de choses à dire en ce moment.

Merci.
Je t'aime.
Tu es géniale.
Tu as dit à mon père que je comptais.
Je n'ai jamais rencontré une âme aussi incroyable que la tienne.
Tes seins sont les plus beaux que j'aie jamais…

. . .

OUAIP. BEAUCOUP D'ÉMOTIONS À L'INTÉRIEUR.

— Je t'aime, dit-elle dans un souffle.

En se tournant lentement, elle me regarde, le visage rouge, les yeux sauvages. Elle est de nouveau tirée à quatre épingles, et personne ne pourrait deviner qu'il y a deux minutes, j'étais entre ces belles cuisses crémeuses.

Elle plisse les yeux., mais sa bouche se fend d'un sourire qui pourrait éclipser le soleil.

Et puis elle disparaît, me laissant avec un sourire aussi large.

Si tout se passe comme prévu, j'aurai *cette* femme avec moi pour le restant de mes jours.

Qu'ai-je bien pu faire pour la mériter ?

CHAPITRE 11

U n jour avant la demande...
        Je rentre chez moi en voiture quand le redouté
Texto du destin arrive.

Tu veux venir ?

Je réponds :

Non. Je refuse de dormir avec toi dans ton appartement. Mais mon chauffeur va venir te chercher.

Je suis dans la limousine et nous sommes coincés dans les embouteillages. La construction à Boston est comme un cinquième sport phare. Vous avez les Patriots, les Bruins, les Celtics, les Red Sox et les Cônes orange.

Shannon me répond :

Je ne veux pas venir à ton appartement. C'est trop ennuyeux. Et qui a dit que je voulais coucher avec toi ? Amy, Amanda et moi, on joue à Rock Band. Viens.

Elle sait vraiment quoi dire pour me convaincre. Trois femmes ayant les capacités vocales d'un élan paralysé qui chantent des chansons des années 1980.

À côté de ça, une collecte de fonds pour l'eau potable au Soudan présidée par Jessica Coffin paraîtrait sympa.

Sans oublier tout ce côté « je ne compte pas coucher avec toi ».

Mon téléphone sonne. C'est Shannon.

— Pourquoi tu ne veux pas te joindre à nous ?

Elle bute légèrement sur les mots.

— Tu es ivre ? demandé-je, soudain intéressé.

Hmmm. Je l'espère.

— C'est un plan cul d'ivrogne ?

— Non. Je veux dire, oui, j'ai bu, mais non. Ce n'est pas un plan cul. On voudrait juste que tu ailles chercher du thaï et de la glace. C'est un appel motivé par la *paresse*.

Attendez un peu. « On » signifie Shannon, Amy et bien sûr Amanda. Deux femmes qui vivent ensemble et le troisième larron veulent que j'aille chercher des plats thaïs à emporter et de la glace ?

Je réalise soudain que je n'aurai pas le droit à des gâteries ce soir. Ce sont des courses de règles.

Tout homme qui fréquente une femme depuis assez longtemps doit passer par ses premières courses de règles. Tout commence par une soudaine envie de glace et se termine par l'achat de la honte. Vous voyez le genre.

De l'ibuprofène, la super-boîte de tampons plus grande qu'un joueur de la NFL, des Reese's Cups et deux pots de glace. (Et aucun de ces pots n'est pour vous).

Après avoir survécu au sourire de l'employé, vous rentrez chez vous en voiture pour retrouver votre femme, qui est sur le canapé et porte son « pantalon de grosse » (on se came, le terme ne vient pas de moi) et qui vous accueille avec impatience et un rapide baiser sur la joue.

Elle fait alors l'amour à la glace et vous êtes coincé à regarder une adaptation du roman de Nicholas Sparks sur la chaîne d'Oprah pendant qu'elle sanglote sur votre épaule et vous supplie de ne jamais mourir.

Je comprends que j'ai basculé vers un nouveau territoire,

à mesure que les secondes passent et qu'elle s'impatiente. Je suis maintenant censé m'occuper des courses de règles pour toute la meute de Shannon.

D'un certain côté, ça signifie que j'ai gagné une sorte de confiance de la part des trois femmes, mais d'un autre côté, j'ai l'impression que mes couilles se sont ratatinées en raisins secs qui auraient leur place dans un nouveau parfum de Ben & Jerry's.

Parfum guimauve émasculée.

— S'il te plaît, Declan ? S'il te plaît ? supplie-t-elle.

Je soupire. Mon cœur est lourd (comme d'autres parties de mon corps…) J'ai envie de la voir, et Amanda et Amy sont de bonne composition. La journée a été aussi merdique que je le pensais, et l'idée de boire quelques bières et de brailler des chansons de Queen ou des Beatles ne semble pas si terrible.

— Très bien. Passe la commande, et…

— Donc, au magasin, ajoute-t-elle, le ton de la plaidoirie ayant disparu depuis longtemps ; maintenant que j'ai accepté, elle passe en mode je-le-prends-pour acquis. J'ai besoin que tu prennes…

— De l'ibuprofène et des tampons, dis-je.

— Comment tu as deviné ? murmure-t-elle.

— J'ai eu de la chance.

Nous raccrochons et je fais signe à mon chauffeur, Lance. Il abaisse le séparateur et me regarde dans le rétroviseur.

— Changement de plan, M. McCormick ?

— Oui. On doit aller chez Shannon. En passant par le restaurant thaïlandais sur la route 9.

Il sourit.

— Est-ce qu'on s'arrête à l'épicerie en chemin aussi ?

Formidable. Il m'adresse un petit sourire narquois.

Je le lui rends.

— Oui, Lance. Sauf que cette fois, *vous* pouvez y aller et acheter ce dont Shannon et ses amies ont besoin.

Il pâlit.

Je me sens mieux.

❧

Nous nous arrêtons dans l'allée de Shannon et découvrons une photo de Marie placardée sur la voiture d'Amanda. La Viagramobile. Amanda et Josh ont dû échanger leurs voitures. Qui a la Cacamobile ? Carol ? Pauvres Jeffrey et Tyler. C'est peut-être drôle pour l'instant, mais attendez qu'ils arrivent au collège et que leurs amis commencent à les appeler les Frères caca.

Je prends note de leur offrir des leçons de karaté comme cadeau d'anniversaire. C'est ce que font les oncles, non ?

Cette pensée s'estompe lorsque la porte d'entrée s'ouvre.

— Tu es un dieu ! déclare Amanda alors que j'apparais à leur porte, Lance portant tout pour moi.

Amanda et Amy lui tombent dessus comme des sauterelles affamées et il dévore Amy des yeux. Je le regarde droit dans les yeux.

— C'est la petite sœur de ma copine, Lance. N'y pensez même pas. En plus, elle a facilement quinze ans de moins que vous.

Il fait marche arrière et retourne à la limousine. Brave type. Il faut dire aussi qu'Amy porte un débardeur à bretelles, sans soutien-gorge et un pantalon de yoga avec écrit « bootylicious » sur son cul.

Non pas que je regarde.

L'instinct protecteur monte en moi, et je ressens le besoin d'attraper Jason, un fusil de chasse, et de commencer à le nettoyer. Avec les dents de mon chauffeur.

Je n'ai jamais eu de petite sœur avant. Soudain, j'ai un

flash de l'avenir, notre fille à Shannon et moi à son premier rendez-vous. Je suis vraiment désolé pour son premier amour.

Les boucles rouges d'Amy rebondissent avec, euh, d'autres parties de son corps que mon chauffeur ne devrait pas regarder tandis qu'elle prend la nourriture et s'éloigne vers la sécurité du canapé. J'entre et Shannon m'accueille avec un baiser avide. Il est sucré et salé, sa langue audacieuse et pressante. Je pourrais facilement m'habituer à être accueilli comme ça.

— Merci, murmure-t-elle contre ma mâchoire.

Elle lève la main et me gratte le cou.

— Longue journée ? Tu as de la barbe.

— Tous les hommes ont la barbe à vingt-deux heures.

— Ta barbe est plus épaisse que la plupart.

— C'est la testostérone. Ça rend *tout* plus épais.

Je presse ma cuisse contre la sienne pour qu'elle puisse sentir à quel point c'est vrai. Elle se contente de rire. Formidable. J'adore quand elle se moque de ma gaule. C'est génial.

Mais elle a raison. Je dois généralement me raser une seconde fois avant les réunions de fin de journée si je veux avoir l'air plus professionnel.

— J'aime ça, dit-elle en me frottant.

C'est ambigu. Elle m'envoie des signaux contradictoires. Pourquoi me drague-t-elle dans une pièce avec Amanda et Amy ?

Il n'y a qu'une seule bonne raison : elle attend quelque chose de moi. Qui n'implique pas du sexe. Ce serait tellement plus facile s'il s'agissait de sexe. Mais il n'est jamais question de sexe. Lorsqu'une femme avec qui vous êtes depuis plus d'un an vous drague spontanément pendant ses règles, elle a une arrière-pensée.

Chatoune s'approche de moi comme si je faisais partie des garde-côtes et que je pouvais faire descendre une nacelle d'un hélicoptère pour le sauver de la noyade dans l'océan. Il se met à ronronner, un son fort et grave qui fait sursauter Amanda de l'autre côté de la pièce. Elle le fixe. Chatoune ne ronronne jamais. Seulement pour moi.

Je le porte et je caresse sa fourrure. On se comprend. Nous sommes les seuls hommes dans la pièce. Les testicules doivent se serrer les coudes.

Sauf qu'il est castré, donc…

— Comment s'est passée ta journée ? demandé-je à Shannon d'un ton qui sonne faux.

Elle fronce les sourcils.

— Pourquoi tu me demandes ça ?

— Parce que je t'aime.

La seule réponse correcte lorsque votre testostérone est dominée par un rapport de trois contre un. Chatoune ne compte pas.

— Ce pad thaï est incroyable. Merci, Declan ! lance Amy depuis le canapé.

Amanda et elle trifouillent dans un emballage en carton avec leur fourchette. Elles ne s'embêtent même pas avec les assiettes. Même chose pour les pots de glace. Il y a peut-être écrit « quatre portions » sur le côté, mais il devrait plutôt y avoir écrit « prenez trois parfums différents et quatre cuillères et régalez-vous ».

Les responsables du marketing de Ben & Jerry's devraient vraiment récupérer des données sur les cycles menstruels de leurs clientes. Leur envoyer un coupon la semaine précédente. J'imagine déjà la hausse des ventes.

Hmm. Je dois garder ça en tête pour de futures campagnes.

— Pas de problème, dis-je à Amy, en espérant qu'elles épargneront l'autre boîte pour Shannon et moi.

— Dis, tu veux bien prendre un peu plus de sauce soja ? me demande Amy. Il y en a dans le placard.

J'ouvre les portes sur une marée d'échantillons. L'idée que Shannon se fait des délices culinaires est tout ce qu'elle peut obtenir gratuitement lors de ses visites mystères. Un tas de sachets de sauce soja menace de se déverser comme des balles de ping-pong dans cette farce connue. J'en prends une poignée, je remets la pile en place et je ferme la porte.

Je ne l'épouse pas pour sa cuisine.

— Tu veux une bière ? demande Amanda alors que je pose la sauce soja sur la table devant Amy et elle.

Elle est habillée comme Amy, mais porte un sweat à capuche. Le logo est celui d'une entreprise de distribution d'eau que je reconnais pour l'avoir vu dans notre division des installations. Ils livrent des centaines de mètres cubes d'eau pour le remplissage des piscines. Son sweatshirt est si grand qu'il lui descend jusqu'aux genoux.

— Volontiers.

Elle plonge la main dans une glacière de camping et me tend une marque que Jason a dû laisser là pour ses filles.

— C'est astucieux.

Je n'ai jamais vu la glacière dans le salon avant.

Elle hausse les épaules.

— On est efficaces.

— On est *paresseuses*, entonnent Shannon et Amy d'une même voix.

Le visage d'Amanda est étrange. Bouffi. Comme si elle avait pleuré.

La pièce semble soudain un peu trop petite. Le bruit de Shannon qui décapsule ma bière me parvient au ralenti, comme dans Matrix. Chaque seconde s'étire en dix autres tandis que l'horreur me frappe.

Ce n'étaient pas des courses de règles.

Il s'agit d'un sommet consacré aux connards de petits amis.

Pire encore, il pourrait s'agir des deux, combinés.

Je manque de m'étouffer en descendant la moitié de ma bière en une seule gorgée. Le dernier sommet similaire auquel j'ai été forcé d'assister remonte à l'université, à Harvard. Je n'étais pas le connard de petit ami (remarque : le type en question n'est jamais, jamais présent à ces sommets, et Dieu merci).

Le but d'un sommet consacré aux connards de petits amis est de réunir le plus grand nombre d'amis possible, de préférence des femmes, pour dire tant de mal de l'ex que la femme en vient à se dire qu'elle est vraiment mieux sans lui.

C'est comme être lapidé à mort par contumace.

Je me demande qui est ce connard.

— Ça va aller, murmure Amy à Amanda.

— Je n'arrive pas à croire que je pense encore à lui.

Amanda me regarde d'un air méfiant. Je réévalue ma mission. L'idée de boire quelques bières, jouer à Rock Band et coucher à contrecœur dans la chambre de Shannon avec trois meubles contre sa porte pour empêcher une intrusion de Marie, aussi involontaire soit-elle, a disparu. Je dis que je ne coucherai plus jamais avec elle dans son appartement, mais je dis beaucoup de choses qui ne sont pas vraies.

Refuser une chance de faire l'amour ? Je ne fais jamais passer mes principes avant ma libido. C'est bon pour les moines et les enfants Duggar.

Cela dit, je ne suis pas prêt à me retrouver le seul homme dans un bol de soupe aux œstrogènes avec une femme qui essaie de digérer une rupture. C'est comme un socialiste à un rassemblement du Tea Party. Bien sûr, vous pouvez y aller, mais quand la foule va laisser libre cours à sa soif de sang, qui, selon vous, va gratter le goudron de ses pectoraux et s'arracher les plumes du cul ?

Hmmm. C'est assez vicieux.

Quoi qu'il en soit... je finis ma bière et je mets la bouteille vide dans la poubelle de recyclage de la cuisine de l'appartement, qui fait à peu près la taille de ma boîte aux lettres.

Amy et Amanda chuchotent et me lancent de temps à autre des regards insondables. Shannon me fait signe de me blottir sur le canapé et de partager la boîte de nouilles avec elle. J'engouffre trois bouchées sans demander mon reste.

Andrew.

Amy prononce son nom et je réalise soudain avec un bruit sourd que mon frère est l'objet de ce sommet.

Bon sang.

Un picotement apparaît à la base de mon crâne. C'est une question de biologie évolutionniste pure. Comme je partage mon ADN avec ce connard, je suis maintenant ramené au statut de proie parmi les chasseuses. Bientôt, on me posera des questions sur les activités romantiques de mon frère. Je préférerais encore me ronger le testicule droit plutôt que de…

OK. Je retire ce que j'ai dit.

Je ne préférerais pas.

Mais parler d'Andrew et… sérieusement ? Amanda ? …de façon romantique est à peu près aussi intéressant que de discuter de la dernière conquête de mon père.

— Arrête de monopoliser les crevettes ! se plaint Shannon.

Je fronce les sourcils.

— J'en ai mangé exactement deux.

Elle soupire.

— Ça ne change rien…

Je lui tends l'emballage.

Les larmes lui montent aux yeux.

Oh, bon sang. Leurs règles *et* un sommet consacré aux connards de petits amis, avec mon frère en vedette ? Qu'ai-je fait dans une vie antérieure pour mériter ça ?

Je l'entoure de mes bras et lui chuchote :

— Est-ce que tu veux j'y aille ? Amanda semble bouleversée.

— Elle est juste…

Shannon frémit et étouffe un demi-sanglot, puis soupire.

— C'est juste que, euh…

Je la sors de sa douleur de devoir garder le secret. Comme l'a dit Winston Churchill, si tu traverses l'enfer, ne t'arrête pas.

— C'est à propos d'Andrew.

Elle se jette dans mes bras.

— Est-ce qu'il a quelque chose à son sujet ?

— Quoi ? Non.

La seule chose qui est pire que de parler de la vie sexuelle de mon frère, c'est d'être utilisé comme source d'information sur sa vie sexuelle. J'ai besoin d'un bain. Dans une cuve de napalm.

Elle hausse les sourcils et s'essuie les yeux. Sur un ton professionnel, elle m'interroge comme si j'étais un criminel dans un épisode de *New York, police judiciaire*.

— Tu es sûr qu'il n'a jamais parlé d'elle ?

— Certain.

Elle me dévisage. Dix secondes passent. Puis vingt. Cinquante. D'innombrables autres. Je peux gagner ce concours de regards. Je le peux.

Mes yeux se dirigent vers ses seins.

Voilà. Le concours de regards est tellement plus facile maintenant.

Elle m'attend au tournant et croise les bras sur sa poitrine. Bouhhh. Mais je tiens bon, et c'est Shannon qui parle en premier.

— Ils devraient vraiment se mettre ensemble, dit-elle.

— Ouais, Andrew a toujours été un homme à seins.

Silence. Oh, merde.

— Toi aussi tu reluques les seins d'*Amanda* ? C'est déjà gênant qu'Andrew le fasse, mais toi…

Shannon s'interrompt, ses traits tordus en un masque d'agonie. Elle me regarde comme si j'avais décapité un bébé panda en direct à la télévision et que Gordon Ramsey en avait fait un carpaccio.

Un cri étouffé d'une des autres femmes dans la pièce m'indique que j'ai dépassé les limites, mais mon esprit d'homme vacillant ne peut comprendre ce qu'était cette limite. Amanda sera invitée à la cérémonie en supposant que je ne vienne pas de foutre en l'air la demande en mariage et tout notre avenir ensemble en ayant fait un commentaire sur les seins de la meilleure amie de Shannon. Je dois régler ça. Maintenant.

Dans les réunions d'affaires, je sais toujours rester calme sous la pression. Entouré d'une horde de femmes hormonales, je ne suis qu'une accumulation d'échecs masculins.

Ce qui signifie que je dois faire semblant d'être dominant et confiant. C'est mon seul espoir. L'arrogance et l'insolence s'imposent parfois, tant qu'on n'a pas peur de passer pour un con.

Je suis à l'aise avec ça.

Le mensonge sélectif aide aussi.

— Je regarde les seins de tout le monde, annoncé-je à voix haute. Je suis un homme. Nous sommes programmés pour le faire. C'est un trait d'évolution.

— À cause de l'allaitement ?

— À cause…. des seins.

Je la regarde comme si elle était folle, parce qu'elle l'est. Je veux dire… des seins. C'est tout ce qu'il y a à savoir, n'est-ce pas ? Les seins sont l'équivalent sur le corps féminin de ces petits muscles au niveau des hanches sur les corps d'hommes bien taillés (et j'en ai, vous savez). Vous ne pouvez pas expliquer pourquoi ils sont hypnotiques parce que…

Des seins. Un point c'est tout.

Aucun cri d'indignation n'accompagne ma déclaration. Je ne crains probablement rien. J'attrape le bras de Shannon et la tire doucement, mais fermement, vers la porte d'entrée.

— Écoute, je ne veux pas qu'Amanda sache ce que j'ai dit, non pas parce que c'est mal, mais parce que je n'ai pas besoin d'un groupe de femmes hystériques qui s'excitent devant *Droit au cœur*…

Elle reste bouche bée.

— Comment tu as deviné que c'est le film qu'on voulait voir ?

Bye bye Rock Band. Je savais que c'était un piège.

— … et qui me reprochent d'avoir énoncé une évidence. Andrew aime le décolleté d'Amanda, terminé-je.

— Il la rend aussi folle avec des signaux contradictoires, crache Shannon, folle de rage.

— Ce sont des adultes. Qu'ils s'arrangent entre eux.

Elle me regarde, totalement confuse, comme si j'étais…

Des seins.

— Qu'est-ce que tu veux dire par là ? demande-t-elle.

— Reste en dehors de ça, suggéré-je d'une voix volontairement lente. Quelle que soit l'attirance qu'ils ressentent l'un pour l'autre, elle se dissipera.

— Je ne comprends pas.

— Ne t'en mêle pas.

Elle lève les mains en l'air.

— C'est comme si tu parlais une autre langue. Qu'est-ce que tu veux dire ?

Un gong froid résonne dans mon corps.

Shannon est à moitié Marie, non ? C'est son côté Marie qui ressort.

Je l'attrape par les épaules et j'essaie une autre tactique, en plongeant mes yeux dans les siens.

— Qu'a fait Andrew exactement ?

— Rien.

— Hein ?

— Il n'a rien fait.

— Il a des ennuis parce qu'il n'a rien fait ?

— Exactement.

La confusion fait souffrir mes petites boules de raisin sec.

— Je ne comprends pas.

Elle émet un petit rire méprisant au fond de sa gorge.

— Les hommes…

— Les hommes ? En quoi le fait que je sois un homme a à voir avec le fait que tu reproches à mon frère de ne rien faire avec Amanda ?

— Ça a tout à voir !

— Qui est en première base ? plaisanté-je.

Sa mâchoire tombe comme si je l'avais giflée. La lèvre inférieure de Shannon frémit et elle détourne le regard, la tête baissée.

— Je pense que tu devrais y aller, Declan. Ce n'est pas le bon moment.

Ce gong résonne plus fort en moi.

— Je…

Je ne sais pas quoi dire. Non, vraiment. Cette heure entière ressemble à un film de Tommy Wiseau.

La seule chose qui rendrait la situation encore plus étrange serait que sa mère apparaisse et…

— Bonjour ! lance une voix familière.

La porte d'entrée derrière moi s'ouvre à la volée.

Marie entre dans la pièce.

— Toi aussi tu as tes règles ? crache Shannon à sa mère.

— Mes règles ? Non, chérie, pour moi, c'est de l'histoire ancienne. Ton pauvre père a chevauché la mer rouge pendant trois décennies, il peut retirer sa moustache de pirate cramoisie.

Marie se dresse sur la pointe des pieds et me donne un baiser sur la joue après avoir laissé cette déclaration suspendue en l'air comme une flatulence silencieuse, mais fatale.

Elle sait vraiment comment faire une entrée remarquée.

La tension entre Shannon et moi doit être palpable, car lorsqu'elle s'approche de Shannon pour la serrer dans ses bras, Marie ne demande, sans s'adresser à personne en particulier :

— Prise de bec d'amoureux ?

Elle enlace Shannon et se retourne pour me regarder, son bras autour de l'épaule de sa fille.

— Tout va bien, maman, dit Shannon en serrant les dents.

Marie tend le cou pour regarder derrière Shannon. Amy et Amanda chuchotent. Elle renifle l'air.

— Ooo, du thaï !

— Et de la glace, ajouté-je.

Shannon se contente de me regarder. La neutralité de son regard est déconcertante.

— Épouse un homme qui t'apporte à manger pendant tes règles et qui… oh.

Marie baisse la voix et se rapproche de moi, faisant signe à Shannon de nous rejoindre. Nous formons un cercle.

— Est-ce que vous vous disputez parce que Declan n'aime pas…

— Non, dis-je d'un ton sec.

— Je veux dire, est-ce que vous…

Non.

— Tu es sûr ? Parce que je comprends que certains hommes soient sensibles…

— Non.

— Tu veux dire que non, tu ne l'es pas, ou que non, tu…

— Non. Je ne vais pas parler de ça avec toi, Marie. Non, j'ai décidé de tracer une frontière autour de certains sujets. Non, je refuse de te laisser détruire ma vie privée, même si tes intentions sont bonnes.

Les chuchotements dans l'autre pièce ont cessé.

Ma voix s'élève lorsque j'ajoute :

— Et non, je ne vais pas parler de mon refus d'en parler.

Je suis passé en mode tête de con.

Marie pâlit.

Puis elle cligne lentement des yeux, se tournant vers Shannon, le visage pâle, mais l'air résigné.

— Il reste du Pad thaï ?

— La part de Declan, dit Shannon, en montrant l'emballage abandonné sur la table.

Aoutch. Maintenant, je me sens comme un con. Comment suis-je passé du statut de sauveur à celui d'abruti en une heure ?

Parce que je suis en couple. Voilà pourquoi.

Je me penche et je donne un baiser à Shannon sur la joue.

— Je t'aime. Je vais… On en reparlera plus tard.

— Oui. En effet.

Elle soupire.

— Je t'aime aussi.

— Oooooooooh ! couine Marie en tenant la boîte de nouilles dans une main et un boîtier de DVD dans l'autre. *Droit au cœur*. C'est l'un de mes films préférés !

C'est le moment de partir.

CHAPITRE 12

J e passe quelques appels téléphoniques sur le chemin du retour et quand j'arrive, Andrew est installé confortablement sur mon canapé, les pieds sur le revêtement en cuir, une bière à la main.

— Fais comme chez toi, grommelé-je.

— Toujours, dit-il avec un sourire.

Sa main farfouille dans un bol de bretzels enrobés de chocolat et... de gâteaux apéro au fromage.

Il mange des deux en même temps.

— Toi aussi tu as tes règles ? demandé-je.

— Quoi ? s'exclame-t-il, distrait par le match de base-ball à la télévision.

— Oublie ça.

La bière me semble une bonne idée. Formidable même. Avec dix bières et un lavage de cerveau, je pourrais peut-être sauver ma soirée.

Je prends une première gorgée glacée, descendant la moitié de la bouteille et je me laisse tomber à côté de lui.

— Alors qu'est-ce qui se passe entre toi et Amanda ?

Vous avez déjà vu quelqu'un recracher son verre dans un film ? Oui, moi aussi. Dans un film.

Je n'ai jamais été le destinataire d'un recrachage.

Jusqu'à présent.

Andrew m'asperge les jambes de bière.

— Quoi ? s'étrangle-t-il.

Je prends une poignée de sa monstrueuse collation et la fourre dans ma bouche. Quelques bouchées plus tard, je dois avouer à contrecœur que c'est sacrément bon. Si j'étais une femme et que j'avais mes règles, j'engloutirais tout le bol.

Andrew n'a pas d'excuse hormonale.

— L'équipe œstrogène a organisé un sommet consacré aux connards de petits amis, et tu étais l'invité d'honneur. En ton absence.

S'il avait pris une autre gorgée de bière, elle aurait traversé la pièce et bousillé mon écran.

— De quoi tu parles ?

Je hausse les épaules.

— Aucune idée. Mais Shannon et moi, on se dispute à cause de ça, et ton ADN déteint sur moi.

— Et en français, ça donne quoi ?

Il finit sa bière et m'arrache le bol des mains.

— Je suis un connard par association. Tu es un McCormick, je suis un McCormick, et tu les as toutes énervées.

— Je ne suis pas… je… bordel. Qu'est-ce que j'ai fait selon elles ?

— Rien.

— Eh bien, ça explique tout, n'est-ce pas ?

— Quel genre de « rien » as-tu fait ?

Il s'agite sur le canapé, soudain mal à l'aise. Oh oh. C'est pire que ce que je pensais. Si Andrew se *tapait* Amanda, il ferait une blague ou s'en vanterait. Son malaise silencieux est troublant.

Il va parler de ses sentiments.

Je préférerais parler de la mer rouge avec Marie.

— Je ne l'ai jamais appelée. C'est tout.

— Depuis quand ?

Son visage se crispe.

— Juin.

— Deux mois ? Aoutch. Pauvre Amanda, mais…

— Pas ce juin-là.

— *Quatorze* mois ? Tu as couché avec la meilleure amie de ma copine et tu ne l'as pas appelée pendant quatorze mois ? Espèce de malade. Je suis prêt à retourner chez Shannon avec un plateau de crabe Rangoon et trois douzaines d'Oreos au chocolat pour demander pardon au nom de tous les hommes pour le gâchis génétique qu'est mon frère.

— Je n'ai pas couché avec elle.

Oh. Hum.

— Pourquoi pas ?

Il déglutit. Sa pomme d'Adam s'agite. Andrew a l'air d'un adolescent nerveux.

— C'est…euh…

Oh, merde.

— Tu es *amoureux* d'elle ?

— Non !

Le mot est féroce et désespéré. Ah ah !

— Tu es amoureux de ses seins ?

Je mets la bouteille de bière dans ma bouche avant qu'il ne puisse me crier dessus. La longue gorgée de bière, tel un ruban qui se déroule, me fait du bien.

— Je, non, enfin…oui. Je veux dire, tu sais.

Nous hochons la tête et disons à l'unisson :

— Les seins.

— Voilà, ajoute-t-il. On a juste partagé ce moment, puis j'ai eu l'impression que ça pourrait se transformer en autre chose et je ne veux pas de cette chose.

— Tu ne veux pas d'une histoire ? Tu as des histoires tout le temps.

— Des histoires sans attaches, bien sûr. Mais pas des histoires avec…

— Des femmes qui attendent une réelle réciprocité et un respect mutuel.

— Exactement.

Pour la deuxième fois de la soirée, je me demande si je n'ai pas atterri dans un film de Tommy Wiseau.

— Alors tu l'as larguée…

— Il n'y avait rien à larguer ! On a échangé un baiser.

— Un baiser.

J'attrape un bretzel au chocolat dans le bol et je l'ignore pendant que nous regardons les Sox marquer un home run.

— Juste un baiser, dit-il distraitement en regardant le ralenti à l'écran. Et tout est de ta faute.

— De *ma* faute ?

— De ta faute.

— Je t'ai forcé à enfoncer ta langue dans la gorge d'Amanda ?

Il y réfléchit pendant une seconde, puis enfonce une poignée de nourriture dans sa bouche.

— Oui, marmonne-t-il.

Il ressemble tellement à notre père que j'en ai la chair de poule.

— Comment, exactement, ai-je réussi cet exploit physique ?

— En étant un connard avec Shannon.

— Quand ça ?

Je suis capable d'admettre que oui, j'ai été un connard avec Shannon à plusieurs reprises. Savoir exactement quand est tout un art.

Il me lance un regard dur.

— Quand tu l'as larguée.

C'est clair comme de l'eau de roche, car je ne l'ai larguée qu'une fois. Et techniquement, pour information, je ne l'ai pas larguée. J'ai juste, eh bien, on s'est engueulés. On s'est engueulés parce que...

OK. Très bien. J'ai été stupide.

— Tu veux dire après qu'elle a prétendu être la femme d'Amanda et... ça, dis-je en agitant la main.

— Voilà, dit-il en m'imitant. Ça. Quand tu t'es comporté comme un connard.

— Je pense qu'on a compris que j'ai été un connard. Quel est le rapport avec le fait que tu aies embrassé Amanda ?

— J'ai besoin d'une autre bière, marmonne-t-il.

— Ça va être une longue histoire ? Parce que je suis affamé, ajouté-je.

Et je me rends compte que je le suis vraiment, parce que j'ai mangé trois bouchées de Pad thaï chez Shannon avant d'être désinvité de façon si rustre parce que je parlais des seins d'Amanda.

Andrew me regarde comme s'il lisait dans mes pensées. Son regard est plus énervé que la fois où j'ai pris ses sous-vêtements Tortues Ninja et que je les ai utilisés comme chapeau pour le chien.

— Prends-moi deux bières, dit-il.

— Que dirais-tu d'une bière et de shots de tequila ? proposé-je.

Un substitut de repas parfaitement acceptable. Si je le saoule, il va cracher le morceau. Ne sous-estimez jamais le pouvoir de l'alcool sur votre futur PDG de petit frère. Ce pourrait bien être le moyen qu'il vous dévoile tous ses secrets. C'est comme pirater Sony, mais vous n'avez pas à traiter avec la Corée du Nord pour obtenir des ragots.

— Encore mieux.

Deux bières et deux shots plus tard, je suis le meilleur ami d'Andrew. En fait, je suis peut-être ses *deux* meilleurs amis. Il a besoin d'un peu d'aide pour percevoir les distances lorsque je lui fais glisser un troisième shot.

— Ses lèvres ont un goût de vanille et de victoire, gémit-il.

Nous avons glissé sur le terrain de la mauvaise poésie. Je reprends subrepticement le troisième shot.

— De sucre et d'épices, ajoute-t-il.

— D'escargots et de queues de chien, marmonné-je.

Il fronce les sourcils.

— Non. Pas du tout.

— Pourquoi tu ne l'as pas appelée ?

Il me regarde d'un air vitreux.

— Pourquoi tu as abandonné Shannon ? Mais je ne sortirais pas non plus avec une femme qui conduit une voiture avec un énorme tas de merde dessus.

Andrew se moquait de cette voiture publicitaire à chaque fois qu'il en avait l'occasion.

— Elle ne conduit plus ça, dis-je, tendu. En plus, ta femme a de sacrés morpions sur sa…

— Ce n'est pas ma femme, me coupe Andrew d'un air féroce, l'esprit semblant soudain clair.

Je lève les mains en l'air et lui accorde un peu de respect.

— D'accord. Très bien.

Il se lève du tabouret de bar le long du comptoir qui sépare ma cuisine ouverte du salon. Le comptoir est un énorme morceau de bois, verni et poli à tel point qu'il brille, avec des lampes régulièrement espacées qui pendent du plafond. En verre soufflé à la main, elles ont été faites par un artisan de Shelburne Falls, près des Berkshire.

Je n'ai rien à voir avec ces choix. C'est à ça que servent les architectes d'intérieur. Mais en se levant, Andrew se cogne la tête contre l'un des globes en verre qui se balance comme Jeffrey lors d'un match de la Little League, batte levée, virevoltant.

J'attrape le globe tandis qu'Andrew le fait sortir de sa fixation l'empêchant de heurter le bois parfait et de se briser en milliers de minuscules éclats qui m'auraient ennuyé pendant des mois et m'auraient condamné à ne plus marcher pieds nus.

— Jolis réflexes.

— C'est ce qu'*elle* a dit !

Sans un mot, Andrew titube vers le canapé et s'allonge. Il gémit, puis dit :

— C'est la blague la plus surfaite qui soit. Si un autre gars dit ça pendant une réunion d'affaires, je vais zzzzzzzzzzzzzzzzzzzzzzzzzzz.

Et il n'y a plus personne.

Si j'étais le genre de frère chaleureux, aimant et attentionné qui a élevé Andrew et qui voulait vraiment ce qu'il y avait de mieux pour lui, je le réveillerais et le ferais dormir dans la chambre d'amis. Son cou décrit un angle impossible et il va se réveiller déshydraté, avec des maux de tête lancinants et de vilains spasmes.

Ou pire. Je suis presque sûr qu'il en pince sacrément pour Amanda.

Au lieu de ça, je prends une couverture polaire dans le placard et je la jette sur lui, en éteignant les lumières. La lampe suspendue oscille toujours, millimètre par millimètre, constituant le seul mouvement dans mon appartement.

Je finis ma bière. La bande sonore de ma vie est réduite à la respiration lourde d'Andrew dans son sommeil. Si j'avais envie d'entendre quelqu'un à la limite de ronfler, je préférerais que cette personne soit nue, lovée contre moi, avec ses fesses généreuses laissant présager de nouveaux ébats au matin, et affirmant qu'elle ne ronfle pas alors que nous entamons le quatrième round, à l'aube.

Au lieu de quoi, je me retrouve avec mon petit frère bourré, vidant son sac au sujet de la meilleure amie de ma copie et d'un baiser échangé il y a quatorze mois de ça. Comment se fait-il qu'une seule femme puisse nous transformer en idiots alors que des centaines…euh, des dizaines… peuvent passer dans nos vies sans le moindre attachement ?

Je fais le bilan de la nuit.

Tout d'abord, les courses de règles. Puis le sommet consacré aux connards de petits amis

Et, enfin, le Bromigod. Comme dans *oh, my God*, qu'est-ce qui arrive à mon *bro* ? Parce que quand même… Qu'est-ce que c'était que *ça* ? Ma nuit a commencé avec un groupe de femmes en mal d'amour et s'est terminée avec un homme en mal d'amour.

Cette journée va-t-elle enfin prendre fin ?

Rien à secouer. Je la *déclare* terminée, en entrant dans ma chambre vide, en me déshabillant et en me glissant entre des draps froids qui n'ont aucun sens.

Heureusement, le sommeil n'a pas besoin d'avoir un sens.

CHAPITRE 13

Q uelque chose ne va pas. Je m'assieds, le clair de lune traversant l'étendue de verre derrière ma tête de lit. Le tic-tac silencieux du beau milieu de la nuit a quelque chose de gris et éthéré. J'ai la bouche sèche et ma peau picote d'appréhension.

Je ne me sens pas en sécurité dans ma propre maison.

J'entends des bruits de cliquetis à travers la porte de ma chambre fermée. J'ouvre sans bruit mon placard et je sors la batte de baseball en aluminium que j'y range pour des moments comme celui-ci.

Qui que soit l'intrus.

Plus tard, je me rendrai compte que j'aurais dû appeler la police. Mais quand vous êtes dans le pâté, réveillé par une violation de domicile, vous n'avez pas forcément les idées claires.

En plus, l'évolution m'a préparé pour ce moment précis. La testostérone suinte de mes pores. C'est un moment que les hommes s'imaginent depuis qu'ils sont tous petits, avec leur cape de super-héros et leur pistolet en jouet.

Défendre notre territoire.

Silencieux comme un ninja, je marche sur la pointe des pieds, j'ouvre la porte de ma chambre et je descends dans le couloir. Andrew est lui aussi silencieux, ses pieds pendent au bout de mon canapé, la couverture est tombée par terre. Sa bouche est ouverte et il bave un peu sur mon beau canapé en cuir lisse, brillant au clair de lune.

Il ne me sera d'aucune aide pour lutter contre le chat musclé de deux mètres qui vient de s'introduire chez moi, et qui est manifestement là pour me voler mon âme et mes précieux appareils électroniques.

Mes yeux se dirigent vers la porte, où pénètre un rai de lumière provenant du couloir, éclairant la petite table où je dépose mon courrier.

Un genou apparaît, puis un talon haut brillant.

Intéressant comme chat cambrioleur.

Puis encore plus de genou. Une cuisse. Des hanches qui font bouillonner le sang en moi, quand le reste du corps de Shannon se faufile dans la pièce sur la pointe des pieds. Elle pivote et ferme la porte avec une telle délicatesse que je commence à me demander si son gagne-pain ne consiste pas à s'introduire dans la maison des gens.

Je m'aplatis contre le mur, afin qu'elle ne me voie pas, et je pose lentement la batte de base-ball sur un petit tapis de laine. Nous rôdons tous les deux dans mon appartement en silence, mais pour des raisons très différentes désormais.

Elle passe derrière le canapé et fait glisser son trench-coat, debout devant le bar.

Oh, doux univers miséricordieux.

Elle est nue, à l'exception de ses talons hauts.

C'est Noël en août.

Ces pompes « viens me baiser » sont rouge pomme et crient mon nom. Non, vraiment. Je peux les entendre, de minuscules petites voix que seule ma petite tête, qui se lève pour l'occasion, peut saisir. C'est comme si ces chaussures communiquaient sur une fréquence radio que mes testicules peuvent capter.

Et… je suis au garde-à-vous.

Mais que fait-elle là ?

— Shannon ? chuchoté-je, en m'avançant au clair de lune, espérant ne pas l'effrayer.

Elle tressaille et se fige, la main sur un sein au-dessus de son cœur. Ses cheveux sont lâches et fluides. Elle les a bouclés. Elle s'est maquillée. Ses yeux sont grands et brillants, ses lèvres rouges et éblouissantes.

Elle fait ressortir une hanche, avide et un peu timide, mais également entreprenante.

— Réconcilions-nous, dit-elle en redressant les épaules.

La tête d'Andrew surgit de l'autre côté du canapé et il reste bouche bée devant Shannon.

— Dec ? Tu as engagé une strip-teaseuse ? Je savais que toi et Shannon étiez en froid, mais bon sang, mec, tu ne peux pas…

— AAAAARGGGHH ! s'écrie Shannon.

Si épouser un milliardaire et travailler dans une grande entreprise américaine ne lui convient pas, elle a un avenir tout tracé dans les films d'horreur.

— Tu es nu ? me demande Andrew, ses cheveux dressés sur sa tête comme un Yorkshire terrier qui se serait battu avec un pistolet à colle. Mec, range-moi ton bazar. Je n'ai pas besoin de voir ça, ajoute-t-il avec dégoût.

Je campe sur mes positions, je pose mes mains sur mes hanches et je m'assure que ma camelote est bien là.

— Ma maison. Mon bazar. Ça ne te plaît pas ? Tant pis pour toi.

— AAAAARGHHHH, poursuit Shannon, plongeant derrière le comptoir de la cuisine et réussissant à attraper son trench-coat en même temps.

Ses petits talons rouges martèlent le carrelage en marbre comme des cafards fuyant la lumière.

Je sais que je devrais faire attention à elle, mais si je la regarde, mon bazar va réagir. Et si mon bazar réagit, Andrew aura encore plus matière à se moquer de moi, et si je dois choisir entre réagir à la silhouette nue de Shannon et donner à Andrew une corde pour me pendre, je…

Attendez un peu.

Bon sang, à quoi est-ce que je joue ?

— Maintenant je sais pourquoi papa m'a choisi comme PDG, dit Andrew avec un ricanement en se frottant les yeux et en fixant mon…

— Hé ! lance Shannon, qui a cessé de beugler. James n'est pas aussi superficiel.

Andrew et moi reniflons.

— Bon, d'accord, concède-t-elle. Mais arrêtez avec les guerres de *péniches*.

— En plus, dit Andrew, en se levant et en tendant la main vers la boucle de sa ceinture, la voix légèrement pâteuse, Shannon ne peut pas vraiment juger qui a la plus grosse avant d'avoir vu…

— FERME LES YEUX ! crié-je à Shannon, qui reste là, à renifler, les yeux fixés sur Andrew.

— Que le meilleur gagne, poursuit Andrew.

— Garde ton pantalon, frérot, dis-je d'une voix glaciale.

S'il continue, il ne me laissera pas le choix.

— Et toi, dis-je à Shannon. Tu n'as pas entendu ? Ferme les yeux !

— C'est cela, dit-elle, en regardant les mains d'Andrew qui enlève sa ceinture et déboutonne sa braguette.

— Shannon !

Elle hausse les épaules. À ce moment-là, elle ressemble en tous points à sa mère.

Elle ne me laisse pas le choix. Lui non plus, car je vois

apparaître la forme sous son boxer Calvin Klein lorsqu'il baisse son pantalon et…

Je fonds sur mon propre frère.

— Ton bazar me touche ! s'écrie-t-il.

Nous luttons par terre à présent, le bouton de son jean frottant contre mon bras. Je m'accroche à sa boucle de ceinture pour remonter son pantalon.

— C'est ce qu'*elle* a dit, marmonne Shannon.

Andrew s'arrête net.

— Non. Juste… non. Est-ce qu'on peut mettre cette blague au placard ?

— On doit *te* mettre au lit, grogné-je.

— Ce n'est pas une offre perverse pour un plan à trois, n'est-ce pas ? Parce que, mec, je n'aime pas ça…

Je le lâche et je fonce dans la cuisine à la recherche d'une bière ou d'une dose de cyanure. Ça dépendra de ce que je trouverai en premier.

— Et bien sûr, je n'ai pas de pulvérisateur, dit-elle. Vous êtes ridicules tous les deux.

— Andrew est *ivre*, déclaré-je, en me versant un double verre de Pisco et en le faisant disparaître rapidement au fond de mon gosier.

— Je ne suis pas ivre, crie Andrew en saisissant la télécommande de la télévision et en faisant glisser ses doigts sur les boutons. Hé ! Qu'est-ce qui est arrivé à mon téléphone ? Il est cassé. Je dois me faire raccompagner chez moi.

Shannon se lève et sort un téléphone de ses seins. C'est comme regarder un magicien sortir un lapin d'un chapeau, parce qu'elle est nue et ne porte qu'un trench-coat.

— Qui est le chauffeur de ce soir ?

Elle sait comment fonctionne notre service de limousine.

— Gerald.

— Je l'appelle. Il doit partir.

Elle lève le doigt pendant qu'elle passe l'appel et dans les vingt secondes qui suivent, Gerald est en route.

— Et, ajoute-t-elle, moi aussi.

Elle s'empare de son trench-coat et de ses clés de voiture.

Non.

NON.

— Si on prend la même limousine, dit Andrew en s'efforçant de reboutonner sa braguette, ça te dérange si on s'arrête dans ce resto grec ouvert 24 heures sur 24 ? Je suis affamé. Et j'ai l'impression que quelqu'un a fait tomber un chariot élévateur sur ma tête.

Il s'affaisse sur le canapé et se met à ronfler en quelques secondes.

Shannon le regarde avec une expression peinée alors qu'elle referme son manteau. Son téléphone a disparu comme par magie. Ses yeux se tournent vers moi, cataloguant lentement le paysage de mon corps. Ça ne me dérange pas. C'est la première occasion que nous avons de parler depuis qu'Andrew nous a si brutalement interrompus, et alors qu'elle me regarde, détaillant mes jambes, puis mes hanches, puis la partie qui réagit à toute cette attention (je parle de mon *cœur*, vous avez vraiment l'esprit mal placé…), je me souviens qu'elle a commencé ce deuxième acte de notre nuit par la phrase « Réconcilions-nous ».

— Tu es venue pour…

Je manque de dure « t'excuser », mais je me rends compte que ce serait une erreur monumentale.

— Pour essayer de réparer les choses, répond-elle à voix basse.

D'une voix distraite. Elle me dévore du regard. Je n'ai aucun problème de confiance en moi, ça ne me dérange pas d'être nu devant elle. Devant n'importe qui, d'ailleurs. J'ai fait assez de sport en prépa et à l'université pour m'habituer à être nu en présence d'autres personnes. J'ai un certain blindage. Être timide donne aux gens l'impression que vous avez quelque chose à cacher. Comme si vous aviez de quoi avoir honte. Comme s'il y avait quelque chose dont on pouvait se moquer.

Je regarde mon propre corps, mes yeux s'arrêtant sur le même morceau de chair qu'elle observe.

Il n'y a pas de quoi avoir honte.

À en juger par le regard de Shannon, elle semble être d'accord.

— Je suis désolé, dis-je en soupirant lentement, réalisant que c'est moi qui dois franchir le pas. Après tout, elle s'est faufilée dans mon appartement au beau milieu de la nuit en ne portant qu'un manteau et des talons hauts.

C'est l'équivalent masculin de la meilleure des excuses. Elle n'a pas besoin de mots.

Elle ne croise pas mon regard. Ses yeux sont rivés quelque part sur mes hanches, à regarder mon cul.

Je le resserre.

Ses yeux s'élargissent, ses pupilles se dilatent.

Attendez une seconde.

Je croyais que les femmes n'étaient pas excitées sexuellement par les signaux visuels. Est-ce que *Men's Health* m'aurait menti pendant toutes ces années ? *Esquire* aussi ? Tous ces magazines que je suis resté coincé à lire dans des cabinets médicaux ou des salons d'affaires internationaux avec du Wi-Fi merdique sont d'accord sur un point : les femmes sont plus lentes à monter en température. Les femmes ne sont pas excitées par les images et les vidéos. Les hommes sont programmés pour être excités par ce qu'ils voient, les femmes par ce qu'elles ressentent émotionnellement.

Une jolie rougeur recouvre le visage et la poitrine de Shannon qui se décide enfin à croiser mon regard.

Je suis sur le point d'épouser un cas particulier.

Tant mieux.

Puis : *Bzzzzz.*

Les seins de Shannon vibrent. Elle prend son téléphone en main et me montre l'écran.

— Gerald est là.

— Reste, s'il te plaît, la supplié-je lorsque Gerald frappe à la porte.

La panique s'empare de son visage.

— Tu ne devrais pas mettre un peignoir ?

Elle glisse la main dans son manteau et boutonne quelque chose, puis resserre la ceinture autour de sa taille.

Elle ressemble désormais à n'importe quelle femme d'affaires du quartier financier. À l'exception de ses chaussures sexy.

Je regarde mon corps.

— Pourquoi ? Gerald l'a déjà vu.

Pour prouver ce que j'avance, je me dirige vers la porte d'entrée et je l'ouvre. Gerald est là, le visage impassible.

— Bonsoir, M. McCormick, dit-il en regardant derrière moi. Votre frère est-il prêt ?

Gerald ne tique même pas devant ma nudité.

Shannon, cependant, me prend par le bras et me traîne dans ma chambre.

— Tu ne peux pas faire ça aux gens ! crache-t-elle, fouillant dans ma salle de bains et en sortant avec un peignoir bleu qu'elle m'a offert pour Noël.

— Faire quoi ?

— Être nu devant eux.

— Tu n'aimes pas que je sois nu devant toi ?

— Pas moi. Andrew. Gerald.

— Andrew est venu hier soir, il a mangé comme s'il avait ses règles, s'est saoulé et a pleuré au sujet d'Amanda la moitié de la nuit, s'est évanoui sur mon canapé et a proposé un plan à trois. Je peux faire tout ce que je veux devant Andrew, Shannon.

— Mais pauvre Gerald !

Elle plisse les yeux.

— Attends. Il a mangé comme s'il avait ses règles ? Il a pleuré au sujet d'Amanda ?

J'ignore cette partie.

— Le pauvre Gerald est sculpteur quand il ne conduit pas de limousine. J'ai posé pour lui.

— Arrête d'inventer des choses !

— Ce n'est pas le cas. Je ne mens pas, Shannon.

Nous nous dirigeons vers un territoire très explosif à présent.

— Je n'ai pas dit que tu mentais. C'est juste... déconcertant. Cette impression que tu as que le monde t'appartient.

Ah. C'est donc de *ça* qu'il s'agit. Un flash-back de notre tout premier dîner ensemble me revient, transformant images et souvenirs en chair et en os.

— Tu m'en veux parce que je pense avoir le droit d'avoir mes propres opinions et d'être sûr de moi.

Je ne le formule pas comme une question.

— Parfois, tu ne penses pas à ce que les autres vont ressentir quand tu...

— Parce que c'est le cas.

— Tu t'en fiches ?

— Je ne pense pas aux autres quand je fais ou dis quelque chose qui est vrai à mon sens.

La confusion se lit sur son visage.

— C'est tellement...

Je tends les mains vers elle, ma chaleur contrastant avec ses doigts froids. Peut-être que je peux lui transférer une certaine compréhension avec un peu de chaleur.

— Ce n'est pas que je ne me soucie pas des sentiments des autres. C'est que je ne pense pas aux autres quand je prends une décision me concernant.

— Il y a une différence ?

Sa question reste suspendue dans l'air entre nous.

— M. McCormick ? lance Gerald. Votre frère est prêt à partir. Mlle Jacoby vient-elle aussi ?

Mes yeux brûlent. Elle me regarde avec autant d'intensité.

— S'il te plaît, reste, demandé-je, en tournant les talons et en me dirigeant vers l'endroit où Gerald fait boire une tasse de café à Andrew, appuyé contre le mur devant la porte d'entrée.

Il grogne un bonjour et fixe sa tasse.

— Besoin d'aide ? demandé-je à Gerald, en regardant Andrew d'un air sceptique. Il a plus de muscles qu'on ne le pense, et quand il est en mode poids mort…

— Non, ça va.

J'entends les talons de Shannon claquer sur le plancher derrière moi. Gerald me regarde dans mon peignoir, puis il regarde Shannon. Il est plus intelligent qu'il n'en a l'air, mais c'est parce qu'il ressemble à un tas de pâte à pain à peine cuite, modelée pour former un être humain. On ne devinerait jamais qu'un type aussi grand et costaud a en lui l'âme d'un artiste.

— Je n'ai pas besoin qu'on me ramène chez moi, dit Shannon à voix basse, sa main appuyant sur mon épaule, décrivant des cercles sur mon peignoir en éponge.

Je me détends.

Le visage de Gerald affiche ce qui pourrait passer pour un sourire. Il ressemble à un pain fendu au centre et cuit au four.

— Très bien. Et, M. McCormick ?

Andrew et moi répondons tous les deux :

— Oui ?

Gerald regarde Andrew de haut en bas.

— Je voulais dire Declan.

Il me regarde.

— Nous commençons une nouvelle session de nus le

mois prochain. Si vous ne voyagez pas trop, les élèves appré-
cieraient vraiment que vous reveniez poser pour nous.

— *Reveniez* ? dit Shannon, en s'éclaircissant la gorge
ostensiblement.

Andrew fixe sa tasse de café comme si c'était l'Oracle de
Delphes.

— Bien sûr, dis-je. Appelez Grace et organisez tout ça
ensemble.

— C'est noté.

Sur ce, Andrew et Gerald tournent les talons, et je me
retrouve béatement seul avec une femme qui me regarde
comme si elle venait de me surprendre avec du rouge à lèvres
sur le col et une poupée gonflable maquillée.

— Tu poses nu pour des cours d'art ?

— Pendant mon temps libre.

J'essaie de la désarmer avec mon sourire le plus
charmeur.

J'échoue lamentablement.

— *Je* suis censée être ton temps libre. Tu as à peine le
temps de dîner en général, mais tu arrives à te pavaner nu
devant un groupe d'hommes et de femmes qui utilisent leurs
mains pour recréer ton cul…

Elle continue ses reproches, mais c'est tout ce que j'avais
besoin d'entendre.

Ah, la jalousie.

Elle guérit tant de maux.

Les femmes détestent que leurs hommes soient jaloux.
Oh, elles le veulent un peu, juste assez pour se sentir dési-
rées. Spéciales. Chéries.

Les hommes, par contre, aiment quand leurs femmes sont
jalouses.

Ça signifie plus de sexe.

Ça n'a pas de sens, mais c'est comme ça. Alors que
Shannon continue de me réprimander, j'essaie de cacher mon

sourire satisfait (elle appellerait ça de la *suffisance*), mais j'échoue.

— Ne te moque pas de moi !

Je saisis la ceinture de son manteau et je tire dessus, l'ouvrant en grand en faisant sauter ses boutons.

— Dec ! Qu'est-ce que tu fais ?

Je pense que ce que je fais est clair.

J'enlève son manteau, je laisse tomber mon peignoir et je la prends dans mes bras.

— Hé ! Repose-moi ! On est en train de parler ! J'ai encore des choses à dire…

Je la fais taire par un baiser, puis je la jette sur le lit.

— Tu ne peux pas…

Un autre baiser. Elle gémit, ce petit bruit de chaton si sexy au fond de sa gorge. Elle va pour enlever ses talons et je m'écarte.

— Garde-les. Considère que c'est mon cadeau d'anniversaire.

— Mais j'ai un cadeau d'anniversaire pour toi !

— C'est tout ce dont j'ai besoin.

Et c'est vrai. Elle sait que je n'aime pas faire tout un plat des anniversaires. Le fait qu'elle l'accepte et qu'elle ne me force pas explique en partie pourquoi nous allons si bien ensemble.

C'est elle qui m'embrasse cette fois-ci, puis elle s'arrête comme si elle avait pensé à quelque chose.

— Quoi ? demandé-je, mes doigts pleinement engagés dans des activités de réconciliation formidables.

Le reste de mon corps est sur le point de suivre.

— Je suis, euh… tu sais. C'est la fin de cette période du mois.

— Ça ne m'a jamais arrêté avant.

— Ça ne te dérange pas ?

— Shannon, il n'y a rien qui me dérange dans ton corps.

Et je lui montre à quel point c'est vrai.

❧

— Tu pourrais poser avec moi, l'informé-je au réveil avec ma tête du matin et mes abdos sexy.

Les courbes et les vallées de son corps méritent d'être préservées de façon permanente pour l'histoire. Pour que les générations futures puissent l'admirer. Elle est chaude et douce, et pour ne rien gâcher, elle est à moi.

Elle renifle.

— J'ai autant de chances de faire ça que d'apprendre à skier.

— Tu ne sais pas skier ?

— J'aime l'idée avoir les genoux intacts et de vivre sans traumatisme crânien. Je sais, ça peut sembler bizarre.

— Marie et Jason ne t'ont jamais emmené au ski ?

Elle devient silencieuse, dessinant mon torse d'un doigt paresseux.

— C'est cher. Amy faisait partie du club de ski de l'école, mais non. Pas moi. Nous n'avions pas l'argent à l'époque. J'ai essayé une fois, avec Steve. Je suis toujours en thérapie pour m'en remettre, plaisante-t-elle.

Steve. L'ex. Tout à fait la personne dont je veux entendre parler pendant que nous sommes nus au lit.

— En plus, je suis naturellement maladroite.

— Vraiment pas, souligné-je. Aucune personne capable d'utiliser sa langue, ses lèvres, deux mains, un mamelon et un orteil comme tu l'as fait hier soir, le tout en même temps, ne peut être accusée d'avoir une mauvaise coordination de quelque nature que ce *soit*.

Mais j'ai entendu son commentaire sur l'argent. Je me note de demander à Grace de nous réserver une série de week-ends de ski à Stowe, dans un endroit où il y a de bons cours, un spa immense, une cheminée géante en pierre et un room service. Shannon pourrait même se rendre sur les pistes une heure par jour.

Elle me frappe le torse et me tord le mamelon avant de partir. Mon regard se pose sur ses fesses, et elle disparaît.

— Qu'est-ce que tu fais ?

— Du café.

C'est comme si on m'avait transféré le bon karma de quel-qu'un d'autre.

Je passe les bras derrière la tête et je fixe le ventilateur du plafond, passant en revue les événements de la journée. Ce soir, c'est le grand soir. Greg est censé avoir tout organisé, et nous allons à Le Portmanteau, mais Shannon n'a pas dit un mot à ce sujet. Dès qu'elle partira travailler, je l'appellerai.

Shannon revient dans la pièce avec un drôle d'air et deux tasses de café fumant.

— Alors, à propos de ce soir. Est-ce que tu es libre ?

La conversation prend une tournure intéressante.

Je m'assieds et je prends la tasse qu'elle m'offre. Empilant les oreillers contre la tête de lit, je tapote la place vide à côté de moi. Elle se blottit contre moi et nous restons là, assis comme un vieux couple marié, commençant la journée par une tasse de café plaisante et une conversation gênante sur...

— ...et Greg a besoin de moi pour faire cette visite mystère.

Notre avenir.

— Il quoi ? demandé-je, faisant semblant d'être en colère.

Elle en a parlé l'autre jour, le jour même où nos pères ont décidé de se transformer en lutteurs professionnels, mais je feins l'ignorance.

— Je sais, s'adoucit-elle. Je sais qu'il a promis et que j'ai promis que je ne ferais plus de visites mystère pour lui, mais c'est le restaurant dont je t'ai parlé. Le Portmanteau.

— Des enfants m'ont pissé dessus pour que je puisse obtenir cette promesse, lui rappelé-je.

À Noël dernier, Shannon a remplacé sa sœur Carol dans le rôle de lutine du père Noël d'un centre commercial. Greg a eu une urgence et m'a forcé à jouer les pères Noël pendant une heure et demie. J'ai encore des flashbacks du chat de Shannon, Chatoune, me griffant les cuisses en costume de renne et de ma bagarre avec un mafieux russe.

Ouaip. C'était aussi bizarre que ça en a l'air.

Le pire, c'est que je reçois *encore* des messages #PèreNoël-Sexy sur Twitter et un flux constant de photos de personnes en costume de lutin.

La plupart impliquent des cannes à sucre dans des endroits… vous ne voulez pas savoir.

— Je le sais bien, dit-elle, contrite. Mais Greg a déjà tout prévu.

— Amuse-toi bien, dis-je, en prenant délibérément une gorgée de café.

— Oh, hum… je pensais que tu viendrais avec moi.

— Et pourquoi je ferais ça ? Tu as besoin d'aide pour mesurer le niveau de décoloration de la peinture sur le cadre de porte du vestiaire ?

Les clients mystères font vraiment ce genre de conneries. Je le sais seulement parce que Shannon me l'a expliqué mille fois.

— J'ai besoin d'aide pour manger un repas délicieux !

Un repas que je paie.

De ma vie.

Je laisse échapper un soupir de frustration qui semble assez convaincant pour qu'elle me regarde de son air le plus persuasif.

— S'il te plaît. Ce sera amusant. Et pour une fois, c'est moi qui t'offrirai un repas hors de prix. Greg dit qu'on peut commander deux bouteilles de vin du menu et qu'elles doivent coûter plus de 100 $ chacune.

Greg est un homme mort.

Je dois proposer à Andrew qu'Anterdec acquière Consolidated Evalu-shop pour qu'on puisse arrêter de s'occuper de toutes ces conneries de visites mystères. Lui faire une offre qu'il ne pourra pas refuser.

— Declan ?

Les grands yeux chaleureux de Shannon croisent les miens et je m'y perds. Son corps plantureux est tout à moi. Elle n'a aucune idée que ce soir est un coup monté. Que j'ai prévu tout le repas jusqu'aux cure-dents aromatisés à la menthe. Qu'une part de tiramisu lui sera servie avec la bague de ma mère reposant au fond d'une coupe de champagne.

Et qu'à cette heure demain matin, elle sera la future Mme Declan McCormick.

Je ne peux pas continuer la mascarade.

— OK. C'est d'accord, dis-je, en faisant semblant de céder. Mais après, ça suffit. Plus de visites mystères.

— D'accord !

— Et j'ai besoin d'une autre tasse de café, murmuré-je.

Autant en profiter à fond.

— Je pensais trouver un autre moyen de t'aider à te réveiller, dit-elle alors que sa tête disparaît sous le drap.

Ah le karma. C'est tellement bon. J'ai dû sauver des milliers d'enfants ou construire un hôpital dans ma vie antérieure.

Je reviendrai en tant que rat dans ma prochaine vie, n'est-ce pas ?

Mieux vaut profiter de celle-ci tant qu'elle dure.

Shannon veille à ce que ce soit le cas.

162

CHAPITRE 14

L a demande
Le Portmanteau est conçu pour vous donner
l'impression d'être un péquenaud de la campagne,
même si vous êtes un Parisien sophistiqué avec un palais
hors du commun et le budget d'un cheikh.

C'est pour ça que c'est le restaurant préféré de Jessica Coffin, si l'on en croit son Twitter.

Non pas que je lise son Twitter. C'est le travail de Grace.
Je ne reçois plus que des briefings exécutifs.

Grace a fait en sorte que Jessica ne soit pas là ce soir. La
voir apparaître soudainement le soir où je demande Shannon
en mariage ne serait pas seulement catastrophique, cela pourrait faire passer la nuit en prison à ma future fiancée.

Ce qui aurait pour effet de retarder quelque peu les
réjouissances.

L'autopréservation revêt de nombreuses formes.

Alors que j'ai fait en sorte de me libérer, millimétrant ma
journée afin de faire la demande parfaite, Shannon est en
retard. Je suis planté là à l'attendre, tapant du pied comme un

gamin à son premier bal de promo avec une cavalière qui est le point de lui poser un lapin, mais il ne le sait pas encore.

Mais Shannon viendra forcément.

N'est-ce pas ?

Bien sûr que oui. Les femmes ne vous réveillent pas comme ça le matin pour vous laisser en plan douze heures plus tard.

De plus, quatre syllabes garantissent sa venue : *tiramisu*.

Il y a quelque chose de magique dans ce dessert. C'est comme dire le mot « seins » en compagnie d'hommes hétéros. Les femmes ne peuvent pas résister au tiramisu.

Elle viendra.

Je consulte les e-mails de clients sur mon téléphone quand il se met à sonner. Pas un texto, un véritable appel. Cela signifie que c'est soit Grace, soit mon père, car tous les autres envoient des SMS.

C'est un numéro que je ne connais pas.

— Allô ?

— Declan McCormick.

— Oui.

Un soupir de soulagement.

— Ah. C'est Chandra Mobu, de Le Portmanteau.

Je regarde autour de moi, mais la seule personne qui travaille ici est en train de parler avec un couple qui vient d'entrer et espère avoir une table sans avoir réservé. Bande d'amateurs. Je… euh Grace a réservé il y a quatre mois.

— Oui ?

— Giuseppe s'était chargé d'organiser votre demande de ce soir, et il n'est pas là.

Mon sang se glace.

— Je vous demande pardon ?

— Je suis vraiment désolée, M. McCormick. Je vais prendre le relais, Giuseppe m'a transmis vos instructions. Il a attrapé la varicelle de son petit-fils, et…

D'où sort cette vague de varicelle chez les adultes ? D'abord Angelina Jolie, maintenant Giuseppe ? Pourquoi la varicelle ruine-t-elle soudain certains des événements les plus importants du monde ?

— Avez-vous toutes mes instructions ? demandé-je, crispé et tendu.

Le problème quand on compte sur d'autres personnes, c'est qu'elles sont humaines. C'est une faiblesse inhérente et c'est indéfectiblement ennuyeux.

— Les cure-dents, la bague, le tiramisu, le champagne, le…

Je vous assure que nous avons ses directives et que nous ferons en sorte que cette demande soit inoubliable, qu'elle soit faite en grande pompe et avec beaucoup d'enthousiasme.

— J'espère bien.

Je raccroche et j'inspire profondément, les poings serrés. Ma mâchoire est si crispée qu'elle pourrait couper du verre. L'écrin frotte contre ma cuisse, à la fois lourd et léger.

Comme mon cœur.

Shannon choisit ce moment précis pour entrer.

Elle a le pouvoir de figer le temps. Tout l'air de la pièce arrête de circuler, s'amassant autour d'elle alors qu'elle me regarde avec un sourire d'excuse. Ses cheveux frôlent ses épaules, ses hanches bougent comme si elle était en cavale et que j'étais la seule personne dans le public à la regarder.

Deux mains commencent à marteler l'intérieur de ma poitrine. J'ai la bouche sèche. Mon existence entière tourne autour du fait qu'elle est ici, en ce moment même, et que je suis sur le point de lui demander de partager le reste de sa vie avec moi. De m'aimer, de croire en moi et de faire des enfants avec moi. De vieillir ensemble si nous avons de la chance, et de souffrir de la perte de l'être aimé dans le cas contraire.

J'ai besoin qu'elle soit le centre de mon univers parce que, franchement, je n'ai pas d'autre choix. Elle est ma vie, qu'elle dise oui ou non ce soir.

Faites qu'elle dise oui.

Comme elle n'a aucune idée de ce qui va se passer, elle est remarquablement normale. Elle passe ses bras autour de moi et se hisse sur la pointe des pieds pour planter un rapide baiser sur mes lèvres.

— Salut, chéri ! Je suis vraiment désolée d'être en retard. On a eu un problème avec cette nouvelle campagne de marketing en ligne, et le client était épouvantable. Comme si c'était de ma faute si l'égérie qu'ils ont choisie pour leurs annonces a des photos d'elle nue qui circulent partout parce que son ex roumain psychopathe…

Elle s'arrête de parler et me regarde avec inquiétude.

— Qu'est-ce qui ne va pas ?

— Rien.

— Tu es *gris*. Et pas à la façon Christian Grey.

— Je vais bien.

— Declan, tu ressembles à l'enfant du poster pour savoir comment repérer une crise cardiaque.

Elle me fait me rasseoir.

— Je vais bien.

Mes mains sont comme des glaçons et j'ai une grosseur de la taille de la Chine dans la gorge. C'est réel. Ça va se produire. Ma confiance en moi s'est envolée. Elle a disparu sans laisser de traces. Et ce n'est pas parce que j'ai peur qu'elle dise « non ».

C'est parce que je me rends compte qu'elle est sur le point de dire « oui ». L'ampleur de mon amour pour elle ne peut pas être saisie par un nombre, ni par un exposant, ni par une équation mathématique existante. Mes sentiments sont plus vastes que la galaxie et plus grands que toutes les dimensions connues.

L'immensité de ce que nous sommes et de la façon dont

nous allons nous unir est si vaste. Je ne savais pas que je pouvais ressentir autant d'amour pour quelqu'un.

Pour elle.

— Mets ta tête entre tes genoux.

— Je préfère mettre ma tête entre *tes* genoux.

Elle me regarde en haussant les sourcils.

— Je vois. C'est que ça doit aller si tu fais des plaisanteries grivoises.

— Ce n'était pas une blague.

Elle renifle et soupire.

— Tu t'es clairement remis.

— Je n'ai jamais été *mal*.

— Excuse-moi d'avoir eu peur que tu fasses une crise cardiaque.

Je l'embrasse sur la joue et je me blottis contre elle.

— Merci.

— Parce que ça grillerait ma couverture pour cette visite mystère, murmure-t-elle.

Ça fait plaisir de se sentir aimé.

C'est alors qu'apparaît quelqu'un qui doit être Chandra Mobu, une petite femme aux cheveux foncés, aux yeux aimables et perçants, avec une mèche grise dans ses longs cheveux tirés en queue de cheval.

— Puis-je vous aider ? demande-t-elle, sans me regarder.

J'avais prévenu Giuseppe de ne pas alerter Shannon avec un comportement qu'elle pourrait considérer comme anormal.

Le teint cireux que j'ai eu quand elle est entrée ne compte pas.

Oubliant presque la supercherie, je vais pour répondre, mais Shannon me donne un coup de coude et dit :

— Oui. Nous avons une réservation.

— À quel nom ?

— Jacoby.

Bientôt, elle dira simplement McCormick. Je sens un soudain afflux de sang dans mon corps.

Je penche la tête et je ne peux réprimer un sourire. Nous y voilà. C'est mieux. C'est ce que je suis. Terre à terre. Calme. Concentré.

Tout à fait sûr de moi.

— M. et Mme Jacoby ? Par ici, dit Chandra avec un sourire gracieux et un charme malicieux.

Ma mâchoire est de nouveau crispée. *M. Jacoby* mon cul.

Shannon se contente de ricaner et me prend le bras alors que nous entrons dans la salle.

Le Portmanteau est aussi différent que possible de The Fort. Il y a une raison pour laquelle j'ai demandé à Greg d'utiliser ce restaurant pour mon plan : c'est le dernier endroit où l'on s'attendrait à me voir. J'y suis incognito, car cet endroit n'est pas notre concurrent. L'endroit arbore des lignes scandinaves épurées, tout en gris et blanc avec des touches de couleurs primaires, comme un showroom Gubi avec un menu incroyable, tandis que The Fort est l'équivalent du steak house Delmonico's de Teddy Roosevelt au XXIe siècle.

On nous indique notre table, et je tire la chaise de Shannon. Elle est toujours un peu surprise quand je le fais, même si nous sommes ensemble depuis un an et demi. C'est ancré en moi ; ma mère m'a fait prendre des cours de bonnes manières et de savoir-vivre. Je peux danser la valse, trouver la fourchette à poisson et aider une vieille dame à traverser la rue en quatre-vingt-dix secondes ou moins.

Et je parle russe.

Je suis un bon parti.

Une fois assise, Shannon attend que je fasse de même. Je m'assieds donc à sa gauche. J'ai l'impression que mon esprit a trois secondes de retard sur mon corps.

— Souhaitez-vous boire du vin ? Dois-je appeler le sommelier ? me demande Chandra.

Shannon la regarde en haussant les sourcils et répond :

— Avec plaisir. Merci.

Chandra s'éloigne et, dès qu'elle est hors de portée, Shannon murmure :

— Non, mais, tu as vu ça ?

— Quoi ?

— Ce sexisme.

Mon esprit se transforme en tranches de fromage suisse que des tout-petits découperaient avec des ciseaux dentelés.

— Ce *quoi* ?

— Ce sexisme ! C'est à *toi* qu'elle a demandé pour le vin. Ça fait très milieu du XXe siècle.

Elle regarde la salle à moitié vide. Nous sommes assis juste à côté de l'immense fenêtre qui donne sur l'océan. La baie est calme et tranquille. Au crépuscule, les vagues viennent lécher le rivage et tout semble si…

— Incroyable, s'étouffe Shannon.

Je commence à être d'accord.

— Je vais mettre ça dans mon évaluation.

Permettez-moi de m'arrêter un instant et d'avouer qu'il ne m'est jamais venu à l'esprit, dans aucune de mes dix-neuf projections du déroulement possible de ma demande, que Shannon *ferait* réellement la visite mystère. C'était un moyen pratique de la faire venir ici et de la surprendre.

Mais je n'avais pas du tout pensé qu'en venant, elle prendrait cette histoire d'évaluation au sérieux. Ça ne s'inscrit pas dans mes prévisions de la soirée. Je nous imaginais en train de parler, de rire, de déguster une ou trois bouteilles de vin et un bon repas, puis le dessert et le champagne… servi avec une bague pour finir en beauté.

Au lieu de ça, elle parle de…

— Et est-ce que tu pourrais aller vérifier les toilettes des hommes ? J'irai si tu ne veux pas t'en occuper, ajoute-t-elle, en tendant la main vers le pain et le beurre aux herbes. Mais ce n'est pas un magasin de bagels.

À ce moment, le sommelier apparaît. Shannon lui pose quelques questions sur les vins blancs pendant que je me transforme silencieusement en Hulk.

Ma peau change rapidement de couleur.

La bague s'enfonce dans ma cuisse, alors je bouge légèrement, touchant le genou de Shannon. Ses yeux parcourent la pièce, profitant de la vue magnifique, puis se reposent sur moi.

— Coucou toi, dit-elle.

— Salut.

— Merci d'être venu ce soir. Je sais que c'est la dernière chose que tu espérais faire ce soir.

Sa main vient se poser sur ma cuisse, dangereusement près de la bague.

Je m'éloigne.

Elle a l'air blessée.

— Je... Est-ce que je... que se passe-t-il ? me demande-t-elle à voix basse.

Sauvé par le sommelier. Il commence la parade des vins avec moi. Shannon se ferme. On nous sert le vin et rapidement, je dois faire face à une crise plus grande encore que son impression de sexisme dans un restaurant de luxe.

— Pourquoi tu ne veux pas que je te touche ? demande-t-elle alors que je bois mon vin blanc comme si c'était du sirop pour la toux et que j'avais la tuberculose.

— Ce n'est pas ça, protesté-je en me servant un autre verre.

— Alors, croasse-t-elle en remettant sa main là où elle était, pourquoi as-tu bougé ?

Je m'écarte.

— Parce que je n'apprécie pas d'être traité comme un objet ou morceau de viande.

— Depuis quand ? dit-elle, un peu trop fort, l'air incrédule.

— Si tu arrives à trouver du sexisme dans un restaurant, je peux en trouver dans notre relation.

Je passe la main sous la table et je fais glisser la bague pour la coincer entre mes jambes.

Formidable. Rien de tel que de se sentir comme une drag queen mal arrangée le soir où vous allez demander votre petite amie en mariage.

Qui vous regarde comme si vous aviez votre place sur le toit de sa vieille Cacamobile.

Je lui prends la main et je la remets au même endroit.

— Là. Contente ?

Mon faux sourire n'aide pas.

— Declan, que se passe-t-il ? demande-t-elle de façon suspecte. Tu n'as pas l'air bien, tu sembles nerveux et tu ne veux pas que je sois intime avec toi.

Elle déglutit bruyamment, puis se redresse.

— Est-ce qu'il y a quelque chose que tu veux me dire ?

— Comme quoi ?

Ce vin est vraiment bon. Je pense que je vais acheter le vignoble. Tout de suite. Je vais prendre un hélicoptère et aller à Napa. Immédiatement.

— Est-ce que tu es... malheureux ?

C'est alors qu'apparaît le serveur, plein d'espoir et de promesses, nous récitant de façon mélodieuse les spécialités du chef. C'est une performance digne d'un slam, en vers. Est-ce un alexandrin que j'entends ? Un peu de vieux français pour faire bonne mesure ?

Shannon écoute poliment et commande une salade et du poisson.

Oh, merde.

Je commande un énorme steak et, lorsque le serveur s'en va, je m'apprête à ramper.

— Est-ce qu'on peut recommencer à zéro ? demandé-je au moment où Shannon se lève. Où tu vas ?

Est-ce que j'ai tellement merdé qu'elle s'en va ? Et comment ai-je fait pour tout gâcher ? Un petit problème, un autre petit problème et soudain elle est blessée et énervée. C'est comme…

Comme quand je l'ai larguée.

Oh, bon sang.

— Shannon, s'il te plaît, reviens. Laisse-moi t'expliquer. Je suis juste vraiment débordé et une fois que tu sauras tout, tu comprendras.

Je ne me rends pas service avec mon choix de mots. On dirait mon père essayant d'expliquer pourquoi la maîtresse n° 1 a reçu les roses et le petit mot destinés à la maîtresse n° 2.

Elle me dévisage.

— Je dois aller vérifier les toilettes.

Avant de partir, elle saisit son verre de vin et le descend comme un joueur de hockey engrangeant les électrolytes entre les matchs.

Je la regarde tourner dans un couloir blanc, disparaissant en même temps que mon espoir d'une demande parfaite.

Chandra passe devant moi et dit à voix basse :

— J'espère que tout se passe comme prévu, M. McCormick.

— Pas vraiment, dis-je en grinçant des dents.

Je lui tends la bague aussi discrètement que possible. Je dois lui reconnaître ça : elle la prend comme un pickpocket dans *Oliver Twist*, avec autant de finesse que c'est comme si nous ne nous étions jamais touchés.

— Notre personnel s'en occupe. Après le plat, nous préparerons le tiramisu et le champagne. Le quatuor à cordes devrait arriver d'une minute à l'autre et jouera comme prévu.

Ringard, hein ? Je sais. Mais c'est comme ça que ça

fonctionne.

— Merci, dis-je alors qu'elle hoche la tête et s'éloigne d'une démarche aérienne.

Shannon revient, l'air trop calme.

— Qu'est-ce qu'elle voulait ? me demande-t-elle alors que je me lève pour lui tenir sa chaise avant de l'avancer.

— Rien. Elle vérifiait juste que tout allait bien, expliqué-je.

— Très bien, dit-elle.

Ses mots ont quelque chose de mordant. Je mets ma main sur son genou et, si elle se raidit, elle ne bouge pas.

— Shannon, est-ce qu'on peut rembobiner ? Je n'étais pas moi-même quand on est arrivés, et j'ai vraiment attendu cette soirée avec impatience.

— Depuis quand es-tu impatient de faire une visite mystère ?

Oups.

— Depuis que ça signifie avoir quelques heures à passer avec toi.

Son visage s'adoucit, ses yeux deviennent rêveurs.

— Vraiment ?

— Toujours.

Bzzz.

Ma poitrine vibre. Cela me fait l'effet d'un défibrillateur, et je sursaute. Je sors mon téléphone.

Grace.

Je me lève et fais signe du doigt à Shannon, qui me lance un regard noir, son sourire doux et aimant s'effaçant rapidement.

— Ce n'est pas le bon moment, grogné-je au téléphone.

— Je sais, Declan, et je suis vraiment, vraiment désolée, mais un type nommé Giuseppe n'arrête pas d'appeler. Il dit qu'il a besoin de te parler.

Chandra passe et lève discrètement le pouce.

— Oh, lui ? Tout va bien, Grace. Je n'ai pas besoin de lui parler. Tout est sous contrôle.

— Tu en es sûr ? Parce qu'il appelle de la part du restaurant où tu vas faire ta demande et il insiste sur le fait que c'est important.

Qu'est-ce qu'un type coincé à la maison avec la varicelle pourrait avoir besoin de me dire ?

— Tout va bien. Pas de soucis.

— OK. Je transmettrai le message. Et Declan ?

— Oui ?

— Tu as fait le bon choix.

— Merci.

— Et bon anniversaire. Comme c'est mignon que tu aies choisi le même jour. C'est une bonne idée. Ce sera difficile d'oublier cette journée.

J'essaie de trouver quoi répondre, mais Grace raccroche avant que je puisse dire quoi que ce soit d'autre. J'avais complètement oublié mon anniversaire, pris que j'étais par la préparation de ma demande.

On nous a servi nos salades pendant ces quelques secondes où j'étais au téléphone, et Shannon prend de petites bouchées délicates qui la font ressembler de façon inquiétante à Jessica Coffin.

— Tu dois partir ? demande-t-elle d'un ton résigné.

— Non.

Je me rassieds et je mets de la laitue dans ma bouche. Il pourrait tout aussi bien s'agir de liquide d'embaumement.

Elle m'adresse un petit sourire.

— Tant mieux.

Alors qu'elle sort son téléphone de son sac à main, Chandra s'approche de la table et Shannon se fige. Je sais qu'elle est sur le point d'ouvrir son application, pour répondre à quelques questions sur cette pseudo visite mystère.

— Le repas vous plaît ? demande Chandra.

— Formidable salade romaine, murmuré-je. C'est la meilleure que j'ai jamais mangée.

Les yeux de Shannon lancent des éclairs. Ils pourraient m'opérer au laser à une distance de 60 mètres.

Chandra hoche la tête et se dirige vers une autre table, s'affairant dans la salle.

— Je n'aime pas cette femme, dit Shannon, en poignardant une tomate violemment comme si c'était le globe oculaire de Chandra.

Nos entrées apparaissent, on nous offre du poivre fraîchement moulu, puis on nous laisse tranquilles. Shannon tapote sur son écran pendant que son poisson se transforme en un morceau de caoutchouc malodorant. En mangeant mon steak, j'ai l'impression de grignoter le mollet de quelqu'un, et mon estomac fait le pas de deux.

Et puis ça me frappe.

Je peux annuler.

Pas le mariage en lui-même, mais cette demande malheureuse. Dans les réunions d'affaires, je n'ai jamais peur d'appuyer sur le bouton pause ou de retirer complètement une proposition pour retourner à la case départ et me ressaisir. Peut-être – juste peut-être – que c'est la meilleure approche ici.

Quoi que je décide, je dois faire vite, car les rouages sont en marche. Musiciens, tiramisu, bague, champagne…

Shannon émet de petits bruits. Elle prend deux bouchées de poisson et soupire. N'étant pas télépathe, tout ce que je peux faire, c'est lui prendre la main entre les miennes et caresser sa peau douce, en espérant qu'elle me laissera arranger tout ça.

— Je suis désolée, dit-elle finalement.

Je ne m'attendais pas à *ça*. Mais je ne suis pas du style à faire la fine bouche quand on s'excuse.

— OK, dis-je, ne sachant pas trop où cela nous mène.

— Je suis tellement stressée par le travail, et je sais que tu détestes faire des visites mystères avec moi, et…

Le serveur arrive avec le tiramisu et une bouteille de champagne.

Chandra est introuvable.

Je suppose qu'il n'est plus possible de tout annuler maintenant, n'est-ce pas ?

Les yeux de Shannon s'illuminent, puis la lueur s'évanouit, comme une allumette que l'on craque et qui s'éteint.

— Qu'est-ce que c'est ? Je n'ai pas encore commandé de dessert.

— Avec les compliments de la maison, explique le serveur.

Elle me lance un regard qui veut dire : *est-ce qu'on m'a grillée ?* Une partie de la fierté qu'elle retire des visites mystères réside dans le fait qu'elle ne se fait jamais repérer par le personnel. Elle tient à faire les choses comme il se doit. Elle a l'air déconfite alors qu'on pose devant elle une part de tiramisu plus grande que l'ego de mon frère.

C'est exactement ce que tout homme souhaite lorsqu'il demande sa bien-aimée en mariage ; qu'elle ressemble à l'animal de compagnie de son enfance qui aurait été renversé par une voiture.

Un serveur sort deux flûtes à champagne et fait sauter le bouchon.

Attendez une seconde.

SCRITCH. Stop stop stop !

La bague est censée être *dans* la coupe de champagne avant qu'ils ne le servent.

Le *glouglou* de l'alcool qui coule de la bouteille dans les verres résonne dans mon esprit alors que je cherche des yeux la bague de ma mère. Elle est loin d'être petite, donc je devrais la voir.

Elle devrait être là.

— Bon dessert, dit le serveur, en me faisant un clin d'œil lorsque Shannon penche la tête.

Où est la bague ?

Où est cette putain de bague ?

— Tu crois qu'ils ont deviné ? dit-elle d'une voix paniquée, en prenant sa fourchette.

— Deviné quoi ?

Elle gesticule de sa main libre, exprimant sa frustration.

— Que je les évalue ? Aucun restaurant ne m'a jamais offert spontanément du champagne et du tiramisu !

Elle s'arrête pour réfléchir.

— Peut-être qu'ils t'ont reconnu ?

La vérité est sur le point de sortir. Elle m'emplit la bouche. J'ai sur le bout de la langue le fait authentique et vérifiable qu'il s'agit d'un coup monté à son intention – à notre intention –, prêt à être révélé et expliqué, décrit et avoué. La vérité attend d'éclater. Il suffit d'un signal de mon cerveau ; j'ai juste à me décider à dire ce que je dois dire.

Rétrospectivement, dix secondes auraient pu faire la différence entre une demande délicieusement tendre et une demande qui se termine dans le sang, la douleur et l'humiliation.

Je suis un type déterminé.

Mais pas cette fois.

Elle extrait une bonne fourchetée de tiramisu. Le mélange entre crème anglaise et boudoir semble asymétrique sur la fourchette. Un peu trop suspect. Au crépuscule, la seule lumière de la pièce est celle de la bougie et des lampes tamisées conçues pour créer une atmosphère romantique.

Elle prend une bouchée généreuse puis lève son verre d'eau, avalant une grande gorgée. Les yeux lui sortent alors de la tête.

Je crois que je viens de trouver la bague.

Shannon bondit sur ses pieds. La fourchette émet un bruit métallique en tombant par terre, son verre d'eau la rejoignant lorsqu'elle le lâche pour s'agripper la gorge.

— Unng ! Unng !

C'est tout ce qu'elle parvient à dire. Une vague d'horreur glacée s'empare de mon corps, comme si j'avais été jeté dans l'océan depuis une falaise et recouvert par une vague de dix mètres.

Chandra apparaît soudainement et crie d'une voix autoritaire :

— Que quelqu'un appelle les secours ! Nous avons besoin d'un médecin ! D'un Heimlich !

Deux commis se précipitent hors de la cuisine, mais avant qu'ils ne puissent nous atteindre, j'ai déjà passé mes bras autour de Shannon. Je me tiens derrière elle, le bassin contre ses fesses, mes mains formant un poing soigneusement replié sous son sternum.

Elle respire à peine. Ses grognements deviennent plus frénétiques, ses ongles s'agrippent à sa gorge. Je ne peux pas voir ses yeux et franchement, je n'en ai pas envie pour l'instant. Si les choses tournent mal et que je vois l'étincelle s'éteindre dans ses yeux, je serai incapable de faire ce que je suis sur le point de faire.

En une fraction de seconde, je deviens deux Declan. C'est la troisième fois de ma vie que cela m'arrive. La seconde avec Shannon. Le jour où elle a été piquée, je me suis dissocié en deux réalités distinctes, chacune capable de regarder l'autre, comme dans un film.

Un Declan la plaque contre lui, prêt à pousser et à déloger la bague. Elle émet un son horrible et tout son corps se tend.

Pas d'air.

Allez, allez, allez.

J'imagine la bague dans sa gorge, espérant de toutes mes forces qu'elle se déloge et sorte de sa bouche. Bon sang, *allez,*

allez, *allez*, et juste au moment où je vais faire le Heimlich, elle m'arrête.

Elle émet un mince filet d'air, mais elle est désespérée, penchée sur la table, les mains agrippées sur le rebord. Un homme de l'âge de mon père se précipite vers nous, suivi par une petite femme aux cheveux grisonnants.

— Je suis médecin et ma femme est infirmière, dit l'homme en regardant le visage de Shannon. J'entends de l'air, mais l'obstruction est toujours là. Ne faites pas encore le Heimlich.

— Pourquoi ? demandé-je.

— Qu'est-ce qu'il y a là-dedans ? Un morceau de viande ? demande l'infirmière.

— Non, dis-je, prononçant des mots qui me semblent surréalistes. C'est une bague de fiançailles.

Shannon lève les yeux, l'air hagard. Elle montre du doigt sa gorge, puis l'annulaire de sa main gauche.

Je hoche la tête.

L'infirmière regarde l'assiette de Shannon, les verres sur la table, la table.

— Elle était dans le champagne ?

— Non. Dans le tiramisu, apparemment.

J'entends des sirènes au loin.

Shannon m'attrape à la gorge. Sa propre gorge peine à faire entrer l'air. Le médecin examine son autre main et ses ongles. On dirait qu'elle respire à travers une paille. Des larmes coulent sur son visage et elle a l'air à moitié folle.

C'est moi qui lui ai fait ça.

Moi.

Ce n'est pas une abeille.

Et aucun EpiPen ne pourra résoudre ce problème.

Puis le sifflement s'arrête brutalement.

Le médecin lui ouvre la bouche et regarde à l'intérieur.

— La bague s'est logée dedans et elle bloque la circulation de l'air.

Il tient le visage de Shannon entre ses mains, l'obligeant à le regarder.

— Toussez.

— Unng.

Elle a une respiration sifflante. Ce son est comme le premier cri d'un bébé à mes oreilles. Le soulagement m'inonde.

Chandra apparaît et dit :

— Les secours sont là, ils sont en train de monter.

— Quelle est la taille de la bague ? demande le médecin.

— Trois carats.

Les deux clients émettent des sifflements admiratifs.

— Je pense que la bague s'est logée de telle manière que, lorsqu'elle bouge, elle permet à un léger flux d'air de passer, explique-t-il. Le problème est que l'anneau pourrait endommager son œsophage. Nous devons l'emmener à l'hôpital tout de suite.

La main de Shannon, qui s'agite frénétiquement, trouve la mienne. Ses lèvres ont pris une teinte violette. Mais elle respire.

Les portes de l'ascenseur s'ouvrent et je me retourne en entendant des bruits dans le hall. Une équipe d'ambulanciers, dont l'un porte une grande bouteille d'oxygène, fait irruption dans la pièce. Le médecin se détend visiblement.

Sa femme frotte l'épaule de Shannon.

— Ça va aller. Vous allez vous en sortir.

Elle me regarde.

— Pourquoi la bague était-elle dans le tiramisu ?

— C'est une bonne question, grogné-je. Elle était censée être dans le champagne, bien en vue ! Pas enterrée sous un tas de crème et de boudoirs imbibés de rhum.

Shannon est incapable de me regarder. Un ambulancier lui

met un masque à oxygène sur la tête et commence à lui murmurer quelque chose sur un ton calme et suave. C'est moi qui devrais la réconforter. C'est moi qui devrais régler ce problème.

Je n'aurais jamais dû la mettre dans cette situation, pour commencer.

Chandra se tient en retrait, se tordant les mains, et je me dirige vers elle.

— Pourquoi diable la bague était-elle dans la *nourriture* ?

Elle a l'air choquée.

— C'étaient vos instructions écrites. Celles que Giuseppe nous a données ! Nous avons trouvé que ce n'était pas conventionnel, mais vous nous avez demandé de suivre son cahier des charges.

— Je n'ai jamais voulu que la bague soit dans son tiramisu !

— C'est gaspiller un tiramisu délicieux, dit une voix de femme depuis une table éloignée.

L'appel de Grace au sujet de Giuseppe me donne des frissons. Mince. Ça avait sûrement quelque chose à voir avec ça.

Les ambulanciers poussent Shannon vers le hall. Je les suis, Chandra sur mes talons, déversant un flot d'excuses. Je lui coupe la parole en lui disant que nous en parlerons plus tard, puis Shannon disparaît au milieu d'une foule de premiers intervenants, me laissant fusionner mes deux moi en un seul et la suivre à l'hôpital.

Le quatuor à cordes apparaît, le violoniste jouant la chanson soigneusement préparée, Such Great Heights, qui me fait penser à *nous*. Ses yeux deviennent fous quand elle voit le violoniste en smoking abaisser son archet dans la confusion, sa note s'étouffant lorsque les portes de l'ascenseur se ferment.

Parfait.

Tout simplement parfait.

CHAPITRE 15

Les urgences...

— J'ai reçu ton message ! dit Amanda d'un ton feutré en tirant le rideau de la petite chambre de Shannon aux urgences.

Le léger sifflement est maintenant régulier depuis une heure, mais les lèvres et les ongles de Shannon sont d'un violet clair qui me remplit d'une peur panique.

— Merci d'être venue.

— Elle a avalé la bague ? demande Amanda d'un ton qui réussit à mêler l'incrédulité et le défaitisme.

Peu de gens en sont capables.

— Ung ung ung, dit Shannon, adressant à Amanda un regard triste en haussant les sourcils.

Je pense qu'elle dit *Je suis là*, mais c'est difficile à dire étant donné sa capacité à n'utiliser qu'une seule syllabe.

Amanda parle le langage Bague apparemment, et regarde Shannon.

— Désolée. Tu l'as avalée ?

Shannon acquiesce tristement.

— Elle est sérieusement coincée dans ta gorge ?

Shannon écarquille les yeux et parvient à dire *Sans blague* sans prononcer ces mots.

— Pourquoi diable lui ferais-tu une telle chose ? me demande férocement Amanda.

Nous y voilà.

— Ce n'était pas le plan, Amanda. La bague était censée être dans le champagne.

— Comme c'est original.

Shannon croise ses bras sur sa poitrine et Amanda et elles échangent un regard complice.

— Il y a eu une erreur de compréhension par rapport au tiramisu.

— Comment passe-t-on d'une bague dans un verre à une bague dans un dessert à plusieurs couches représentant la perfection orgasmique ? demande-t-elle.

Les yeux de Shannon s'élargissent et si elle pouvait parler, elle dirait *Je sais, c'est dingue, non ?*

— Une fois qu'on aura enlevé la bague de Shannon, je m'en occuperai. Pour l'instant, on est plus préoccupés par son oxygénation que par le fait de chercher qui blâmer.

En parlant de blâme, mon frère entre dans la pièce.

— Mec, j'arrive pas à le croire… Pour une fois qu'elle avale, il faut que ce soit une… Oh.

Il écrit un SMS tout en me parlant, les yeux baissés, jusqu'à ce qu'il lève la tête et s'encastre dans l'arrière-train d'Amanda.

— Désolé. Je…

Ils se figent tous les deux. Il ne la regarde pas, ne peut pas voir son visage parce qu'il est derrière elle, mais il inspire profondément, les yeux fermés, et dit à voix basse :

— Amanda ?

Qui aurait cru qu'il y avait autant de blanc dans les yeux ? La poitrine (généreuse) d'Amanda commence à se soulever et à s'abaisser comme un étudiant ivre jouant avec des haltères vibrants.

— Andrew, dit-elle d'une voix glaciale.

Mon frère tourne les talons et sort de la pièce, la tête baissée, en faisant semblant d'envoyer un texto. Amanda sort également et le suit, en disant :

— Je vais chercher un café au lait pour Shannon et je reviens dans une minute.

— C'était bizarre, dis-je à Shannon.

Elle regarde furtivement autour du lit, puis me fait signe, en faisant semblant d'écrire.

Ah. Un stylo et du papier. Je prends mon téléphone, j'ouvre une application de notes et je le lui tends.

À quoi ils jouent ces deux-là ? tape-t-elle.

— Aucune idée.

Suis-les.

— Je préférerais boire de l'acide sulfurique que de voir ce qu'ils vont faire, Shannon.

Ne fais pas de blagues sur les gorges qui brûlent, écrit-elle.

Mince.

Il l'aime bien ? tape-t-elle.

— Ce n'est pas assez clair ?

Pourquoi il ne l'invite pas à sortir ? écrit-elle.

Je lui prends le téléphone, je lis la question, puis je la regarde. Elle est si pâle, son visage couvert d'un masque à oxygène. Elle siffle comme Dark Vador et est reliée à un oxymètre de pouls.

— Shannon chérie, dis-je en m'asseyant sur le lit à côté d'elle, en faisant attention à ne pas toucher les tubes. La relation tordue d'Andrew et Amanda ne devrait pas être au centre de tes préoccupations en ce moment.

Les larmes lui montent aux yeux.

— Je suis vraiment désolé, bébé. Je suis tellement, tellement désolé, dis-je, enfin capable de lui accorder l'attention qu'elle mérite. Je suis un idiot.

Elle se contente de hocher la tête.

— Un imbécile.

Elle est d'accord.

— Un idiot transi.

Elle se pince les lèvres et essaie de soupirer. On dirait une voiture qui pétarade.

Un remue-ménage s'élève soudain dans le couloir, ponctué par la voix stridente d'une femme qui lance :

— Je me fiche qu'elle soit adulte et qu'elle bénéficie d'une protection de sa vie privée, je suis sa mère et j'exige de savoir où elle est !

Marie.

— Shannon ! s'exclame-t-elle. Shannon, où es-tu ?

Putain, murmure Shannon.

J'ai entendu. Très clairement.

— On est là, Marie, dis-je calmement en tirant le rideau.

— Mon bébé, halète-t-elle en se précipitant vers Shannon, dont la respiration est à nouveau sifflante. Tu t'es encore fait piquer ?

— Pas exactement, marmonné-je.

Une personne en blouse, portant une planchette à pince, arrive derrière Marie et – bien sûr – Jason.

— Vous ne pouvez pas faire irruption ici comme ça.

L'agent hospitalier regarde Shannon, qui halète :

— C'… bon.

— C'est sa mère, expliqué-je.

— Et vous êtes ?

— Son mari.

Marie s'arrête net. Elle pourrait tout aussi bien être une statue de cire.

— Son mari ?

L'employé s'éloigne. Marie me regarde, puis elle regarde Shannon, qui est penchée et s'efforce de recevoir plus d'oxygène. J'imagine que le stress va rendre sa respiration encore plus difficile, et je commence à analyser à quel moment je vais devoir me transformer en vrai connard pour essayer de protéger Shannon.

— Vous vous êtes mariés sans *moi* ?

Plus tôt que prévu, apparemment.

Amanda apparaît derrière le rideau, les cheveux ébouriffés et le rouge à lèvres étalé.

— Marie ? dit-elle, visiblement soulagée. Vous avez reçu mon message ?

— Oui, dit Jason.

Il porte un jean découpé, des tongs et un t-shirt Jimmy Buffet. Ses genoux sont vraiment sales.

— Marie est sortie de la maison en criant que Shannon était encore aux urgences et nous avons sauté dans la voiture aussi vite que possible.

Je regarde de nouveau Marie. Elle ressemble à Double-Face, dans Batman.

— J'étais en pleine routine beauté ! Jason allait prendre une douche et on allait voir le Blue Man Group, quand Amanda m'a envoyé un SMS et je n'ai eu le temps de mettre qu'un faux-cil…

Ça explique tout.

Marie détaille Amanda.

— Pourquoi tu as la chemise à l'envers ?

Andrew apparaît à la porte et attire mon attention.

— Tu as besoin de moi ? Parce que je reçois des appels de Singapour au sujet de…

— Tu abandonnerais sérieusement ton frère dans un moment pareil ? lui lance Amanda. Quel genre de personne es-tu ? Qui fait ça ? Faire une apparition temporaire et remarquée, puis s'enfuir quand les choses deviennent sérieuses ?

La chemise d'Andrew est-elle à l'envers ?

Attendez un peu. Que se passe-t-il entre eux ?

Avant qu'Andrew ne puisse répondre, un grand type d'apparence vaguement slave débarque. Il fait quelques centimètres de plus que moi et est bâti comme un joueur de hockey russe, mais avec les pommettes intactes. Et il a toutes ses dents.

Toutes les femmes présentes dans la pièce font un bruit de succion écœurant, rappelant la respiration de Shannon.

— Bonjour, tout le monde, lance-t-il.

Il porte une blouse blanche de médecin et un badge d'hôpital.

— Je suis le Dr Derjian, et je viens examiner… – il regarde le papier au bout du lit – le dossier de Shannon.

Jason tend la main pour se présenter.

— Jason Jacoby. Je suis son père.

Ils se serrent la main et je me rends compte que je dois m'engager dans ce rituel masculin qui s'apparente au baiser aérien féminin.

Une fois les formalités effectuées, le Dr Derjian examine le dossier de Shannon tandis qu'Amanda et Marie l'examinent.

Marie le détaille aux rayons X, ses yeux passant de sa main gauche à son visage.

— Vous avez déjà vu un cas comme celui-ci, Dr Derjian ? Une bague de fiançailles qu'on avale, c'est plutôt rare, non ?

Il lui adresse un large sourire étincelant. Marie semble sur le point de se frotter contre sa jambe.

— Oh, c'est assez courant quand on travaille aux urgences. J'ai vu des objets assez étranges dans des endroits vraiment bizarres.

Marie se penche, lui attrape le bras et lui dit :

— J'ai vraiment envie de mieux vous connaître.

— Marie, dit Jason sur un ton d'avertissement. Laisse le docteur tranquille pour qu'il puisse aider Shannon.

— C'est vrai qu'il y a des gens qui arrivent aux urgences avec des animaux vivants dans leur anus ? demande Marie.

Le Dr Derjian regarde Marie avec la même expression que je lui ai réservée des centaines de fois au cours des dix-huit derniers mois. *Je te comprends, mon frère. Je parie que ta belle-mère est beaucoup plus saine d'esprit que la mienne.*

— Marie, répète Jason, cette fois en lui prenant douce-ment le coude et en la poussant vers la porte. On en a déjà parlé. On a regardé sur Snopes. Ce n'est pas vrai. Allons chercher un café.

— Mais tu as déjà une tasse de café dans ton autre main, proteste-t-elle. Attends !

En revenant dans la pièce et en adressant à Shannon un sourire de compassion façon Mère de l'année, conçu pour faire bonne figure devant un public, elle fouille dans son sac à main et remet une carte de visite au médecin.

À ce stade, il est clair pour moi qu'il a décidé qu'il s'agit d'une folle inoffensive. Ce qui lui donne raison.

— Je vous en prie, prenez ma carte. Je donne des cours de yoga et nous adorerions accueillir parmi nous un médecin célibataire et en forme.

— Mais je ne suis pas…

— Vous ne faites pas de yoga ? Ce n'est pas grave. C'est pour ça que ça s'appelle un cours ; vous êtes un élève, vous êtes là pour apprendre.

Elle lui donne une légère tape sur la joue, descend sa main jusqu'à son bras et tâte ses biceps avec de petites pres-sions suivies de petits soupirs appréciateurs.

— Je vous réserve une place spéciale au premier rang.

— Attention à Agnès, préféré-je le prévenir. Elle pince.

— Non, je fais du yoga, répond-il alors que les yeux de Marie s'illuminent comme un feu d'artifice entre les mains de garçons de douze ans laissés sans surveillance. Mais je ne suis pas célibataire, ajoute-t-il en m'adressant un regard confus.

— Vous êtes marié ? couine Marie, horrifiée, la lumière dans ses yeux s'estompant comme une étoile naine qui implose.

— Fiancé, dit-il.

Je parie que *sa* fiancée n'a pas avalé sa bague.

Les boucles rouges rebondissantes d'Amy font leur apparition.

— Qu'est-ce qui se passe ? Amanda m'a envoyé un texto. Shannon va bien ?

Marie lui fait signe d'entrer. Le petit box des urgences attribué à Shannon commence à ressembler à une caravane.

Shannon agite les mains comme si elle était piégée sur une île déserte et que nous étions tous des avions à sa recherche. Elle montre du doigt sa gorge, puis le médecin.

Il lui ouvre la gorge et regarde dedans avec une lampe de poche.

— Oh, waouh.

— Oui, je sais. C'est bien coincé, n'est-ce pas ? dis-je.

— C'est ce qu'*elle* a dit, marmonne Marie sous cape.

Andrew lui jette un regard assassin. Amy lui donne un coup de pied dans la cheville. Elle est plus rapide que moi.

Quelque chose de vieux, quelque chose de neuf, quelque chose d'emprunté, quelque chose d'enfoncé dans la gorge de votre future belle-mère pour la faire taire... c'est la tradition, n'est-ce pas ?

— Marie, grogné-je.

Elle ne me regarde pas, mais elle se mord la lèvre lorsque Jason la traîne hors de la pièce en lui parlant à nouveau de ce café. Le médecin jette un nouveau coup d'œil.

— Oh. Oui, en effet. Je réagissais à la taille de cette pierre.

Il me jauge.

— Tant mieux pour vous. À côté de ça, la bague avec laquelle j'ai fait ma demande ressemble à un cristal de sel.

Shannon va pour dire quelque chose, mais le médecin lui touche la main en secouant la tête.

— Vous ne devez pas parler du tout. En ce moment, vous respirez à travers l'anneau lui-même, mais toute vibration ou mouvement soudain pourrait le déloger de la pire façon possible. Vous devez rester calme et concentrée. Nous recevons actuellement du matériel qui nous aidera à extraire l'anneau.

Matériel ? Extraire ? La panique s'installe dans les yeux de Shannon. Ma propre gorge est prise de spasmes de compassion. Il passe la minute suivante à regarder dans sa gorge avec la lampe de poche, la main ferme.

— Qu'avons-nous là ? dit une voix de femme pincée, son accent britannique aussi condescendant qu'il y a dix-huit mois.

Dites-moi que je rêve.

Elle évalue la scène de son regard inquisiteur. Amanda, Amy, Shannon et moi sommes tous des personnages qui lui sont familiers.

— Dr Porter.

Elle fronce les sourcils devant Shannon, puis me regarde.

— Vous deux ? Je me souviens de vous.

Elle désigne Shannon.

— Piqûre d'abeille.

Puis elle me regarde.

— EpiPen dans l'aine.

Elle s'arrête, l'incrédulité montant dans sa voix comme un raz-de-marée. —

Encore ? Elle a vraiment touché votre pénis cette fois-ci, ou était-ce une fausse alerte ?

Andrew me lance un de ces regards qui signifie que je n'ai pas fini d'en entendre parler. Jamais.

Marie et Jason reviennent alors que le médecin nous demande :

— Qu'est-ce qui cloche chez vous ? Avez-vous une sorte de fétichisme qui implique de faire un tour aux urgences à chaque rendez-vous ?

Les mots semblent plus durs avec son accent britannique, et les femmes aux cheveux gris et aux lunettes n'ont pas leur pareil pour critiquer. Si ma mère était encore en vie, je me demande ce qu'elle penserait de tout ça.

Si ma mère était vivante, sa bague ne serait pas coincée dans la gorge de Shannon en ce moment.

— Ça existe, ça ? Un fétichisme des urgences ? demande Marie, enthousiaste. Je suis une sorte d'experte en fétichismes.

Le Dr Porter lui lance un regard méprisant et se tourne vers Shannon.

— C'est votre mère, c'est ça ?

Shannon fait un signe de tête.

— Je comprends mieux le côté fétichiste.

Les sourcils du Dr Porter effectuent une danse de jugement, mais elle arrête de nous parler et lit le dossier.

— Sérieusement ? Si c'est le cas, j'aimerais le savoir. Je travaille dans l'industrie du sexe, annonce Marie avec une série de hochements de tête destinés, je pense, à véhiculer son statut de professionnelle de… *quoi* ?

Jason s'étouffe.

— Tu ne travailles pas dans l'industrie du sexe, Marie ! Pourquoi diable dis-tu ça ?

— Je fais des visites mystères dans des boutiques de sex-toys ! déclare Marie. Je suis une professionnelle !

— Ce n'est pas *du tout* la même chose, maman, dit Amy en soupirant. On a déjà essayé de lui expliquer, explique-t-elle à l'assemblée d'une voix résignée. Elle ne comprend pas.

Elle dit à tout le monde en ville, à l'église, à la bibliothèque, etc. qu'elle travaille dans l'industrie du sexe.

— Maintenant, tout le monde en ville pense que ma femme est une pute ! déclare Jason, l'air plus en colère que jamais.

Encore plus en colère que la fois où il m'a confronté après que j'ai largué Shannon. Même si j'apprécie Jason et que nous passons du bon temps à boire des bières dans sa petite cabane au fond du jardin, c'est un bêta. Le genre de type, comme Greg, qui laisse les femmes les mener par le bout du nez.

Shannon ne me ferait jamais ça. Je la laisserais bien me mener par d'*autres* parties de mon corps, mais…

— Seulement dans nos jeux de rôle, Jason, dit Marie en soupirant.

— Comment la bague est-elle arrivée là ? demande le Dr Porter sur un ton suggestif qui ne me plaît pas.

Marie, Jason, Amy, Andrew et Amanda se tournent tous vers moi, impatients de connaître la réponse.

— Bonne question, dit lentement Andrew. Tu ne nous as pas encore raconté cette partie.

Shannon commence à faire des bruits de haut-le-cœur et montre sa gorge du doigt.

Marie écarquille les yeux.

— Oh. Oh, chérie, dit-elle en tapotant la main de Shannon. Tu sais qu'ils fabriquent des sex-toys spéciaux pour ça. Tu n'as pas besoin de mettre ce genre de bague autour d'un homme avant de le prendre en bouche, tu sais…

Le sens de ses mots me frappe comme une planche en pleine figure. Les deux médecins nous regardent comme si c'était une explication plausible de la façon dont Shannon en était venue à avoir la bague coincée dans la gorge. D'après le regard de Shannon, elle est aussi horrifiée que moi.

Pour une tout autre raison.

— Laissez-moi mettre les choses au clair ! dis-je avec colère. Nous n'avons pas mis la bague de fiançailles de ma *mère* sur mon… – Je fais un geste vers mon entrejambe – pour qu'elle… Je fais un geste vers la bouche de Shannon.

Andrew devient rouge brique.

— Attends, quoi ? C'est la bague de *maman* ?

Merde. Grillé.

— C'est bon, Declan, dit doucement Marie. Il faut bien expérimenter.

— La bague ne passerait jamais, rétorqué-je, en colère.

Le Dr Porter hausse un sourcil sceptique. Le Dr Derjian, en brave homme qu'il est, reste silencieux et son visage est aussi neutre que celui d'un arbitre de football.

— Si c'était mou, c'est possible, explique le Dr Porter. La bague a pu glisser et…

— Il faudrait un bracelet, expliqué-je, en me tenant aussi droit que possible, pas une petite bague de fiançailles.

Marie regarde Shannon.

— Tu en as de la chance.

— Espèce de veinard, murmure Jason.

— Qui a dit que tu pouvais avoir la bague de maman ? beugle Andrew.

— De toute façon, ce n'est pas comme ça que Shannon a mangé la bague, continué-je en l'ignorant complètement. Elle a pris une bouchée de tiramisu et elle l'a avalée.

— Qui met une bague en diamant de trois carats dans un tiramisu ? demande Andrew.

— Oui, hein ? demande Marie. Pourquoi ruiner un bon tiramisu comme ça ?

Je ne comprends vraiment pas l'obsession féminine pour ce dessert.

Marie s'interrompt soudain. Elle secoue légèrement la tête, comme si elle était en état de choc.

— Trois carats ? *Trois carats* ?

Je me contente de sourire.

— Espèce de veinard, répète Jason.

Le Dr Derjian et le Dr Porter ont ces longs instruments qui ressemblent à des pinces sous stéroïdes. Je vois le cœur de Shannon palpiter de terreur contre sa cage thoracique. La pièce commence à tourner, alors que moi, je peux inhaler autant d'air que nécessaire. Contrairement à elle.

Marie s'approche de Shannon et lui prend la main.

— Il a fait sa demande ?

Shannon secoue la tête.

Marie me fusille du regard façon Godzilla.

— Tu lui as fait manger une bague de fiançailles de trois carats et tu n'as même pas pris la peine de lui demander de t'épouser ? Est-ce un rituel ethnique de ton peuple ?

Mon peuple ?

— Mon peuple est écossais, Marie. Mon peuple ne mange pas de bagues de fiançailles. C'est une histoire compliquée.

— Il vaut mieux que ce soit une histoire compliquée si elle implique d'avoir une pierre comme ça dans la gorge !

Tout le monde me regarde. Ils semblent tous attendre une explication.

Il est temps de leur en donner une.

— Je ne le dirai qu'une fois : j'ai engagé Greg pour faire semblant de supplier Shannon de faire une visite mystère à Le Portmanteau.

Les yeux de Shannon basculent également en mode Godzilla.

— Je me suis arrangé avec le personnel pour que la bague de fiançailles de ma mère soit mise dans une coupe de champagne.

Le Dr Porter et le Dr Derjian haussent simultanément les sourcils.

— Classique, confirme-t-il.

Marie commence à dire quelque chose et je lève un doigt.

— Le personnel s'est trompé et a mis la bague dans le tiramisu au lieu du champagne.

— Qui ruinerait un tiramisu comme ça ? réfléchit à voix haute le Dr Porter.

Toutes les femmes présentes dans la pièce hochent la tête.

— Shannon a pris une bouchée et voilà où ça l'a menée.

Personne ne dit un mot. Tout le monde se contente de cligner des yeux.

— Et c'est tout ? demande Marie, indignée. Enfin, voyons !

Elle s'éloigne de Shannon, la penche un peu en avant, et la frappe si fort qu'on dirait des applaudissements nourris.

— NON ! crient les médecins à l'unisson.

Un étrange bruit sort de la gorge de Shannon, puis elle inspire profondément.

— MAMAN !

— MARIE !

— BON SANG !

— Je l'ai avalée, dit Shannon d'une petite voix.

Une quinte de toux la fait aboyer comme un phoque, puis soupirer.

Andrew et Amanda reviennent en courant.

— J'arrive à respirer, explique Shannon. Mais j'ai l'impression qu'un ballon de basket est coincé dans ma poitrine.

— Avez-vous la moindre idée du danger que cela représentait ?

La voix du Dr Porter est assassine. Elle plante son doigt dans le visage de Marie.

— Mais à quoi pensiez-vous ?

Le Dr Derjian ouvre à nouveau la bouche de Shannon et regarde à l'intérieur.

Marie lui lance un regard condescendant.

— Je suis la mère de trois filles et la grand-mère de deux garçons. Une bonne claque dans le dos, c'est tout ce dont a besoin toute personne ayant quelque chose de logé dans la gorge.

Elle regarde Shannon avec une expression de patience exagérée et lui tend la main.

— Crache-la.

— J'ai dit que je l'avais avalée, maman.

— Personne n'avale une… quoi ? s'étrangle Marie.

— Votre arrogance va finir par tuer quelqu'un, riposte le Dr Porter.

Marie devient livide. Toute sa confiance a disparu.

— De légères lacérations et un gonflement important, dit le Dr Derjian en examinant à nouveau la gorge de Shannon.

Il est clairement en colère contre Marie aussi.

— En quel métal est-elle ?

— En platine, dis-je.

— Bien, ajoute-t-il, en hochant la tête. Pas de soucis d'allergies.

— Elle est allergique aux abeilles, dit Marie d'une petite voix.

— Je veux parler d'allergies aux métaux, précise-t-il.

— Et maintenant ? croasse Shannon.

— De l'eau. De l'eau fraîche, dit le Dr Derjian, en se retournant pour lui en verser. Buvez lentement, à travers la paille. On va devoir vous passer aux rayons X maintenant.

Le Dr Porter jette un coup d'œil mauvais à Marie, mais fait un signe de tête.

— Tant que la bague ne se coince pas, la seule sortie possible, c'est par le bas, dit-il avec un léger sourire.

— Par le bas ? demande Jason.

Derjian hausse un sourcil.

— Par le bas.

Andrew choisit ce moment pour parler.

— Quand vous dites « par le bas », vous voulez dire…

— En allant aux toilettes, chuchote Marie.

Les deux médecins hochent la tête.

— Ne nous emballons pas, dit le Dr Porter. Nous devons obtenir la confirmation visuelle que la bague est dans l'œsophage, qu'elle n'est pas perforante, et nous assurer qu'elle continue à se déplacer correctement dans le tube digestif.

— Je dois chier ma propre bague de fiançailles, dit Shannon, puis elle agrippe sa gorge en se frappant la poitrine.

Elle ressemble remarquablement à une maman gorille.

— Vous ne pouvez pas juste lui ouvrir la poitrine et l'opérer ? demande Marie, mortifiée.

Shannon acquiesce vigoureusement.

— S'il vous plaît, chuchote-t-elle. Ce serait tellement mieux.

— Ne parlez pas, ordonne le Dr Porter.

Elle ouvre la bouche de Shannon et l'observe.

— Le gonflement risque de s'aggraver avant que les choses s'améliorent. Buvez de l'eau fraîche et ne parlez pas pendant quelques heures.

— Je devrais peut-être te faire avaler une bague si un médecin t'ordonnait de ne plus parler pendant quelques heures, dit Jason à Marie.

— Je suis désolée ! dit Marie à Shannon.

— Ça... va.

— Ne parle pas ! lui rappelé-je.

Shannon fait un signe de tête, en me demandant mon téléphone. Je le lui donne, mais elle tremble, les larmes coulent de ses yeux.

— Elle doit chier la bague, répète Andrew.

Il n'est pas seulement le capitaine Évidence, il est le PDG d'Évidence, Inc.

— Oui, confirment les médecins.

— Très probablement, précise le Dr Porter.

Andrew me regarde.

— Tu peux garder cette bague finalement, frérot.

— Je t'emmerde, dis-je.

— C'est le cas de le dire, souligne Amanda.

Nous gémissons tous. Sauf Shannon, qui pleure en silence, affairée sur mon téléphone. Elle le lève enfin et je lis :

Je suis désolée d'avoir avalé la bague de ta mère.

Cela me fait l'effet d'un coup de poing dans les tripes.

Je réponds : *Je suis désolé d'avoir gâché ton tiramisu.*

Elle lit et laisse échapper un petit rire étouffé, puis m'adresse un regard plein d'amour et de projets d'avenir. C'est le premier vrai moment que nous partageons aujourd'-hui, le seul qui ne rime pas avec irritation ou désastre, et tout ce que j'ai envie de faire, c'est évacuer la pièce et la prendre dans mes bras.

— Félicitations, dit Andrew en me serrant la main.

— Elle n'a pas dit oui, souligné-je.

— Tu n'as même pas encore fait ta demande ! grogne Shannon.

— Chuuut ! lui intiment Marie et Jason.

— Elle *ne peut pas* dire oui, répond-il. Littéralement.

J'essaie de cacher mon sourire.

— Alors, tu seras mon témoin ?

— Bien sûr.

— Country Club de Farmington ? demande Amanda, en regardant Shannon, qui hausse les épaules.

Marie exulte :

— Oui ! Un mariage en plein air !

— Je retire ce que j'ai dit, murmure Andrew. Terry sera parfait comme témoin.

Amanda lui donne un coup de poing dans l'épaule.

— Tu es vraiment un connard ! Surmonte ta stupide phobie du plein air ! Tu refuserais sérieusement de…

Il lève les mains en signe de reddition et s'en va. Amanda le suit en le réprimandant. Leurs échanges animés s'estompent à mesure qu'ils s'éloignent. Je m'occuperai plus tard de mon abruti de frère phobique. En ce moment, j'ai une fiancée bien remplie et qui doit évacuer sa propre bague de fiançailles. Par son anus.

Une assistante médicale entre avec tout un tas d'objets, mais le plus remarquable est l'énorme pile de barquettes de frites vides. Le genre à motifs rouges et blancs.

— Qu'est-ce que c'est ? demandé-je.

Elle me regarde et sourit, si joyeuse qu'elle pourrait être une pom-pom girl punk. De longs cheveux bleus tressés. Des yeux bleus brillants. Elle a un pansement sur un tatouage et un trou dans la lèvre, qui doit accueillir habituellement un piercing. Un appareil dentaire. Elle a l'air assez jeune pour que mon père puisse sortir avec elle.

— Oh, c'est pour attraper la bague !

— Que…

— Vous les utiliserez quand vous éliminerez, Shannon, lui dit le Dr Porter. Felicia ici présente vous donnera une liste d'aliments qui vous aideront à accélérer le processus.

Elle marque une pause.

— Et le tiramisu n'en fait pas partie.

— Alors vous estimez que c'est le meilleur traitement ? demandé-je.

Marie, Jason et Amy se sont tus. La mâchoire entrouverte, ils sont aussi sonnés que moi.

Le Dr Porter examine le dossier de Shannon, l'accroche au bout du lit et lui tapote le pied, s'adressant directement à elle.

— On va vous faire passer une radio et on avisera, mais en général, la solution la moins invasive consiste à éliminer le corps étranger en laissant le tube digestif faire son travail

— Tu vas chier des diamants, dit Amy à Shannon.

Elle commence à applaudir.

— Un lingot d'or, ajoute Marie avec un sourire complice.

— De platine.

Ma correction passe inaperçue. J'imagine Andrew en ce moment, envoyant des SMS à mon père, et le fou rire qu'ils vont avoir à ce sujet.

Ce n'est pas comme faire tomber un téléphone dans les toilettes.

— Ce sera la crotte la plus chère de l'histoire, ajoute Jason.

— Les diamants sont éternels, plaisante Amy. Il va falloir manger des pruneaux.

L'assistante médicale, Felicia, saisit les barquettes de frites et une feuille d'instructions.

— Alors, Shannon, commence-t-elle.

Marie l'interrompt.

— Ça donne un tout nouveau sens à la phrase : « Vous voulez des frites avec ça ? »

Je regarde Marie, qui se met à rire. Jason se joint à elle, suivi par Amy. Même si c'est drôle – et ça l'est vraiment, à première vue – l'expression d'horreur pure sur le visage de Shannon me fait réaliser ma place dans ce monde.

Il est temps de passer en mode connard.

— Sortez, exigé-je, les mots claquant dans la pièce, comme si ma voix était le seul son qui comptait.

Et c'est le cas.

— Tu ne peux pas nous obliger à…

Je coupe la parole à Marie.

— Si. Je le peux.

Amy, Marie et Jason tiennent bon.

— Shannon est une adulte qui peut…

— Shannon est une beauté en pleurs qui est traumatisée par l'ingestion de la bague et maintenant doublement traumatisée par l'humiliation d'une famille digne des Keystone Kops, alors vous devez tous partir !

Ma future et charmante épouse me regarde avec reconnaissance.

Marie lance à Jason un regard qui pourrait tout aussi bien dire : *Sors tes couilles.*

Il ouvre la bouche et dit :

— Declan, je sais que c'est bouleversant et que tu te sens coupable d'avoir été si imprudent avec la bague de ta mère, mais…

— DEHORS !

Il sursaute. Marie est de plus en plus en colère.

L'assistante médicale qui vérifie à présent les niveaux d'oxygénation de Shannon lève le pouce à mon intention.

— Écoute-moi bien, fulmine Marie. Je sais que tu penses être ce type dominateur…

C'est ça. J'agis promptement. Mon sang ne fait qu'un tour. Shannon pleure, le Dr Derjian lui frotte l'épaule, et les plaisanteries ne sont plus de mise. Amy s'éloigne en direction de la porte.

Il ne reste plus que Marie et Jason.

— Je suis le mari de Shannon, déclaré-je.

— Pas encore, crache Marie. Moi, je suis sa mère, et je dois m'assurer qu'elle va bien.

— C'est votre présence qui fait qu'elle n'est *pas* bien.

On dirait que je l'ai giflée.

— Une fois que nous serons mariés, je serai son plus proche parent légal, insisté-je.

Il n'y a aucune chance qu'ils gagnent cette fois-ci. *Pas de pot. Je t'adore, toi et ta famille de dingues, ainsi que ta merveilleuse fille, mais j'en ai ma claque.*

Et c'est *la claque*, ironiquement, qui fait que Shannon a avalé la bague.

— Vous n'êtes pas encore mariés.

— On peut facilement y remédier dans les prochaines vingt-quatre heures.

Marie est horrifiée.

— Vous n'oseriez pas.

— Ah tu crois ça ?

Jason hausse un sourcil.

Shannon le regarde, puis sa mère, et fait un signe de tête en montrant la porte.

— Vous n'iriez pas vraiment à la mairie pour vous marier, n'est-ce pas ? Pas sans moi ? Sans les fleurs, la robe, le gâteau, l'hélicoptère, le président et…

Shannon met la main sur un bloc-notes et un stylo. Elle gratte furieusement le papier et le lève.

Il est écrit :

VEGAS

— Noooooooooooooooooon ! gémit Marie.

— Todd et Carol ont peut-être eu raison, dis-je.

Jason est silencieux. Il nous observe tous, les sourcils témoignant de son inquiétude, les yeux rivés sur Shannon. Je la regarde et elle me tend la main.

— Je veux être seule, dit-elle d'une voix râpeuse. Avec Declan.

— Mais…

Jason passe son bras autour de la taille de Marie et la fait faire volte-face, comme une danseuse de quadrille. Allemande à gauche et par la porte…

— Allons-y, Marie.

— Mais il ne peut pas…

— Si, il le peut. Il vient de le faire.

Elle se retourne et nous lance à tous les deux un regard suppliant.

— Ne vous enfuyez pas à Vegas. Tu imagines si tu chies cette bague dans les toilettes publiques d'un casino ? Tu…

Je traverse la pièce et je tire le rideau. Ce n'est pas aussi satisfaisant que de claquer une porte. Dommage qu'il n'y ait pas de verrou.

Shannon s'affaisse sur le lit. Son corps tout entier se détend.

— Merci.

— Ne parle pas. Pas besoin de me remercier. C'est mon travail maintenant.

— Mais tu as un peu agi comme un connard.

Je cligne des yeux.

— Pardon ?

Elle me fait signe de lui prêter mon téléphone et tape :

Tu te souviens que tu es censé penser aux sentiments des autres avant de te frapper la poitrine en faisant le gorille ?

Ma mâchoire pourrait déblayer le trottoir.

— Tu *me* fais passer pour le méchant ? Ils se sont comportés comme des cons avec toi.

C'est comme ça qu'ils sont, tape-t-elle. *Ils plaisantent parce qu'ils m'aiment. C'est ma famille.*

— Alors je ne sais pas comment *familier* !

— Quoi ? s'étouffe-t-elle.

— Tu m'as entendu. Je n'ai aucune idée de comment faire ce truc de famille.

— Non, non, dit-elle d'une voix râpeuse. Je t'ai entendu, j'ai compris. Je n'arrive simplement pas à croire que tu aies transformé le mot « famille » en verbe.

Je la dévisage. C'est *ça* qu'elle a retenu ? Que j'ai enfreint une règle de grammaire ?

— Je ne sais pas si je peux être avec un homme qui transforme les noms en verbes. Je ne *pas du tout* !

Elle commence à rire, puis s'étouffe légèrement. Je lui sers un verre d'eau et j'ajoute des glaçons, puis je m'assieds sur le lit à côté d'elle, en l'incitant à boire. L'eau froide devrait réduire le gonflement.

Elle boit lentement à travers la paille, puis dit :

— Je suis la pire personne que tu puisses choisir comme épouse.

— Arrête de parler ! Et j'en serai le juge.

— Tu peux retirer ton offre.

— Mon offre ? Ce n'est pas une fusion, Shannon. C'est une demande en mariage. Ou, du moins, ce sera le cas une fois que nous aurons récupéré la bague. Un mariage. Un acte d'amour.

Je fronce les sourcils.

— À moins que tu préfères que j'annule ma demande…

Le monde tel que je le connais devient un vide figé. Le temps n'a plus de sens. L'espace est facultatif. Les molécules n'ont plus de but.

Elle secoue la tête pour dire non, et la vie reprend son cours.

— N'annule pas. Mais ne sois pas si méchant.

Je m'assieds et je lui prends les mains, plantant mes yeux dans les siens.

— Je t'aime, Shannon. Plus que tu ne l'imagines, probablement. Et quand les gens – y compris tes parents – te font souffrir, ça me rend fou. Ils ne respectent pas tes limites et me poussent à bout, et je ne le supporte pas. Je ne peux pas. Tu dois le comprendre.

Nous évoluons en territoire dangereux à présent.

— Et, dit-elle d'une voix râpeuse, en s'interrompant pour boire une gorgée, tu es le genre d'homme qui a besoin d'une femme qui ne fait pas tomber son téléphone dans les toilettes et qui n'avale pas ses bijoux de famille.

Une gorgée.

— Ou qui manque de mourir d'une piqûre d'abeille.

— C'était entièrement ma faute.

— Tu ne peux pas t'estimer responsable de tout ça. Mais je te tiens pour responsable du tiramisu fourré.

Je ferme les yeux et je gémis, en serrant sa main.

— Non, mais vraiment.

Une gorgée.

— Qui serait assez stupide pour cacher un symbole de son amour éternel dans une part de gâteau qui est l'équivalent féminin de…

Elle commence à tousser et ne peut plus s'arrêter, le reste de sa phrase se perdant dans les ravages du métal et du diamant qui se fraient un chemin à travers ses organes.

Un type en blouse apparaît à la porte.

— Shannon Jacoby ? Je suis ici pour vous emmener en radiologie.

Pendant l'heure qui suit, je reste assis sur une chaise inconfortable et j'inonde Grace de SMS, cherchant à comprendre où les choses ont mal tourné. À un moment donné, je m'assoupis.

Quand je me réveille avec une crampe au cou et un téléphone à plat, Shannon est dans le lit, endormie, bien calée.

— Dec ? chuchote-t-elle.

Je sursaute, désorienté. Je me suis endormi ? Je ne fais jamais de siestes à moins d'être nu et avec Shannon, et ces siestes n'impliquent pas réellement de dormir. C'est totalement irréel.

— Tu as besoin de quelque chose ? demandé-je.

— J'ai juste besoin de savoir…

Elle tousse, le son se répercutant étrangement dans ses os.

Le Dr Derjian entre, en fronçant les sourcils. Notre discussion doit être reportée, et les yeux de Shannon sont troublés. J'imagine que les miens n'ont pas l'air très heureux non plus. Il prend son stéthoscope et le plaque contre sa poitrine, écoutant attentivement sa toux qui s'atténue.

— Nous avons reçu les radios, déclare-t-il, en les sortant d'une grande enveloppe marron.

Il en tient une à la lumière des néons. Shannon et moi levons les yeux, comme si nous étions en train d'observer les étoiles.

On y voit très clairement la bague, juste au milieu de sa poitrine, encastrée sous ses côtes.

— Aïe, dit-elle.

— Aïe, renchérissons-nous, le Dr Derjian et moi.

— Ai-je besoin d'une opération ? demande-t-elle.

Son visage est plein d'espoir. Elle préférerait vraiment qu'on lui ouvre la poitrine à la scie plutôt que l'alternative.

Le médecin lui montre la pile de barquettes de frites que le Dr Porter et lui lui ont donnée plus tôt.

— Pas encore. C'est ça qui devrait être le plus utile, au fond.

L'enfant de douze ans qui est en moi a envie de ricaner. Il a dit *au fond*.

Shannon me jette un regard acéré, comme si elle lisait dans mes pensées.

— Alors je dois juste attendre ?

Il hoche la tête.

— Jus de pruneau, nectar d'abricot, beaucoup d'aliments riches en fibres. Salades vertes. Felicia a toute une liste de suggestions.

La bague de ma mère nous regarde, un objet blanc se détachant contre la mécanique interne de Shannon.

— Ça ne va pas la déchirer au passage ? demandé-je.

Il me regarde de ses yeux marron foncé. Il a le regard aiguisé et calme.

— Ça ne devrait pas, mais en cas de douleur abdominale aiguë, il faut immédiatement l'amener aux urgences.

— Connaissez-vous l'emploi du temps du Dr Porter ? demande Shannon.

Il hausse un sourcil.

— N'importe lequel de nos médecins est qualifié pour vous soigner.

Elle agite la main.

— Non. Je veux savoir quand elle travaille pour pouvoir

l'*éviter*. Si j'avais envie d'être jugée avec une arrogance hautaine, j'irais trouver la mère de mon ex et je lui demanderai son avis sur mes choix en matière de mode.

— Silence, lui dit le Dr Derjian en même temps que moi.

Il me regarde et je lui demande :

— Elles ne peuvent pas s'en empêcher, n'est-ce pas ? Votre fiancée est une bavarde aussi ?

Trois ou quatre émotions différentes passent sur son visage avant qu'il ne réponde :

— On peut dire ça.

Le regard que nous nous lançons semble dire : *Je partage ta douleur, mon frère*.

Il ajoute encore quelques notes sur le dossier de Shannon et la regarde.

— Un infirmier va venir vous voir pour votre sortie, et vous donnera des instructions.

— C'est tout ? demandé-je, l'adrénaline suintant de mes pores.

Je sens l'épuisement me gagner. Il tapote le genou de Shannon.

— Pour l'instant. Revenez nous voir en cas de problème, surtout.

Elle me montre du doigt.

— Est-ce que ça l'inclut, lui ?

Le Dr Derjian rit et quitte la pièce.

Amanda revient en toute hâte.

— Je peux ramener Shannon chez elle.

Elle hausse un sourcil et semble regarder le docteur s'éloigner dans le couloir.

— Je peux le ramener lui aussi à la maison, s'il est célibataire…

Andrew a intérêt à agir. Vite.

— Je veux qu'elle revienne chez moi.

Shannon secoue la tête pour dire « non » avec une telle

violence qu'elle pourrait éjecter la bague. Je sens l'incompréhension et l'appréhension m'envahir.

— Quoi ? Pourquoi pas ?

Le meilleur endroit pour qu'elle se remette, c'est auprès de moi.

Amanda et elle me regardent comme si j'étais la personne la plus stupide du monde. Shannon montre du doigt les barquettes de frites.

— Declan, tu penses sérieusement qu'une personne normalement constituée voudrait passer du temps avec son cher et tendre en attendant de chier sa bague de fiançailles ? demande Amanda.

Shannon enfouit son visage dans un oreiller en rab.

— C'est sûr que dit comme ça…

— Penses-y comme à une coloscopie.

— Quoi ?

— Tu as déjà emmené ton père à l'hôpital pour sa coloscopie de routine ?

— Non. Mon père a à peine le temps de me serrer la main. On ne s'emmène pas dans des endroits où on nous fourre des trucs dans le cul.

Elle me lance un regard effrayant.

— Tu es bien comme ton frère.

Je ne sais pas si je dois être offensé ou satisfait.

— Ce que je veux dire, poursuit-elle, c'est que personne n'a envie d'être observé alors qu'il y a des choses potentiellement embarrassantes qui sortent de ses fesses.

Ce qui implique n'importe quel objet qui est passé par là-haut.

— Je vois.

Et c'est vrai. Je suppose que si Shannon doit subir l'insupportable humiliation de chier sa propre bague de fiançailles, la seule chose qui pourrait aggraver la situation est que je sois là.

— Je ne mangerai plus jamais, au grand jamais, de frites, marmonne Shannon derrière son oreiller.

Un rapide baiser sur sa joue et un regard assuré d'Amanda et je m'en vais, me demandant comment je suis passé de la demande parfaite à la catastrophe parfaite.

Et je n'ai même pas encore posé la question.

CHAPITRE 16

Surveillance du caca, 1er jour

Le lendemain matin, je reçois un appel télépho-nique d'Andrew totalement inattendu. Shannon est chez elle, refusant de me voir tant que la bague n'est pas sortie, occupée à manger des céréales au son et des pruneaux. Mon appartement va bientôt sentir comme une chambre étudiante.

— Tu as vu le tweet de Jessica ?

Andrew a un ton triomphant qui me pousse à passer en mode compétition.

— Je ne la suis plus depuis longtemps, frérot.

Grace ne m'a pas fait de résumé aujourd'hui. De quoi s'agit-il ?

— Tu devrais regarder, parce que Shannon va devenir folle quand elle verra ce que trame Jessica.

Vous vous souvenez du bon vieux temps, en 2010, quand Twitter n'était pas un sujet de conversation ? Ouaip. Moi aussi. J'aimais mieux quand My Space était à la mode et que nous ne nous inscrivions pas sur Facebook pour indiquer aux gens quelles toilettes nous utilisions dans quel restaurant.

Mon téléphone vibre. J'ai reçu un SMS.

— C'est Shannon, dis-je. Merci de m'avoir prévenu.

— Je t'en prie. Et tiens-moi au courant pour la Surveillance du caca.

— Quoi ?

— La Surveillance du caca. C'est ce que Jessica a tweeté. Avec un hashtag et tout ça.

— Attends, quoi ?

La surveillance du caca ? Ma demande s'est vu attribuer un *hashtag* ? Au moins, ce n'est pas Cacagate. Pourquoi tout doit-il se terminer par -gate ?

Bzzzzz.

— Comment diable l'a-t-elle découvert ?

Je sais que Shannon m'envoie des SMS, hors d'elle, et je me prépare aux hurlements inévitables.

Il s'ébroue.

— Aucune idée, mais c'est partout sur la twittosphère.

Le fait qu'il existe une chose appelée la « twittosphère » est une abomination contre nature.

Le texto de Shannon est une capture d'écran d'un tweet de Jessica @jesscoffN. Il s'agit d'une photo de la radiographie de Shannon avec la bague qui ressort au niveau de ses côtes et de ses organes mous, avec le tweet suivant :

Demande merdique #surveillanceducaca @anterdec2

Le texto suivant de Shannon dit :

Est-ce que tu accepterais de m'épouser en prison ? Parce que je vais la tuer. Trouve-moi un bon avocat si tu veux des visites conjugales.

Je n'ai aucun doute sur les intentions meurtrières de Shannon en ce moment. Mais je me réjouis aussi en quelque sorte, car c'est plus agréable d'être le témoin que l'objet de sa colère.

Tu me manques, lui envoyé-je.

On se voit dans quelques jours, répond-elle.

Des jours ? Je dois attendre des jours ?

Non. Hors de question. Je viens aujourd'hui.

Si *tu viens chez moi aujourd'hui, je laisse ma mère organiser ton enterrement de vie de garçon*, me répond Shannon.

OK, elle m'a eu. Je vais épouser un requin de la négociation.

Et si tu m'appelais quand tu es prête à me voir ? proposé-je.

Et si je t'appelais pour m'aider à enterrer le corps de Jessica ?

Elle ne plaisante qu'à moitié. C'est ce qui me fait peur.

Comment diable Jessica a-t-elle pu mettre la main sur ces radios ? Je suis perplexe sur ce point. Je noie Grace de SMS pour qu'elle fasse la lumière là-dessus. Dix minutes plus tard, quelqu'un frappe à ma porte. C'est Andrew, avec un sac de bagels, l'air renfrogné. Le sac de bagels claque contre mon comptoir en bois et il se dirige droit vers ma cafetière.

— Tu aurais du scotch ?

Il se verse une demi-tasse de café, trouve la bouteille avant que je puisse répondre et remplit le reste de la tasse avec de l'alcool.

— Fais comme chez toi.

— Putain d'Amanda.

— Tu te la tapes ?

— Non, dit-il, si contrarié qu'il en tremble.

C'est soit ça, soit il en est à un tel stade d'alcoolisme que le *delirium tremens* a frappé. Compte tenu de sa jeunesse et de sa vitalité globale, je pense que c'est la première option.

— Il s'est passé quoi entre vous à l'hôpital ?

Ses oreilles deviennent roses et il boit toute la tasse de l'abominable café d'un seul trait.

— C'était aussi pourri que ça ?

— C'était *génial*.

— Ça vaut la peine de continuer alors.

— Je dois l'oublier.

— Pourquoi ?

Il me regarde comme si j'avais deux têtes.

— Pourquoi ? Depuis quand tu poses toutes ces questions sentimentales ? Parce que. C'est tout. *Parce que.*

— On dirait papa.

— Je prends ça comme un compliment. Papa est bon pour compartimenter les choses. Il est excellent en affaires. Il a une relation saine avec les dames.

— Il sort avec des zygotes.

— Au moins les zygotes ne peuvent pas parler.

— Bon sang, Andrew, pourquoi toute cette colère ? Pourquoi ne pas simplement t'asseoir avec Amanda et avoir une conversation mature sur les conflits que vous rencontrez ?

Il fronce les sourcils et me regarde de haut en bas.

— Tu t'es fait greffer un nouveau chromosome X sans que je sois au courant ? D'où ça sort, ça ?

Je croise les bras et je m'appuie sur le comptoir, en buvant mon café sans alcool.

— Il n'y a rien de mal à parler de sentiments. Les vrais hommes peuvent le faire aussi.

— Les vrais hommes n'ont pas de sentiments. Nous avons des pénis avec des besoins. C'est notre version des émotions.

— Oh, tu dois vraiment faire tomber les dames à la renverse avec des répliques comme ça.

— Mon lit est assez chaud.

— Il pourrait être plus chaud avec Amanda dedans.

Oreilles roses.

— Tais-toi.

— Très bien. Je vais me taire. Parlons de la possibilité que je devienne PDG, alors.

Il émet un son guttural.

— Papa ne l'envisagerait jamais, jamais. En plus, je me battrais pour ça. Et je gagnerais.

Je le regarde. Avec attention.

Il est terrifié.

Et il a raison. Il se battrait contre moi et gagnerait. Non pas parce que je ne serais pas le successeur naturel d'Anterdec lorsque notre père prendra sa retraite (euphémisme qu'il utilise pour désigner sa mort).

Mais parce que je veux quelque chose de plus que ce que mon père et Andrew ont dans leur vie. Être PDG ne fait pas partie du *plus*.

La terreur est ce qui arrive aux gens qui commencent à laisser transparaître leur moi intérieur. Qui se laissent aller à espérer. Qui s'ouvrent à la possibilité que l'amour réel, brut, sale et désordonné existe et que cela en vaut la peine.

Andrew a une peur bleue, et elle est justifiée.

Le jour où Shannon est entrée dans cette salle de réunion, il y a dix-huit mois, et que la Fille des Toilettes s'est avérée être réelle, moi aussi, j'ai eu une peur bleue.

Et c'est exactement pour ça que je l'ai poursuivie.

Les défis commerciaux impliquent le frisson de la chasse. Des négociations brutales où le pouvoir, sous forme d'argent, change de mains. La fusion de deux entreprises, l'acquisition d'une petite société par une grande entité et les concessions mutuelles qui définissent le système capitaliste.

Je suis bon pour ces luttes de pouvoir. Andrew est très doué pour ça. Mon père en est le roi.

Mais ce n'est pas mon royaume.

La Fille des Toilettes m'a touché au plus profond de mon être ce jour-là dans les toilettes, discrète et viscérale. Étonnamment autocritique et pourtant provocatrice. Shannon s'est lancée dans une joute verbale avec moi et était tellement…quelque chose. Si j'arrivais à mettre un mot dessus, je l'emploierais.

— Tu as raison, dis-je, en acquiesçant.

Je sais quand arrêter le bras de faire et laisser couler.

— Je n'en ai pas envie.

— N'importe quoi.

— J'ai quelque chose de mieux.

— Shannon est mieux que d'être le PDG d'une entreprise classée au Fortune 500 ? demande-t-il avec sérieux et sincérité.

Pas de sarcasme. Il essaie de comprendre.

Je m'interromps, et cligne des yeux à plusieurs reprises. Mais je n'ai pas à attendre très longtemps.

— Oui.

— Pourquoi ?

Et maintenant, qui fait dans le sentimentalisme ?

Une affaire soigneusement construite avec des faits et des jugements, des analyses et des explications, s'érige dans mon esprit comme une tour. Comme un échafaudage. Comme une affaire judiciaire destinée à défendre mon postulat.

Mais on ne peut pas faire ça avec l'amour.

Et je n'ai pas à justifier mes propres sentiments.

— Pourquoi ? dis-je, lui faisant écho. Pourquoi ?

Il hoche la tête.

— Parce que.

Il grimace et me jette un regard noir. Je vois alors notre mère en lui. C'est surréaliste.

— Tu renoncerais à la gloire, à la fortune et au pouvoir par amour ? Comme c'est mignon.

— Non. Ce qui est bien, c'est que je n'ai pas à renoncer à l'amour pour quoi que ce soit.

Et sur ce, je retourne envoyer des SMS à Grace, en ignorant mon petit frère qui se prépare sa deuxième tasse de ce qu'il lui faut pour tenir la journée.

Surveillance du caca, 2e jour

Shannon prend sa journée et refuse de m'envoyer des SMS. Elle dit que ça porte malheur de voir le marié avant de chier sa bague de fiançailles. Une vieille tradition soigneusement consignée dans le guide des mariages modernes d'Emily Post.

Je m'entraîne avec Andrew. Beaucoup.

Surveillance du caca, 3e jour

L'intimité la plus proche que je partage avec quelqu'un aujourd'hui est le moment où les doigts de Grace frôlent les miens alors qu'elle me tend mon café du matin. Shannon ne veut pas me parler, ne veut pas m'envoyer de textos, ne veut pas reconnaître mon existence. Elle a pris un autre jour de congé et je m'enterre sous des projets qui n'ont pas d'importance.

Pendant ce temps, Grace travaille d'arrache-pied pour mettre au point la demande 2.0. La journée passe dans un flou de réunions et l'ennui d'attendre une chose sur laquelle je n'ai aucun contrôle.

Jason se présente à mon bureau bien après le départ de tout le personnel. L'équipe de nettoyage a pris le relais – des hommes portant des aspirateurs aux airs de jetpack et des femmes désinfectant soigneusement les téléphones – lorsque j'entends frapper à ma porte ; le genre de *toc-toc-toc* qui montre qu'une personne a essayé à plusieurs reprises d'attirer votre attention.

J'ouvre la porte et je me retrouve face au père de Shannon, un regard neutre et amical sur le visage.

— Je peux entrer ? J'aurais dû appeler, mais ma visite n'était pas planifiée.

Je me frotte la nuque et je lui fais signe d'entrer. Il marche d'un pas régulier et semble à l'aise, vêtu de son jean habituel et de sa chemise décontractée. Il ne s'est pas rasé depuis des jours.

Je frotte rapidement ma paume contre ma propre joue et j'en déduis que j'ai probablement l'air un peu négligé, moi aussi.

— Un verre ? demandé-je. J'ai du scotch.

Shannon m'a dit il y a longtemps que c'était son

deuxième alcool préféré, après les bières de sa microbrasserie locale.

Ses yeux pétillent de malice.

— Formidable.

Je lui sers deux doigts, sec.

— Tu es observateur, dit-il lentement.

Je hausse les épaules, puis je descends mon propre verre comme un shot de tequila lors d'une partie de poker effrénée à Vegas. En temps normal, je ne boirais jamais au bureau, aussi tard que ça, mais quelque chose chez Jason me fait penser que ce n'est pas une mauvaise idée de se détendre un peu.

Il suit mon exemple, puis pose le verre sur mon bureau et se dirige vers la fenêtre. Les lumières de la ville parsèment le sol comme une couverture d'étoiles inversée.

— Sacrée vue, dit-il avec un soupir envieux.

En hochant la tête, je souris.

— En effet.

— Et tu as grandi avec ça.

J'entends l'émerveillement dans ses paroles.

— Oui.

Pourquoi chercher à le contredire ? Il a raison.

— Mais pas ton père, ajoute Jason en passant une main dans ses cheveux clairsemés. Il a peut-être gagné de l'argent en se mariant, mais il n'est pas né avec. C'est certain. Je me souviens de James. Extrêmement intelligent et avec une volonté de fer.

— Tu l'as connu ?

— Seulement à cause de Marie, dit Jason, en me regardant avec des yeux si semblables à ceux de Shannon que je dois me reprendre et me rappeler qu'ils ne sont pas attachés à elle.

— Elle amenait sans cesse ces animaux blessés chez le vétérinaire où je travaillais à l'époque, et une nuit, elle a fait venir James. On aurait dit qu'elle lui avait demandé de venir dîner à la décharge, dit-il en éclatant de rire. Et pourtant, il a trouvé le moyen de payer pour chaque animal blessé. C'était juste avant qu'il ne décroche le gros lot.

— Avant qu'il ne rencontre ma mère.

Jason fronce les sourcils.

— Ta mère. Marie m'a parlé de votre entretien au cimetière.

Évidemment.

Je reste silencieux, me demandant si je ne devrais pas nous servir une autre tournée.

— Ta mère descend des passagers du Mayflower, non ?

J'acquiesce.

— Une vieille fortune.

Mon corps se crispe. Je me demande où il veut en venir.

— Oui.

— Elle a aidé James, n'est-ce pas ?

— Avec des investissements ? Bien sûr. Mon grand-père l'a aidé. Tout cela est de notoriété publique.

— Tu as donc grandi au milieu des richesses toute ta vie.

— Oui.

— Mais James… James est du Sud de Boston.

— Jason, demandé-je lentement, essayant de ne pas paraître sur la défensive, qu'est-ce que tu fais ici ?

Il m'adresse un pâle sourire.

— C'est à propos de Shannon et de l'incident de l'hôpital.

— Lequel ?

Il glousse, puis secoue la tête.

— Mes filles et leur mère sont uniques en leur genre, c'est certain. Combien d'hommes peuvent demander ce que tu viens de demander ?

Je ne peux m'empêcher de sourire.

— Nous avons de la chance.

— C'est soit ça, Declan, soit on est juste stupides et on ne s'en rend pas compte.

— Parle pour toi.

Nous restons fixer la ville jusqu'à ce qu'il dise :

— Tu nous as forcés à quitter la chambre de Shannon.

— Oui. Et pour une bonne raison.

Il hoche la tête et grimace en même temps.

— Marie est terriblement blessée.

— Shannon l'était aussi. Et Shannon est ma priorité.

— C'est notre priorité aussi.

— On n'aurait pas dit, là-bas.

Il s'éclaircit la gorge, sa langue roulant entre ses dents et ses lèvres.

— Tu ne connais pas Shannon depuis très longtemps. Faire des blagues, c'est notre façon de gérer le stress.

— Ça ne les rend pas acceptables pour autant.

Ce moment est crucial. Dans trente ans, j'y réfléchirai et si je ne fais pas le bon choix ici et maintenant, je le regretterai.

Je ne suis pas un homme qui a beaucoup de regrets. Je ne compte pas en ajouter un à la liste.

— Ça ne veut pas dire que tu as eu raison de nous mettre dehors.

— Tu aurais pu t'y opposer.

J'ai envie de lui demander pourquoi il ne l'a pas fait, mais la réponse serait peut-être trop brute. Il est déjà assez difficile de dévoiler mon âme à Shannon. Le fait de m'ouvrir à Marie au cimetière a été une surprise. Je ne vais pas être tendre avec Jason sur cette question.

Si je ne peux pas le faire, je ne demanderai pas à un autre homme de le faire non plus.

Il s'arrête, en réfléchissant bien à ses paroles. C'est une qualité que j'aime chez Jason. Contrairement à Marie, qui se précipite pour remplir le silence, Jason n'a pas de problème avec les blancs. Il sait prendre son temps avant de dire ce qui doit être dit.

— J'aurais certainement pu. Légalement, nous avions le droit de t'expulser de cette pièce. Nous sommes toujours les plus proches parents de Shannon.

— Mais vous ne l'avez pas fait.

Parce que j'avais raison, ai-je envie d'ajouter.

— Non. Il était clair que Shannon voulait que tu la défendes comme ça, et même si Marie était incapable de le comprendre, moi, je l'ai vu.

— Marie aurait pu la blesser sérieusement en lui tapant dans le dos, grogné-je, dévoilant plus d'émotion que je ne le voudrais.

— Je sais. Elle le sait aussi. Elle est cloîtrée chez nous à se flageller et elle tombe dans une spirale de la honte dont même le cocooning et des tas de séries Netflix ne peuvent la tirer.

Une spirale de la honte ? Ces gens-là lisent trop de livres de développement personnel.

— Mais ce n'est pas pour ça que tu nous as fait partir, et tu le sais.

— Pourquoi penses-tu que je vous ai fait partir ?

— Parce que tu te soucies plus des sentiments de Shannon que des nôtres.

Gling.

— C'est vrai.

— Ce qui est compréhensible, ajoute-t-il en parcourant la pièce des yeux à la recherche de son verre.

Il s'approche de mon bureau, prend son verre et l'agite.

— Il t'en reste ?

Le soulagement m'inonde. Non seulement il m'en reste, mais il m'en *faut* plus. Après deux nouvelles doses généreuses, nous voilà de retour à la fenêtre.

Il boit la moitié de son verre en scrutant la nuit noire. Ses yeux sont tournés vers des étoiles invisibles, mais ses mots me sont destinés.

— Ce qui est compréhensible, poursuit-il, comme si nous n'avions jamais fait de pause. Mais à un moment donné, tu devras réaliser que Shannon fait partie d'une famille, et qu'il te faut tenir compte de tous les membres de cette famille.

— C'est difficile de passer à côté. On me le rappelle tous les jours. Mon pénis – pardon, mon *pénich* – a été dénigré par un enfant né au XXIe siècle, et mon père et toi, vous êtes engagés dans une version de la lutte interdite pour son érotisme dans dix-sept pays. Sur mon lieu de travail. Et ne me lance pas sur Marie…

J'avale le reste de mon scotch et je le regarde en plissant les yeux.

— Tu crois que je ne comprends pas que je ne me marie pas seulement avec Shannon ? Que vous êtes un ensemble ?

Jason cligne des yeux, l'air fatigué, mais ferme.

— Alors c'est comme ça que tu vois les choses, hein ?

Il soupire. C'est un soupir de déception qui me tord l'estomac.

— Tu vas continuer à faire ce que tu fais et on va continuer à faire ce qu'on fait et ça va être le bordel.

C'est la description la plus simple de mes interactions avec la famille de Shannon que j'ai jamais entendue.

— Oui.

— Tant que tu fais toujours passer Shannon en premier, ça me va.

Il me tend sa main. Je la lui serre.

— Oui, monsieur.

Il recule et marche avec détermination jusqu'à la porte de mon bureau, prêt à partir. Je le regarde partir. Ma tête tourne à force de chercher à comprendre ce qu'il est venu faire là. Et probablement aussi un peu à cause du scotch.

— Oh, et Declan ? ajoute-t-il juste avant de partir.

Il sourit, le regard bienveillant et aiguisé.

— Oui ?

— Comprends bien que je ferai toujours passer Marie en premier lorsque vous vous disputerez. Que les choses soient claires.

Et sur ces paroles, il quitte la pièce.

Surveillance du caca, 4e jour

— Tante Shannon a fait caca ! Elle a fait caca !

Mon téléphone crépite d'une voix d'enfant de huit ans surexcité alors que je réponds à un appel que je croyais provenir de Shannon.

— Caca boudin ! Elle a caca dans la barquette de frites ! scande Tyler en arrière-plan.

J'espère que le verbe qui manque est « faire », parce que l'alternative est tout simplement trop horrible.

— Elle a la bague, Declan ! croasse Jeffrey. Tu peux être mon oncle maintenant. Les oncles font de beaux cadeaux à leurs neveux, pas vrai ? Et tu es riche. Je veux une Nintendo Switch avec le nouveau Zelda…

La voix de Shannon retentit. Elle se déverse dans mes oreilles comme du miel.

— Désolée, dit-elle en riant. Jeffrey est un peu trop enthousiaste et il sait très bien utiliser mon téléphone.

— Tu vois ? J'avais raison.

— Hein ?

— Les petits garçons adorent parler de caca.

Elle fait un bruit de dégoût, mais bon, elle doit admettre que j'ai raison.

— Tu as la bague ? demandé-je.

— Oui.

Dieu merci.

— Tout va bien ?

Elle renifle.

— Ma mère m'a apporté une boîte de chocolats hier. Il

s'est avéré qu'ils avaient un petit quelque chose de spécial.

— Du Xanax ?

— Des laxatifs.

— Ouch !

— Oui. Il m'a fallu une péridurale pour…

Oh, mais pourquoi je parle de ça avec toi, hurle-t-elle, sa voix passant en un clin d'œil de la proximité désinvolte à la harpie horrifiée.

— Tu peux parler de tout avec moi, Shannon. Tu me manques.

— Je te promets, dit-elle précipitamment, qu'on va faire nettoyer la bague de ta mère. La stériliser. En fait, on a prévu de faire exploser une bombe nucléaire si près d'elle que tout organisme vivant sera tué. Après ça, elle devrait ressortir vraiment impeccable.

Je glousse, puis je ne sais pas quoi dire. Je ne nettoie même pas mes propres sous-vêtements, alors comment saurais-je ce qu'il faut faire dans un cas comme celui-ci ?

— Je peux demander à Grace de tout arranger, lui dis-je. C'est le moins que je puisse faire.

— Declan, quand on aura des enfants un jour et que je ne serai pas là et qu'il faudra changer une couche, tu sais que tu ne pourras pas appeler Grace.

Des enfants. Elle a parlé d'*enfants*.

— C'est à ça que servent les nounous.

— Les nounous ? Tu veux dire, plusieurs ?

— Bien sûr. Trois qui se relaient 24 heures sur 24.

— Tu plaisantes.

Sa voix adopte un registre qui me laisse entendre que même si je ne plaisantais pas, je dois faire semblant que oui.

— Oui, je plaisante. Mais pas sur la partie couches.

Sa voix devient douce.

— Dec ?

— Oui ?

— Il faut qu'on parle.

Ma poitrine se resserre.

— Ah bon ?

— Eh bien, il y a cette bague ici, et…

— À ce sujet, dis-je en souriant. Qu'est-ce que tu fais demain ?

— Je jette toutes mes barquettes de frites.

— Et après ça ?

— Je vais au travail.

— Que dirais-tu d'un tour en hélicoptère ?

— Vers le phare ?

— Non. Un plus bel endroit.

Un endroit *parfait*.

CHAPITRE 17

L a demande 2.0

L'amour que Marie porte aux hélicoptères est compréhensible quand il est question de se déplacer d'une ville à l'autre. Atterrir à l'héliport d'Anterdec est un jeu d'enfant comparé à prendre la route depuis JFK ou LaGuardia, avec ou sans limousine.

Le chauffeur d'Anterdec à New York, Sam, prend nos sacs et les livre dans notre suite dans le meilleur hôtel de Manhattan.

— Où est-ce qu'il emporte mon sac ? s'écrie Shannon, cherchant à couvrir le bruit de l'hélicoptère.

— À l'hôtel.

— On n'y va pas ? demande-t-elle, me regardant avec curiosité.

— Pas encore.

Chaque chose en son temps.

Shannon est remarquablement silencieuse pendant le trajet en limousine jusqu'à notre destination, m'adressant des demi-sourires et des petites caresses. Coucher dans une limousine dans une nouvelle ville est un peu intimidant, et pour une fois, je ne veux pas coucher avec elle.

Je sais, je sais. À quoi bon la limousine ? Mais c'est comme ça.

Je ne veux *pas* coucher avec elle. Pas maintenant.

Je suis trop énervé, débordant de cortisol, d'adrénaline et de testostérone et de toutes les hormones qui me poussent à la demander en mariage. Ma coupe déborde et je suis à la fois plein et vide, libre et enchaîné. La flèche de Cupidon m'a frappé, mais elle était attachée à une corde qui me relie à Shannon. Nous sommes liés l'un à l'autre pour l'éternité.

La demande n'est qu'une formalité.

— Comment peux-tu t'échapper du travail comme ça ? demande-t-elle, comme si cette pensée lui venait soudainement à l'esprit. Le lancement en Nouvelle-Zélande n'est pas un vrai cauchemar ? Comment peux-tu prendre deux jours de congé ?

Je lui adresse un sourire fier et gonflé d'orgueil.

— J'ai tout sous contrôle. Mon père m'a confié ce merdier, mais j'ai géré. J'ai fait appel à de nouveaux sous-traitants pour le développement, à une équipe de support logiciel de pointe, et nous avons envoyé des coupons de réduction à seize mille abonnés en guise d'excuse. Les ventes sont au plus haut, les systèmes sont fonctionnels et mon père peut aller manger un tas de crottes de singe.

Cette petite condition pour obtenir la bague de fiançailles de ma mère n'a pas fonctionné. J'ai battu mon père.

Elle me lance un regard à moitié satisfait, à moitié écœuré.

— Est-ce qu'on peut parler d'autre chose que de caca ?

Je lui serre la main et je ris.

Alors que la limousine s'arrête devant l'élégant bâtiment de verre et d'argent, elle sourit.

— Le MOMA ! Je n'y suis jamais allée.

Son sourire m'éblouit lorsque nous entrons au Musée d'art moderne.

— Je sais.

Nous sortons de la limousine et entrons dans le musée comme tout le monde, bien que j'aie une carte de membre. Lorsque votre famille fait don de l'équivalent du PIB d'une petite nation insulaire aux arts, vous bénéficiez, comme tout le monde, de l'entrée gratuite et d'une réduction de dix pour cent sur la boutique de cadeaux.

Nous entrons et nous sommes accueillis par des étagères et des porte-brochures partout. J'entraîne Shannon sur la droite, passant rapidement devant tout ça, et j'appuie sur le bouton du cinquième étage sur le panneau de l'ascenseur.

— Qu'est-ce que tu fais ? demande-t-elle, perplexe, mais intriguée.

Ses yeux marron et vifs fouillent les miens, et elle me serre la main. La bague de ma mère est à présent dans ma poche avant, je n'ai plus besoin de la cacher. Shannon sait que je veux faire les choses bien, la demander en mariage, mais elle ne connaît pas tous les détails.

Mais vous pouvez être sûr qu'il n'y aura pas de tiramisu dans le coin.

Cela fait des années que je ne suis pas venu, mais le chemin est tout tracé, une main invisible me guide.

— Attends ! Dec, j'aimerais regarder… objecte Shannon alors que nous passons à toute vitesse devant d'autres tableaux.

— Nous le ferons. Fais-moi confiance, lui dis-je en lui serrant la main.

— C'est un speed tour spécial ? Comme le speed dating, mais pour le MOMA ? Dix secondes par tableau ? plaisante-t-elle.

Nous tournons dans un couloir et nous y sommes.

La galerie Van Gogh.

Je m'arrête si brusquement que Shannon me rentre dedans, avec son corps tendre et souple. Je suis devenu un mur de briques, enveloppé d'une sensation surnaturelle, un sentiment étrange mêlant déjà vu, chagrin et joie pure. Mes muscles se contractent et mon cœur se met à battre si vite que j'ai l'impression que ma poitrine tremble. Je suis engourdi et en feu, glacé et tendu. À l'aise et vivant.

Je sens sa présence. Celle de ma mère. Sa bague est dans ma poche et son âme nous sourit.

Peut-être que Shannon aura l'occasion de la rencontrer, finalement.

— Chéri, qu'est-ce qui ne va pas ? demande Shannon en me tournant vers elle, posant ses mains sur mes joues.

Je me contente de cligner des yeux. Les sens en feu, les oreilles attentives au moindre bruit, c'est comme si je pouvais l'entendre en me concentrant suffisamment. La sentir. L'appeler.

Mes yeux se posent sur le tableau que je vise et je fais un pas vers lui, puis deux, en tenant la main de Shannon et en l'amenant dans cette direction. Ma main écrase la sienne, mais elle ne bronche pas, ses foulées volontaires se calent sur les miennes. Elle ne me pose pas de questions. Elle se contente de me suivre.

Et nous y voilà.

Nous nous arrêtons, captivés. Shannon a les yeux rivés sur le tableau.

Mais mes yeux à moi sont rivés sur elle.

Et là, devant des touristes qui portent des écouteurs pour suivre les visites guidées dans leur langue maternelle, au milieu de parents avec des bambins dans des sacs à dos et des personnes âgées en fauteuil roulant, dans le plaisir tourbillonnant de l'humanité dans toutes ses nuances, avec toutes ses voix, toutes ses croyances, je me mets à genoux, la bague de ma mère déjà en main avant de lever les yeux vers le beau visage de Shannon et de prononcer son nom.

— Shannon.

Un silence remplit la galerie déjà calme.

— Je suis venu ici avec ma mère en tant que jeune homme. On se tenait devant ce tableau et elle m'a dit qu'un jour, je trouverais mon étoile du berger. Le yin de mon yang. L'amour de ma vie.

Elle porte les mains à sa bouche, se couvrant les lèvres, et les larmes lui montent aux yeux. Un sourire tremblant lui confère un aspect éthéré.

— Tu es l'étoile qui illumine mes nuits les plus sombres. Tu es le soleil autour duquel je tourne. Nous nous sommes rencontrés dans des toilettes pour hommes…

Le silence se transforme en une série de murmures troublés en arrière-plan, et Shannon rit, puis renifle.

— … et tu as failli me casser le pénis lors de notre premier rendez-vous…

La foule autour de nous s'agrandit. Shannon rit ouvertement maintenant.

— Et je ne voudrais pas qu'il en soit autrement. Avant de te rencontrer, ma vie était propre et ordonnée. J'avais tout sous contrôle. En mon pouvoir. Mon monde avait un sens et s'il n'en avait pas, je faisais en sorte qu'il en ait un. Mais ce qu'il me manquait, c'était l'amour, Shannon.

Ma voix vacille quand je prononce son nom.

— Tu as ramené l'amour dans ma vie.

— Oh, Declan, dit-elle en se penchant, les yeux remplis de larmes, en scrutant mon visage.

Je suis déterminé à bien faire les choses, et je déglutis bruyamment.

— Tu m'as apporté l'amour dont j'avais besoin, alors même que j'ignorais que je vivais avec un trou à la place du cœur. Sans toi, je ne vivais qu'à moitié, alors même que je pensais être complet.

Je lève la bague.

— Tu possèdes l'autre moitié de mon cœur, mon amour. Et je crois que j'ai la tienne. Veux-tu m'épouser, Shannon, pour que nous puissions être un tout ?

La foule retient son souffle. Je les imite.

Et ensuite :

— Oh, oui, oh *oui oui oui*, chuchote-t-elle alors que je fais glisser la bague sur son annulaire gauche.

Elle lui va parfaitement.

Je me lève et nous nous embrassons sur le sol brillant de la galerie de ce cinquième étage du MOMA. Un agent de sécurité se racle la gorge, la foule autour de nous applaudit et nous crie des félicitations.

Mais je n'entends rien d'autre que le son de nos cœurs qui battent en rythme.

Nous prenons notre temps. Les doigts de Shannon se déplacent lentement sur les boutons de ma chemise, m'exposant sans bruit à son contact. Le clair de lune se reflète sur le diamant dans son écrin de platine, sa main gauche alourdie par la bague nouvelle. La fine bande de métal est froide contre ma poitrine nue. Cette sensation me fait soupirer tandis que sa paume glisse sous ma chemise, suivant les plans de mon corps.

Un autre bouton, un autre soupir, un autre regard. Elle m'embrasse sur le sternum, puis sur le cœur. J'ai les mains posées doucement sur sa taille. Mon corps est prêt à lui faire l'amour, mais il est tenu d'attendre.

Nous avons toute la nuit.

Nous avons toute la vie.

— Merci, murmure-t-elle contre la peau douce de mon cou, juste sous mon oreille.

— Merci de quoi ?

— De m'aimer.

Je reprends mon souffle.

— Je n'ai pas vraiment eu le choix.

Dans la pièce ouverte, nous sommes deux corps, deux cœurs qui pompent du sang, quatre poumons qui échangent de l'air, quatre yeux et mains qui apprivoisent le terrain qu'est le corps de l'autre. Ses lèvres sur mon cou sont d'une douceur exquise. Mes mains parcourent sa peau chaude et glissent sur les collines formées par ses seins, sur la soie souple de ses mamelons qui se dressent comme si je sculptais son désir de mes propres mains.

La suite que j'ai réservée est faite de lignes sobres et de bois foncé, avec des lumières tamisées et de larges fenêtres, trente-neuf étages au-dessus de la ville et le lit est aussi grand qu'un petit champ. Nous nous déshabillons l'un l'autre, nos vêtements s'amoncelant à nos pieds avec des chuchotements et le bruit sourd de la gravité à l'œuvre. Nous nous retrouvons rapidement nus l'un devant l'autre dans toute notre gloire, et ses yeux me captivent.

Un air de blues langoureux s'élève en arrière-plan lorsque je la prends dans mes bras, les cuisses coincées entre les siennes, la courbure de sa colonne vertébrale contre mes avant-bras comme si elle avait été sculptée à la main pour s'adapter à moi. Ses lèvres et sa langue rencontrent les miennes et elle s'abandonne à moi. Son amour est si différent à présent, forgé par l'engagement et la déclaration, les promesses et – bientôt – les vœux.

J'ai fait ma demande. Elle a dit *oui*.

À présent, nous pouvons nous montrer à quel point tout cela est vrai.

Mon désir a un nouveau ton, une tonalité différente,

changé irrémédiablement par ma demande, son acceptation, notre union. Avant, désirer Shannon était une sorte de besoin grossier et torride, comme une deuxième série de veines et d'artères en moi, une impulsion que seul le sexe parvenait à calmer.

Ce que je ressens maintenant est si différent que je ne peux pas le décrire comme étant la même chose. C'est quelque chose de sulfureux. De mâture. De mûr et de luxuriant. Il s'agit moins de satisfaire un besoin que d'entretenir une flamme. Elle danse dans mes bras, un voyage lent et langoureux qui ne fait que commencer.

— Je t'aime, chuchote-t-elle contre ma bouche.

— Je sais.

Nous sommes allongés sur le lit. Nos mains évoluent doucement, faisant douloureusement monter le désir. J'ai fait l'amour avec Shannon tant de fois et je n'ai jamais remarqué la cambrure de ses cuisses, ce petit grain de beauté sur sa hanche, la façon dont elle se mord la lèvre quand je l'embrasse *là*.

Comment ai-je pu manquer tant de choses qui étaient sous mes yeux pendant tout ce temps ?

— Alors, on va vraiment le faire.

Elle ne parle pas de faire l'amour.

— Oh que oui, Mme McCormick.

Mes propres mots me font frissonner. Elle m'imite.

Sa main s'étend jusqu'à mon nombril, ses doigts s'accrochant un à un à ma peau.

— Ça sonne bien, je trouve.

Je glisse une main vers un endroit qui fait généralement naître son plaisir. Elle se frotte contre moi et émet un bruit sourd.

— Et j'aime comme *ça* sonne, dis-je en descendant le long de son corps, jusqu'à un endroit où je n'entendrai plus que l'afflux de sang dans son corps, calé sur le mien, en rythme.

Le seul endroit au monde où je veux être.

Quelques minutes plus tard, elle me force à remonter. Des gouttes de sueur perlent entre ses seins. Elle veut que je me serve d'autre chose que de ma langue. Sa bouche se plaque contre la mienne, impérieuse et implorante. Elle écarte les cuisses et me glisse en elle d'une main ferme.

À la seconde où je pénètre en elle, elle ouvre les yeux, me fixant avec une profondeur qui me fait voir d'autres dimensions. Des couches d'amour. Les visages d'enfants dont nous n'avons pas encore rêvé.

Et le déroulement du reste de ma vie.

Nous faisons l'amour avec notre corps, en nous efforçant de faire correspondre par la chair ce que nous voyons dans l'âme de l'autre.

Nous échouons.

Je suppose que nous devrons réessayer.

Encore, et encore, et encore.

Pour les quelque soixante prochaines années.

Jusqu'à ce que la mort nous sépare.

CHAPITRE 18

La Momzilla

Quelqu'un se sert d'un miroir pour diriger un rayon de soleil sur mon visage, comme si j'étais une fourmi sous une loupe. Le pic de chaleur sur ma pommette va me rendre fou. J'ouvre un œil et je le ferme, rapidement, avant de devenir aveugle.

Ce n'est pas une loupe.

C'est le diamant de Shannon.

C'est le matin à New York. Les bruits sourds de la circulation à l'extérieur servent de toile de fond au lendemain du plus beau jour de ma vie. Shannon est à côté de moi, chaude et douce, ses cheveux châtains ébouriffés et étales sur ma poitrine comme des tentacules qui me réclament.

Sa bouche est ouverte en un demi-sourire, comme si elle faisait des rêves heureux, et lorsqu'elle dort, elle a quelque chose d'éthéré. Comme si elle venait d'un autre monde. Elle est douce et vulnérable.

Et elle est à *moi*.

Je lui appartiens, moi aussi. Nous sommes des âmes sœurs, et dans un an et demi environ, nous officialiserons le tout. Le mariage, le certificat, le bout de papier qui nous considère comme mari et femme légalement n'est pas si important. C'est un symbole.

Nous sommes déjà unis.

Depuis ce jour où je l'ai trouvée avec la main dans ces fichues toilettes.

Il semblerait qu'on puisse vivre d'amour et d'eau sale.

Elle se met à bouger, se retourne et se frotte les yeux. Un rayon de soleil intense lui éclaire le visage. Contrairement à moi, elle n'hérite pas d'une minuscule marque de bronzage liée à la réflexion de la pierre, tel un prisme. Son visage se rapproche de moi, ses bras s'enroulent autour de mon cou, sa main portant l'anneau s'enfonce dans mes cheveux et me caresse l'arrière de la tête alors que nous échangeons un baiser matinal qui me donne envie de sa chaleur.

Elle recule, puis chuchote :

— Il faut qu'on le dise à mes parents. À ton père aussi.

Je grogne. C'est comme un cri rebelle partagé par mes semblables à travers les âges, qui remonte à la nuit des temps, aux hommes des cavernes qui avaient des belles-mères qui les rendaient fous, eux aussi. Je parie que tous ces dessins dans les grottes ne représentent pas des mammouths laineux poignardés à la lance. Si vous regardez bien, ce sont des belles-mères.

— Je pensais qu'attendre que la bague sorte était le pire dans tout ça, mais Marie ? Qui planifie notre mariage ? Tu plaisantes ?

— Fais en sorte qu'on se marie au country club de Farmington et elle sera la plus heureuse.

Elle fait tourner l'anneau à la lumière du soleil. Une minuscule tache blanche s'agite au plafond et sur les murs comme un pointeur laser très coûteux. Si Chatoune était là, il serait comme une balle de ping-pong poilue, à essayer de l'attraper.

— Ta mère devrait avoir sa propre émission de télé-réalité. Momzilla. Elle ferait flipper toutes les prétendantes.

Shannon rit. Je ne pense pas qu'elle se rende compte à quel point je suis sérieux.

— Ça va aller, insiste Shannon en se lovant contre moi, sa cuisse couleur crème se blottissant contre la mienne, son genou remonté vers l'os de ma hanche.

Cette chaleur généreuse chasse les images de Marie et me fait penser que ce mariage ne sera peut-être pas si mal après tout.

Le téléphone de Shannon vibre à nouveau. Elle soupire, et sa cuisse s'éloigne de moi lorsqu'elle se lève. Bien que j'aime le contact de sa peau chaude contre la mienne et qu'elle me manque, la vue sur ses fesses est spectaculaire. Un homme pourrait s'habituer à voir ça au quotidien pour le restant de ses jours.

Ma gorge se serre.

Je vais pouvoir voir ces fesses tous les jours. Toute ma vie.

Comment est-ce possible d'avoir autant de chance ?

— C'est ma mère, dit Shannon en consultant son téléphone. Elle veut savoir si on peut avoir des figurines de mariés avec la main d'une femme dans les toilettes et un gars en costume avec le pouce levé.

Je gémis à nouveau.

Des millions d'hommes à travers le temps et l'espace gémissent avec moi. J'aurai bien besoin de leur soutien.

— Et Agnès veut aussi une invitation.

Ce sera un long processus.

Shannon dit quelque chose au téléphone et j'entends le cri de joie de Marie. Toutes deux échangent à une vitesse folle, jusqu'à ce que Shannon me lance :

— Chéri ? Tu as l'air de quoi dans un kilt ?

Je n'en ai aucune idée, mais j'ai le sentiment que je suis sur le point de le découvrir. À mon propre mariage.

Je dépose un baiser sur l'épaule de Shannon qui la fait glousser. Alors que j'englobe son sein d'une main bouillante, elle étouffe un gémissement. J'entends la voix de Marie et trois mots ressortent : Farmington, hélicoptère et kilt.

Je ne veux pas savoir.

Il s'avère plus facile que prévu de faire raccrocher Shannon. Elle dit à Marie d'appeler Farmington et de réserver.

Clic.

— J'ai besoin de café, déclare Shannon en balayant la chambre du regard.

Elle s'enfuit vers la salle de bain. Je me dirige vers le balcon et je regarde Central Park. La vue est spectaculaire.

Je regarde Shannon.

Encore mieux.

Mon propre téléphone vibre soudain.

— Tu dois répondre.

— Non.

Shannon sort sa tête de la salle de bain.

— Si. Ça pourrait être ton père.

— Pourquoi mon père m'appellerait-il ? Il a des assistantes de dix-neuf ans pour le faire, et elles appellent simplement Grace, qui m'appelle.

Ça pourrait être Grace, alors.

Je retourne dans le lit en rampant, déterminé à ignorer mon téléphone.

— Hé ! Il n'y a pas de café dans cette chambre d'hôtel ! s'écrie Shannon de l'autre côté de la pièce. Je pensais qu'il y avait une machine à café dans les chambres de tous les hôtels chics.

Ils s'attendent à ce que vous commandiez via le room service, mais au lieu de le lui expliquer, je saisis ma chance parce que je suis un mec, et c'est notre spécialité.

— Tu vas devoir m'aider à me réveiller comme tu l'as fait

ce matin-là à la maison, lui dis-je en soulevant le drap pour qu'elle puisse ramper dessous.

— Et moi, alors ?

— Je serai ravi de te réveiller comme ça, moi aussi.

Elle rit, produisant un son guttural qui me fait tendre les draps.

— *Ça*, ça me donne sommeil, Dec. C'est de caféine dont j'ai besoin.

— Je te promets que ma méthode de réveil ne t'endormira pas.

Je la reluque.

— Sinon, que dirais-tu d'un bon bain ? Je vais te savonner. Tu en as bien besoin, vilaine fille.

BZZZZ.

Elle prend mon téléphone et me le jette. C'est Grace. Je réponds.

— Je me démaquille juste, dit Shannon depuis la salle de bain.

— Ne prends pas trop de temps ! lui lancé-je. J'ai hâte de te savonner.

Je lui fais signe et je reporte mon attention sur le téléphone.

— Salut, Grace.

— Declan, je suis désolée de te déranger, mais la mère de Shannon est au téléphone et nous demande de réserver l'hélicoptère de l'entreprise, un jet et un yacht pour une date non précisée en 2016. Est-ce qu'Anterdec a un yacht au moins ? Et qu'est-ce qu'elle veut dire quand elle m'explique qu'elle a besoin de cinquante joueurs de cornemuse et d'une douzaine de smokings avec kilt écossais spécial McCormick aussi ?

Et Shannon se demande pourquoi j'ai une tête de con en puissance.

ÉPILOGUE (EN QUELQUE SORTE)

SHANNON

J e me démaquille juste, lancé-je en direction de la pièce principale en me glissant dans la salle de bains.

Derrière moi, il y a une baignoire jacuzzi plus grande que la piscine du quartier dans laquelle je nageais quand j'étais enfant. Alors ils peuvent se permettre d'avoir une baignoire comme ça, mais pas de mettre une cafetière Keurig basique dans la chambre ?

Les barbares.

— Ne prends pas trop de temps ! me lance Declan. J'ai hâte de te savonner.

Il vient de me demander (waouh, j'adore ce mot) de partager un long bain chaud et je soupçonne Declan de vouloir faire d'une partie de son anatomie une éponge pour une partie de la mienne.

Mon reflet me sourit, les joues roses et les yeux aussi brillants que de l'ambre poli. Mme Declan McCormick. Shannon Jacoby McCormick.

La femme de Declan.

J'attrape le démaquillant et j'en verse un peu sur un

mouchoir, pour enlever le mascara. C'est ce nouveau type de produit, où vous utilisez trois gels différents et un tube de fibres lâches qui ressemblent à des pattes de cafard broyées, puis de la poudre de fée fabriquée à partir d'une boîte secrète d'alchimiste d'un druide du XIe siècle.

Mais je me retrouve avec des cils qui me font ressembler à un personnage d'un film de Hayao Miyazaki, alors ça vaut le coup.

Une fois que j'ai fait un œil, je passe à l'autre et je ne lésine pas sur le démaquillant. Ma bague brille à la lumière et je ne peux pas m'empêcher de sourire. Je ne peux tout simplement pas. La bague est parfaite, peu importe par où elle est passée.

Et cet anneau est vraiment passé par des endroits… hum…

Je termine mon deuxième œil, mais un soupçon de mascara s'obstine à ne pas vouloir disparaître. Encore plus de démaquillant pour les yeux et beaucoup de frottements, et c'est parti. Ouf. Je prends d'autres mouchoirs, je m'essuie les yeux, puis j'enlève le surplus de mes mains.

Ma bague glisse alors que je nettoie ma paume, décrivant un arc étrangement familier alors que je crie « Nooooooooooooooooooooooon » comme au ralenti, le cercle de platine plongeant dans les toilettes et se mettant à tourner, le diamant en bas, lesté par trois carats de *putain de merde*.

— Shannon ? Ça va ? demande Declan.

Je l'ignore.

Les toilettes ont une chasse d'eau automatique. Si je ne suis pas assez rapide…

Ma main plonge dans l'eau sans hésiter et mes doigts glissent à cause de cette merde de démaquillant waterproof dérivé du pétrole que je maudis mille fois en essayant d'attraper la bague. Je me sens comme Gollum.

Mon précieux.

Mon précieux…

Je n'ai pas supporté d'être de #Surveillancedecaca pendant trois jours, d'avoir souillé une barquette de frites et enduré d'innombrables blagues sur les crottes faites par tous les hommes de mon entourage entre six et cinquante-trois ans (c'est-à-dire *tous les* hommes que je connais) pour que la bague atterrisse dans les égouts et finisse dans l'Hudson parce que je me *démaquillais*.

L'ironie de la chose ne m'échappe pas.

La porte s'ouvre et Declan se tient là, complètement nu, un beau spécimen d'homme dans toute sa gloire. Il croise les bras sur sa poitrine et s'appuie contre la porte, soutenu par son cul sexy et musclé.

— Tu as menti, dit-il simplement alors que mes doigts s'affairent à récupérer la bague.

— Hein ?

Mon cerveau s'arrête, mais mes doigts sont déterminés.

— Tu m'as dit que tu n'avais pas de fétichisme des toilettes. C'est une blague ? dit-il en riant. Tu me fais une petite farce ? Pour revivre la façon dont nous nous sommes rencontrés ?

Quand il rit, ses choses… rebondissent. Ça détourne mon attention. Et ça me fait aussi saliver. La bague que je m'efforce d'attraper est le symbole de son engagement à me laisser toucher ses trucs rebondissants quand je le veux.

Allez, bague. Ne me laisse pas tomber maintenant.

Son visage change en voyant que je ne réponds pas et il se redresse puis s'approche des toilettes, tête baissée.

— Pas de téléphone ?

Je secoue la tête.

— Pas de vibromasseur ?

Je secoue la tête.

— Pas de fœtus de cochon rose ?

Je secoue la tête.

— Alors qu'est-ce qui est si important pour que tu... Oh, *ne me dis pas que tu as fait tomber cette foutue bague là-dedans !* beugle Declan.

Il me connaît vraiment un peu trop bien.

Et juste à ce moment-là, la chasse d'eau se déclenche automatiquement.

Il fait un pas de plus et regarde mon bras, le poing serré au fond de la cuvette alors que l'eau gargouille et tourbillonne autour de mon poignet. L'eau est pulvérisée en fines gouttelettes et une brume d'eau de toilettes – eh oui – recouvre mon visage démaquillé.

Il marmonne quelque chose dans sa barbe en russe, une sorte de juron. Ça m'excite. Je ne veux *vraiment* pas être excitée alors que j'ai la main dans les toilettes. Le cerveau fait d'étranges associations et je préférerais que mes rêves érotiques des prochains mois n'impliquent pas ce scénario.

Encore une fois.

La chasse d'eau s'arrête et le silence s'installe. Le visage dégoûtant et couvert de germes, j'ai mon bras encore enfoncé si profondément dans les toilettes que je pourrais aussi bien aider une vache à mettre bas.

— Tu *as* la bague, dit-il lentement, plissant les yeux alors qu'il s'accroupit à côté de moi.

La légère couche de poils foncés qui recouvre ses cuisses musclées me donne envie d'être nue et de faire des cochonneries avec lui. Je ne peux pas m'en empêcher.

Un autre type de cochonneries...

Je sors lentement ma main des toilettes, le poing serré, et je le place à quelques centimètres de son visage. Je déroule mes doigts un par un, et les plis de son front se détendent.

La lumière se reflète sur le diamant de trois carats.

Et les, euh, gouttelettes d'eau remplies de germes.

Ses narines s'agitent et un côté de sa bouche se tord en un sourire lorsqu'il dit :

— La Fille des Toilettes.

— Le Beau Gosse, dis-je, les yeux rivés sur lui, alors qu'il éclate de rire.

Oh, s'il te plaît, continue à rire. J'adore cette vue.

— Tu es folle, Shannon.

— C'est pour ça que tu m'aimes, dis-je en me levant et en me lavant les mains.

— Je t'aime parce que tu as tendance à mettre la main dans la cuvette des toilettes ?

— Non, tu m'aimes parce que je suis *prête* à mettre ma main dans la cuvette des toilettes.

Il me regarde avec la même expression qu'il réserve à ma mère.

— Erreur d'analyse. Aucune corrélation.

— Pourquoi m'aimes-tu ? lui demandé-je pour avoir sa réponse.

— Pourquoi est-ce que je respire ?

Oh, cet homme.

Il se penche et fait couler l'eau de la baignoire, le gronde-ment remplissant la minuscule pièce. Le robinet est aussi solide qu'un tuyau d'incendie. Les riches ne vivent vraiment pas comment les autres. Ils ont même une plomberie différente.

Je remets la bague à mon doigt et je pousse un soupir de soulagement.

Ses bras m'enveloppent et notre peau nue entre en contact.

— Je suis couverte d'eau de toilettes, protesté-je alors qu'il s'approche pour un baiser.

— Ce n'est pas la première fois.

Il m'embrasse alors même que je grimace. Il y a mieux comme baiser.

— Dec… c'était qui au téléphone ?

— Grace.

— Tout va bien ?

— C'était à propos de ta mère.

Je soupire.

— Qu'est-ce qu'elle a encore fait ?

— Elle veut que Grace commence à commander du tissu écossais McCormick pour la douzaine de smokings avec kilt. Et elle aimerait réquisitionner l'Air Force One.

Je ferme les yeux et me mords la lèvre, l'inévitable atteignant mon cerveau en coton.

— Elle commence déjà ? demandé-je, incrédule. Dix minutes après mon appel ?

— Tu t'attendais à quoi venant d'elle ? L'étape suivante, c'est demander à Robert Kraft de lui prêter le Gillette Stadium pour la répétition.

Il se penche légèrement, la main dans l'eau. Il me soulève derrière les genoux et je me retrouve dans ses bras, puis il me jette sans cérémonie dans la baignoire à moitié pleine comme si c'était le Spring Break et que nous étions au bord d'une piscine à Cancun.

Je hurle de rire et sous l'effet du choc alors que l'eau m'assaille. Declan me suit, les mains et la bouche affamées se posant sur tout mon corps.

Bzzzz.

— Ne réponds pas ! crions-nous à l'unisson.

Et nous ne le faisons pas.

Quelques heures plus tard, Declan commande auprès du room service et j'ai enfin le droit à mon café. Le manque de caféine me pousse à me demander ce qui est le pire : le martèlement dans ma tête ou le martèlement dans mon...

Sur le plateau, il y a une cafetière et une douzaine de fraises enrobées de chocolat, moitié chocolat au lait, moitié chocolat noir.

Et, curieusement, un bol de bretzels enrobés de chocolat mélangés à des gâteaux apéro au fromage.

Declan entre dans la salle de bain avec le chariot du room service. Je le regarde d'un air interrogateur. Il laisse tomber le peignoir qu'il avait enfilé à la hâte et se tient là, m'offrant une tasse de café pendant que mes orteils fripés rallument l'eau chaude.

Regardez-le.

Regardez-le *bien*.

Est-ce que cette salle de bain est agréable visuellement ?

Oh que oui.

FIN

Vous en voulez encore ? La série Un Milliardaire sinon rien *comporte d'autres tomes, et pas des moindres...*

Continuez à lire pour en savoir plus !

NOTE DE JULIA KENT

MERCI BEAUCOUP *d'avoir lu* Le Milliardaire se fiance. *Si c'est votre premier livre de la série, bienvenue ! Un tas d'autres tomes vous attendent, alors qu'attendez-vous pour explorer plus avant ce monde mêlant amour et folie ? Vous pouvez soit retourner à* Un Milliardaire sinon rien, *soit passer à* Un PDG sinon rien, *l'histoire d'Andrew et Amanda...*

VOUS VOUS DEMANDEZ S'IL SE TRAME QUELQUE chose entre Amanda et Andrew ?

Oh que oui.

VOICI UN APERÇU D'*UN PDG SINON RIEN*, OÙ LA meilleure amie de Shannon, Amanda, fait irruption dans le bureau d'Andrew McCormick et lui demande son aide pour réunir Shannon et Declan.

Mais elle n'avait pas prévu que sa rage débordante se transforme en attirance bouillante...

. . .

— Qu'est-ce qui cloche chez ton idiot de frère ? m'écrié-je en faisant irruption dans le bureau d'Andrew McCormick.

Ces dernières années, j'ai travaillé avec Anterdec dans une certaine mesure, mais je n'avais jamais mis les pieds ici. Le bureau est immense. Les fenêtres sont si grandes et la vue sur l'océan si belle que si vous tenez un dossier juste sous vos yeux pour cacher le sommet des bâtiments, vous pourriez penser que vous êtes en mer.

Je me retiens de le faire parce que je ne veux pas avoir l'air d'une folle. Le mantra de ma mère résonne dans mon esprit : *N'attire pas l'attention sur toi, Amanda.*

Difficile d'éviter ça quand on fait irruption à l'improviste dans le bureau d'un PDG, mais je n'ai pas besoin d'aggraver la situation.

— Oh, bonjour, Amanda, dit-il avec un sourire étrange et surpris. Qu'est-ce que Terry a encore fait ? ajoute-t-il en soupirant. Je lui ai dit qu'il ne pouvait pas légalement épouser deux femmes à la fois, même à Vegas…

— Pas ce frère-là ! Declan !

Mais je suis soudain très intriguée par cette petite anecdote concernant Terrance McCormick.

— Rien ne cloche chez Declan.

Andrew pourrait-il être plus suffisant ? Il me regarde avec ennui, comme si j'étais un parasite, et son lever de sourcils m'exaspère au plus haut point. Ses bras croisés sur ses pectoraux qui gonflent uniformément, de haut en bas, à la façon d'un métronome. Les tendons de ses bras, recouverts de discrets poils dorés. Suffisant. Bref.

Qu'est-ce que je fais là déjà ? Ce n'est pas tout d'essuyer la bave…

Ah oui. Shannon. Shannon et son connard d'ex… pas-ex… peu importe comment vous appelez Declan. Steve détient le titre officiel de connard d'ex de Shannon, je dois donc trouver autre chose pour Declan. Le connard d'ex milliardaire sonne bien.

Le connard de trouduc milliardaire sonne encore mieux.

— Ton frère se comporte comme un vrai connard avec Shannon et lui brise le cœur, craqué-je.

Andrew devrait être indigné. Il faut qu'il réagisse. Il doit comprendre la gravité de la situation.

Mais non.

— Peut-être aurait-elle dû y penser lorsqu'elle a prétendu être ta femme et qu'elle a menti à Declan, dit-il d'un ton morne, en regardant fixement mes seins, et non mes yeux.

Qu'est-ce qu'il a, ce type ? Ma poitrine me trahit, confondant ma colère avec l'excitation, et soudain une rougeur recouvre la base de mon cou. Je ressemble à une actrice porno qui rougit.

Laissez-moi vous expliquer la partie « ta femme ». Je ne suis pas homo. Pas plus que ma meilleure amie Shannon. Nous sommes des clientes mystères, ce qui, si vous faites également partie de ce petit cercle, explique *tout*.

Vous ne l'êtes pas ? Oh.

— Menti ?

Je saisis le seul mot qui perce le champ de force soudain qui nous entoure, m'empêchant de me concentrer sur autre chose que ses cheveux épais et ondulés, ses yeux bleus scintillants qui soufflent le chaud et le froid…

— Elle lui a menti, dit-il d'un ton neutre, blasé et désinvolte, comme s'il était en mode *Ballec* et moi *OMG*.

— Ma meilleure pote n'a pas menti !

— Ta meilleure poitr… je veux dire ta meilleure *pote* a très clairement menti.

Sa bouche est imperturbable, mais ses yeux s'agitent.

Je renifle. Il regarde mon décolleté comme s'il était sur le

Titanic en train de couler et qu'il s'agissait de dispositifs de flottaison.

Je le regarde *vraiment* pour la première fois, et j'ai le souffle coupé.

— Pourquoi tu portes un cycliste ? sifflé-je.

Il est si moulant que je peux dire non seulement qu'il est circoncis, mais qu'avec suffisamment de temps, je pourrais probablement découvrir quel obstétricien l'a fait d'après la technique utilisée.

Il passe calmement une main dans ses cheveux légèrement humides et m'adresse un sourire en coin.

— Je viens de terminer mon cours de fitness.

Une mèche en désordre barre son front, ses yeux brillent sous ses sourcils épais.

Il dégage de la fumée et de la chaleur. C'est comme si…

— Tu ne t'es pas douché à la salle ? m'étranglé-je, réalisant qu'*il* me regarde en train de le fixer.

Et il n'y a pas de décolleté à lorgner chez lui.

Il montre du doigt un vélo d'appartement dans le coin.

— Je ne vais pas à la salle. Le coach vient ici.

Il indique une porte.

— La douche est là-dedans.

Il a de nouveau ce sourire en coin, et ses yeux se dirigent vers…

Ouaip.

— Tu sais que mes yeux sont là-haut, dis-je avec insistance.

Il les regarde.

— Ils sont très jolis.

— Merci.

Attendez. Je ne peux pas me laisser distraire par un homme en sueur, sexy et aux notes musquées qui fixe mon décolleté.

Je retire ce que j'ai dit. Il faudrait être de marbre pour ne pas être distraite.

Découvrez Un PDG sinon rien dès à présent !

www.ingramcontent.com/pod-product-compliance
Lightning Source LLC
Chambersburg PA
CBHW022036240626
47154CB00007B/2438